博 斯 系 列

最后的
郊狼

The Last
Coyote

[美] 迈克尔·康奈利（Michael Connelly） 著

冷步梅 译

湖南文艺出版社
HUNAN LITERATURE AND ART PUBLISHING HOUSE

博集天卷
CS-BOOKY

献给 马库斯·格鲁帕

1

"你打算从哪里说起？"

"什么哪里说起？"

"什么都可以，比方说那件事。"

"那件事啊，我可是有话要说。"

她等他开口，可是他没接腔。他到唐人街来之前已经打定主意，就是要摆出这副姿态，要她费点功夫才能把话从他嘴里一字一句套出来。

"那么博斯警探，你能不能跟我谈谈那件事？"她只好直接问他，"我们的目的……"

"这一套全是胡说，彻头彻尾的胡说。这就是目的，就是这么回事。"

"等等，你说胡说，你所谓的胡说到底是什么意思？"

"我是说……好吧，我是推了那个家伙一把，可能还出手打了他。我不记得具体细节了，但我不想否认什么。所以，好啊，停职、调职、报到权益委员会去啊，随你们的便。可是到这里来就可笑，'强制控压休假'根本就是胡说。我为什么每个礼拜要到你这里来三次，跟你谈话，好像我是什么……你根本不认识我，我的事你也不懂，我干吗非跟你谈不可？你凭什么来决定我复职的事？"

"答案写得清清楚楚的，局里更想让你得到治疗，而不是惩罚你。你现在是强制控压休假，意思就是……"

"我知道是什么意思，所以我说胡说。某某人无凭无据说我的压力太大，局里就有权利不让我工作。非要我对你乖乖就范，才有希望讨回我的饭碗。"

"不完全是没有根据的，我们是从你的行为判断出来，我认为你很明显是……"

"你指的事跟压力一点不相干，那是另一回事……不管他。反正全是胡说。不如我们干脆一点，把话摊开说，我要怎么做才能把饭碗捡回来？"

他可以看见她眼中燃起的怒火。他把她的专业能力和技巧贬得一文不值，伤了她的自尊。可是那点怒火很快就熄了，经常面对这样的警员，她早就习以为常了。

"你难道看不出来这一切都是为你好？我想局里的高层显然认为你很有价值，不然你就不会在这里了。他们大可以启动惩罚措施，那你就差不多等于卷铺盖走人了。现在他们是在尽力帮你保住饭碗，保住局里一个优秀干员。"

"有价值？我只是个条子，又不是什么金条。我们在大街小巷拼命的时候，谁管你是什么局里的干员？这话到底什么意思？我在你这里就得听这种屁话是吧？"

她清了清喉咙，口气严厉地说："博斯警探，我可以告诉你，你有问题，而且你的问题已经不是一朝半夕的了，早在那事发生之前就存在，我们安排的这一套疗程是针对你过去早就存在的问题而设计的。你懂不懂？

"那要看你问谁了。市政府的检查人员说基本全毁，我根本不能进去。我个人认为情况还好，只不过需要修理一下，现在家得宝[1]的人都叫得出我的名字了。房子有一部分我是请工人修的，其他的很快就可以修好。我要上诉，已经找了个律师。"

"你还住在那儿？"

他点了点头。

"博斯警探，看来你真的是活在逃避中了。我觉得你不该这样。"

"我工作范围之外的事，大概不必经由你核准吧。"

她抬起双手，做出一个不想管的姿势。

"虽然我不赞成，不过你这么做也有个好处。有事能让你忙碌对你很好——尽管我指的是运动、业余爱好或是到外地旅行什么的，使你不去想那件事。"

博斯意味深长地笑了一下。

"怎么了？"

"我不懂。人人提起我的事都说'那件事'。"

"那你怎么说呢？"

"我不知道，可是'那件事'……听起来好像……我不知道，消过毒的。医生，等一下，你刚刚说旅行，我可不打算离开此地去旅行。我的职责是抓杀人犯，那才是我的工作。我真的希望能回到工作岗位，我可以做一些对社会有益的事。"

"如果局里让你回去。"

"如果你同意让我回去的话。你知道关键在于你的核准。"

"也许吧。你注意到没有，当你说到你的工作时，就好像在说一个

---

[1] 美国家居建材用品零售商，在全球多个国家都有店面。

使命似的。"

"差不多，就像圣杯。"

他嘲讽地说。他已经快受不了了，但这只不过是他的第一次治疗。

"是这样的吗？你相信你的使命就是侦破凶杀案，把坏人送进监牢？"

他耸耸肩表示他也不知道。他站起来，走到窗边，往下看希尔街。人行道上挤满了人，每次他到这一带来，这里都这样拥挤不堪。他注意到人群中有几个白种女人，她们夹在黄种面孔中，就像米饭中的几粒葡萄干。在她们经过的一家中国肉铺，博斯看到一整排的熏鸭被穿着脖子吊在那里。

再远一点，他看到好莱坞高速公路的立交桥，后面是囚禁老局长的那间监狱暗沉沉的窗子和刑事法庭。往左，他可以看到市政府的高楼，上面几层绕着黑色的防水胶布，看起来有点在办丧事的意味，他知道胶布是在地震修复工程进行中用来防止建筑坠落物的。越过市政府，博斯可以看到那座玻璃房子，那是帕克中心，警局总部。

"你说说看你的使命是什么，"伊诺霍斯从他身后安静地说，"我想听你自己怎么讲。"

他回到座位，试着讲出来，最后却摇摇头。

"我说不上来。"

"好，我要你想想看，你的使命到底是什么呢？好好想想看。"

"你的使命是什么，医生？"

"这跟我们要谈的无关。"

"当然有关。"

"好，警探，我只会回答你这一个私人问题，不过你要明白，我们的对话要谈的不是我，而是你。我的使命，我认为是帮助局里的人。这是个相当窄的范畴。但是我做的这些——从一个更宽泛的层面上讲——

也可以帮助社区，帮助本市的人。也就是说，我们的警员状况越好，我们的日子也越好，越安全。这样行不行？"

"很好，你要我思考我的使命，那么你是不是要我把内容浓缩成几个句子，练习到就像我在念字典上的例句那样精简？"

"博斯警探，如果你一直耍嘴皮子、故意捣乱，我们是不会有什么进展的。这也就是说你不会在短期内回到你的工作岗位上，你难道希望来我这里的结果是这样的吗？"

他举起双手表示投降。她低头看着桌上的黄色记事本，他趁她的眼光不在他身上时打量她，卡门·伊诺霍斯的双手放在桌上，她的手是咖啡色的，很小，手上没有戒指。她右手握着一支看起来很昂贵的笔，博斯一直认为只有那些过分在意自己形象的人才会使用名贵的笔，但她恐怕不是那种类型。她戴一副细玳瑁框的眼镜，深褐色的头发在脑后扎成一束。她的牙齿应该在小时候戴上矫正器的，可是她没戴。这时她抬起头来，他们的目光相遇。

"我听说了'那件事'，我是说——这个情况和你刚刚结束一段感情的时间相当，或者很接近。"

"谁说的？"

"在我得到的背景数据中，不过数据的来源不重要。"

"很重要，因为你的数据源太糟，我的感情事件跟所发生的事一点也不相干。你说的结束，已经是三个月前的事了。"

"这种事留下的创痛往往比三个月长得多。我知道这是你的私事，谈起来也许相当困难，可是我认为我们应该谈谈，这样可以帮助我了解你动手打人的时候，情绪上处于何种状况。你觉得跟我谈你的情感事件有什么困难吗？"

博斯挥手示意她往下说。

"你们的关系维持了多久？"

"差不多一年。"

"婚姻关系？"

"不是。"

"已经到谈及婚姻的程度了吗？"

"没有，至少没有正式谈到。"

"你们住在一起？"

"有时候会，我们各有自己的住处。"

"你们现在是完全分手了吧？"

"我想是吧。"

博斯的语气就像这是他第一次承认西尔维娅·穆尔已经从他的生活中永远消失。

"分手是双方同意的吗？"

他清清喉咙，他不想谈这一点，但是又希望尽快解决掉。

"也可以这么说，但我是在她打包好准备走时才知道的。你知道吗，三个月之前，房子在地震中震开的时候，我们还在床上抱在一起。你可以说，余震还没结束，她已经走了。"

"余震到现在也还没结束。"

"我只是那样形容。"

"你的意思是，地震是你们分手的原因？"

"不，我不是那个意思，我只是说分手是在地震那个时候，就在地震之后。她在谷里的学校教书，她的学校灾情严重停了课，学生转到别的学校去了，那区不需要多余的老师，所以老师们可以休假。她申请了休假，离开了。"

"她是怕下一次地震，还是怕你？"

她两眼盯着他问。

"她为什么要怕我？"

他知道自己听上去有点太过防备。

"我也不知道，我只是提出问题。你会让她觉得害怕吗？"

博斯有点迟疑，他想到当初分手的时候，自己从来没想过这一点。

"如果你指的是行为上的，不，她不怕我，没有理由，我从来没有任何举动会让她怕我。"

伊诺霍斯点点头，在本子上做记录。博斯觉得很不自在，她居然也将这一点记下了。

"可是，这跟上周在分局发生的事毫无关系。"

"她为什么离开？真正的原因是什么？"

他把目光移开，怒火在心中升起。这些治疗就是这样，她可以随心所欲问她要问的，在他身上找到一条细缝，然后想尽办法侵入他的世界。

"我不知道。"

"我们这里不接受这种答案。我认为你知道，至少对于她的离去你有自己的想法，你一定有的。"

"她发现了我是什么人。"

"她发现了你是什么人，这话是什么意思？"

"那你得去问她了，她说的。不过她现在在威尼斯，意大利的威尼斯。"

"那么，你认为她是什么意思呢？"

"我怎么想无关紧要，那话是她说的，是她离开我的。"

"博斯警探，请你别跟我斗嘴好不好？我希望能帮你回到你的工作岗位上，我说过了，那是我的使命。如果你能好起来，我才能让你回去。可是你这样故意刁难，让我很难进行下去。"

"也许她发现的就是这个，也许我就是个这么难搞的人。"

"我怀疑实情没有这么简单。"

"有时候我觉得就是这么简单。"

她看了一下表，身子稍稍往前倾，脸上露出不太满意的表情。

"好吧，警探，我知道你很不自在。我们谈点别的，不过我猜我们以后还会回到这个问题上。我需要你自己好好想一想，尝试表达你自己的感觉，不要一副事不关己的态度。"

她等他回答，但他一声不吭。

"我们再来谈谈上周发生的那件事。我知道事情的发生跟一桩谋杀妓女的案子有关。"

"不错。"

"很残酷吗？"

"残酷只不过是个字眼，对不同的人意义不同。"

"对你呢？是不是一件残酷的凶杀案？"

"是，很残酷，我觉得所有的凶杀案都很残酷。有人死了，很残酷，对死者而言。"

"你收押了嫌疑人？"

"是啊，我和我的队友一起。嗯，不对，是那家伙自愿来回答一些问题的。"

"这个案子对你是否有特殊意义？我是说，跟以前别的案子比起来？"

"也许，我不知道。"

"为什么？"

"你是指我为什么特别关心妓女？我并没有，我对她们的感觉和对其他受害者没有什么不同。不过对我经手的凶杀案，我都有一个原则。"

"什么原则？"

"每个人都重要，不然谁都不重要。"

"请你解释一下。"

"我刚才已经谈过了，每个人都重要，不然谁都不重要，就是这样。我的意思是，我会拼命去找各种证据，捉拿罪犯归案，我不管死的是妓女还是市长夫人。我的原则就是这样。"

"我懂，好，我们来谈你的案子。我想听你告诉我，逮捕之后发生了什么事？你在好莱坞分局粗暴行为的原因何在？"

"你们会把我的话录下来吗？"

"不会，警探，你对我说的话都受到隐私权的保障。我们的疗程结束后，我只需给助理局长欧文写一封信，告诉他我的意见，我们治疗过程中的细节丝毫不会外泄。我给他的意见信很短，不到半页，也不包括任何谈话的细节。"

"你的半页意见，权力可大得很。"

她没有回答。博斯看着她，思索了一下，他想他或许可以信任她，但是直觉和经验告诉他，绝对不能信任任何人。她似乎知道他的处境，只是静静地等着。

"你是想听我的说法？"

"不错，我想听你说。"

"好，我告诉你。"

2

回家路上，博斯一路抽着烟，其实他需要的不是烟，是杯可以舒缓他神经的酒。他看了一下手表，现在去酒吧时间还嫌太早，所以他只好又点了支烟，决定回家。

把车开上伍德罗·威尔逊路的上坡路后，他在离家半条巷子的路边停好车，走回家去。一阵轻柔的钢琴声飘来，古典乐的什么曲子，听不出是哪一家传出来的。其实他根本不认识这些邻居，更不知道谁家有人弹钢琴。他钻过屋前拉上的黄色带子，从车棚边的门进入屋内。

这已经成了他的惯例：把车停在路边，不让人发现他还住在自己家里。地震后，市政府的安全检查人员先把他的房子判定为不宜居住，之后又决定拆除。可是博斯对这两个规定全都置之不理。他用电锯把锁锯掉，已经继续在里面住了三个月。

那是一栋很小的红木房子，坐落在沉积岩上固定的钢架上。那片沉积岩是中生代和新生代时期，圣莫尼卡山从沙漠中冒出来时形成的。据说，地震发生时，这些钢架支撑得很稳，但上面的房子却移动了，一部分脱离了钢架，两英寸左右，可这就够了。虽然距离很短，造成的破坏却很大，屋子里面所有木质构架，包括门窗的框架都不再是方形，玻璃震成碎片，前门卡在和整个房子一起北倾的门框中。如果博斯想打开前门，他可能得向警局借一架攻城槌。就连侧门，他还是用了一个铁撬才撬开的，现在他进出只能走侧门。

博斯付了一家土木承包商五千美元，把房子向上撬起，又提高了两英寸，房子才归了位，能固定在钢架上了。其他的就可以自己动手了，有空时他会自己修理窗框和各个房间的门。他先修好玻璃窗，接下来几个月，他慢慢把屋内的门框钉好，装上门。他一面参考木工书籍一面动手做，一件工程常常要两三次才能做对。可是他做得相当愉快，觉得精神松弛。修房子可以使他忘记工作上的压力，得到暂时喘息的机会。他没有碰前门，心想就算是他对自然力量的礼敬好了，他不介意只用侧门。

虽然花了这么大的功夫，他的房子仍然无法从市政府毁坏房屋的名单上除名。他们这区的建筑检查员高迪还是判定他的房子不宜居住，应该拆除。博斯只好开始和高迪玩捉迷藏的把戏，他像间谍出没外国使馆那样，偷偷摸摸地进出自己的家。他把前面一排窗子蒙上黑色塑料布，好让光线不会透出去。他也非常注意高迪的行踪。

他还雇了一位律师，对检查员的决定进行上诉。

侧门通向厨房。博斯进了门，打开冰箱，找到一瓶可口可乐，他站在老冰箱门口，让溢出来的冷气吹到身上，顺便寻找晚餐可吃的东西。他很清楚架上和抽屉里有什么，但他还是看了一遍，似乎希望有一块被他遗忘的牛排或者鸡胸忽然冒出来。这几乎成了他的习惯，单身男人的习惯，他知道。

博斯在屋后的露台上喝他的可乐，他的晚餐是用一块搁置了五天的面包做成的三明治，里面夹着几片袋装的现成肉片。他希望有点土豆片来配他的晚餐，不然只有一个三明治，等一下他一定会饿的。

　　他站在栏杆边，看着下面的好莱坞高速公路，此刻正是周一下班时间交通流量的高峰期。他在下班车潮开始之前离开市区，他必须保证和警局心理医生的会面不能迟到。他们会面的时间是每周一、三、五的下午三点半。卡门·伊诺霍斯会迟到吗？或者她也只把它当成一个朝九晚五的使命？

　　从他的山顶视角，他可以看到高速公路几乎所有的北向车道穿过卡温格山口街区伸向圣费尔南多谷。他脑袋里在想今天的疗程到底算不算成功，他的注意力却转向目力所及的高速公路上去了。他几乎是无意识地随便选上两辆速度相当、平行共驰的车，紧盯着它们大概一英里的车程，看它们彼此飙车，直到公路消逝在他的视线尽头——兰克希姆大道出口为止。

　　几分钟后他才意识到自己在做什么，他转过身，视线离开高速公路。

　　"天哪！"他大声叫出来。

　　这时他突然意识到，在他离队的这段时间，光靠修理房子打发时间是不够的。他走进屋里，从冰箱里拿出一罐啤酒。才开了罐，电话就响了，是他的队友杰里·埃德加。这通电话来得正是时候，刚好可以打破目前的沉寂。

　　"哈里，唐人街的事如何？"

　　每个警察心里都怕自己有一天承受不了工作压力，被送到行为科学部门参加心理治疗课程，所以他们从来不用那个部门的正式名称，到行为科学部接受治疗就是"到唐人街去"，因为行科部就在离帕克中心不远的唐人街。如果哪个警员到唐人街去了，大家会说他是"染上希尔街忧郁症"。行为科学部六层办公大楼的外号是"515大楼"，515不是门牌号码，而是警察通讯中精神病人的电码代号。代号的原意是保护当事人不受他人歧视，因此也能更好地承载他们自己内心的恐惧。

"唐人街还真管用！"博斯嘲讽地说，"你哪天也该去试试。我才去了一次，结果是乖乖坐在这里数高速公路上的汽车。"

"至少你不会没车可数。"

"是啊，你怎么样？"

"庞兹到底动手了。"

"动手干什么？"

"给我找了一个新队友。"

博斯沉默了一下，这个消息带给他一种结束的感觉，他开始觉得也许再也无法复职了。

"他找了？"

"不错，他到底还是找了。我今天早上有个案子，所以他塞了他手下一个没用的家伙过来，伯恩斯。"

"伯恩斯？从窃车组调来的？他从来没办过凶杀案子，他到底有没有办过任何个人刑事案？"

局里的警探分两类：一类专管财产犯罪，另一类管人身伤害的犯罪。后者是专门处理谋杀、强奸、人身攻击和抢劫的，他们的案子比较受重视，在他们眼中负责财产犯罪的警探经手的案件只能算是文书工作。因为在都市里这类案子太多了，警探忙着处理各地报的案子，只有少数时间花在逮捕上。他们根本谈不上侦查工作，因为没有那个时间。

"他干的一直就是那些文书的事，"埃德加说，"可是庞兹不管这个，他只想找个听话的，少给他惹麻烦就行了，伯恩斯就是这号人物。我看你的事一传出去，他就在想办法弄到这个位子。"

"妈的，我会把我的位子要回来，他只能滚回去搞他的窃车案。"

埃德加顿了一下才开口，好像博斯说了什么令他不能理解的话。

"哈里，你真的这么想？庞兹不会让你回来的，你干了那件事之后就不大可能了。他把伯恩斯塞给我的时候，我说，我不是对伯恩斯有意见，但我要等哈里·博斯回来。他说如果我打算等，我只能等到老。"

"他那么说的？妈的，好在我在局里起码还有一两个朋友。"

"欧文还欠你个人情吧？"

"我想我可以问问看。"

他没再继续往下说，他想换个话题。埃德加是他的队友，但是他们的交情还没有到对工作以外的事无话不谈的地步。博斯的角色是带领埃德加一起办案，埃德加也放心把自己的性命交给他，但那是他们这个双人组在街头工作时的关系，但在局里就是另一回事了。博斯从来没有信任过任何人，也不靠任何人，他不打算改变他的方式。

"你的案子是什么呢？"他问，想岔开话题。

"对，我正要告诉你，这个案子怪得很。首先，凶杀行为本身就怪，之后的事就更怪了。报案人住在西拉博尼塔，时间大概是凌晨五点钟。他说他听到一声很像枪的响声，不过声音有点低。他开了柜子，抓了他的猎枪，到外面去看个究竟。你知道吗，那一区最近几乎被洗劫一空，光是他住的巷子这个月就有四件盗窃案，所以他预备好了猎枪。反正他拿了枪走到他家的车道上——他的车库在屋子后面——他看见一双腿从他的车门中伸出来垂在外面，他的车停在车库前面。"

"开枪了？"

"没有，这就是怪的地方。他拿着枪走近，可是那个在他车里的人已经死了，是被一把螺丝刀刺进胸部死的。"

博斯没怎么听明白，他没有掌握足够的信息，但他没说话。

"他是被安全气囊杀死的，博斯。"

"你是什么意思？被安全气囊杀死的？"

"安全气囊，这个该死的家伙正在偷方向盘里的安全气囊，不知道怎么回事，安全气囊打开了，立刻膨胀起来，把螺丝刀刺进他的心脏。他一定是反拿着那个起子，可能是用另外那头敲方向盘。我们还没搞清这点。我们跟克莱斯勒[1]的人谈过，他说只要你把上面保护的盖子拿掉——这个宝贝就是这么干的——即使静电都会引发膨胀。他穿的是件毛衣，我不知道，可能就是毛衣引起的。伯恩斯说这是第一件被静电杀死的案子。"

埃德加大笑起来，博斯在脑子里很快地把所有情节思索了一遍。他记起局里去年布告栏上关于安全气囊盗窃的记录，安全气囊是地下市场的热门商品，修车厂可以出价到三百美元一个。他们转手替顾客装一个安全气囊的价格是九百美元，比起从汽车代理商那里订购，利润增加了一倍。

"所以最后是意外死亡？"

"对，意外死亡。可是故事还没完，两边的车门都是开着的。"

"他还有个同伙。"

"我们也这么想，如果找出他是谁，就可以以谋杀罪起诉。所以我们取了所有指纹，我拿到指纹部去，说服一个搞技术的替我拍下来，在计算机中核对了半天。中奖了！"

"你找到那个同伙了？"

"丝毫不差。哈里，那个自动指纹识别系统里的数据多得惊人，其中一个网站是美军身份中心，在圣路易斯，我们是在这个中心找到那家伙的。那家伙十年前在军队里，我们从那里找到他的身份证件，然后从机动车辆管理局查出他的地址，今天把他带回来了。他很不乐意，但我想他要离家一段时间了。"

---

[1] 美国汽车制造企业，旗下有道奇、克莱斯勒、Jeep 等品牌。

"听来今天收获不错嘛。"

"还有下文呢，我还没告诉你怪异的地方。"

"哦。"

"我不是说我们把车上的指纹全都取下了吗？"

"嗯……"

"我们还查到另外一对指纹。而且这对指纹出现在犯罪档案上面，一个密西西比的案子。哈哈，最好每天都能这么顺手。"

"什么案子呢？"博斯问，他对埃德加迂回的叙述已经有点不耐烦了。

"我们对上的是七年前一个叫什么南部罪犯身份中心的放进计算机的数据，那五个州罪犯的总人数都不到洛杉矶的一半。总之，我们放进去的一个指纹竟然和比洛克西一九七六年的一宗双重凶杀案相符。当地一家报纸说凶手是'两百年屠夫'，因为他在七月四日那天杀了两个女人。[1]"

"那个车主？拿猎枪的那个？"

"完全正确，他的指纹是从女人脑袋上的那把刀上发现的。我们今天下午又到他家去了，他有一点惊讶。我们说：'喂，我们抓到死在你车里那个人的同伴了。哦，对了，我们还要以双重凶杀的罪名逮捕你！'我猜他做梦都想不到会是这样一个结果。哈里，你应该在现场的。"

埃德加的大笑声从电话中传来，博斯知道，离开才一周，他已经非常想念他的工作了。

"他有没有拒捕？"

"没有，他很安静，杀了两个人居然逃过将近二十年，他不是个笨蛋。

---

[1] 1776 年 7 月 4 日，美国宣布独立。

所以逮他到案没什么麻烦。"

"嗯，他这些年都干些什么？"

"看起来好像尽量低调，在圣莫尼卡开了家五金行，结了婚，有个小孩和一条狗，完全改邪归正，可他还是得回到比洛克西去。我希望他喜欢南部菜式的口味，看起来他短期内不会回到这里来了。"

埃德加又大笑起来。博斯一言不发，他说的这些令他沮丧，因为这正意味着他已经无法参与其中，也使他想起伊诺霍斯要他说出他的使命何在。

"明天有几个密西西比的州警要过来，"埃德加说，"才跟他们通过话，他们乐得要死。"

博斯有一阵没搭腔。

"哈里，你还在吗？"

"哦，我在想别的事。好了，听起来你今天干了不少大事，我们那位无畏的领导怎么说？"

"庞兹？老天，他正努力把这个案子吹嘘成一个大案。你知道他在干吗？他在想有没有可能把它看作连破了三个案子，他想把比洛克西的悬案也算成我们的功劳。"

博斯一点也不意外，局里的行政管理人员和统计人员总是想尽法子增加结案率，这已经是常规做法了。安全气囊的案子，根本没有谋杀，只是一桩意外事件，可是因为死亡是在犯罪案时发生的，加州的法律准许起诉共犯。博斯知道从共犯以凶杀罪被捕这点来看，庞兹打算把这个案子归入凶杀案里。但是他又不能自圆其说，因为安全气囊致死只是意外事件。这种数据游戏可以使好莱坞警局凶杀案的结案率提升一点，过去几年的记录几乎跌至百分之五十以下。

但是庞兹对会计手法所得的结案率还不满足，想把比洛克西的两起凶杀案也加进他们的结案记录里，毕竟，是他手下的凶杀部门破了这两件案子的。在结案这一头加上三个案子，而罪案数那一头原封不动，对结案率的提升一定大有帮助，对侦查处长官的形象也有正面作用。博斯知道庞兹今天一定会为他和他那伙人的工作表现得意扬扬。

"他说我们的结案率会上升六点，"埃德加说，"今天高兴极了，哈里，我们的新队友也很高兴能使老板这么高兴。"

"我不想听了。"

"我也这么想，除了数汽车之外，你怎么打发时间呢？你一定无聊透顶，哈里。"

"那倒没有。"博斯没说实话，"上周我把露台修好了，这周我要……"

"哈里，我告诉你，你这是把钱和时间往水里扔。那个检查员会发现你住在家里，他会把你踢出去。然后他们会把你的房子拆了，再把账单交给你。那时，你的露台和整所房子都会待在收破烂的卡车里。"

"我找了一个律师办这件事。"

"他能做什么？"

"我不知道，我想上诉，把红条取消。他是专门搞地产的，他说他会想办法搞定。"

"希望如此，我还是觉得你应该拆掉重新盖。"

"我可没中彩票。"

"联邦政府有灾后重建贷款，你可以去申请，然后……"

"我已经申请了，杰里，可是我喜欢现在的房子。"

"好吧，哈里，我希望你的律师能搞定。好了，我得挂了，伯恩斯叫我到游击手喝杯啤酒，他已经在那里等了。"

游击手酒吧是道奇体育馆和警察学校附近一个很小的警察酒吧，博斯上次去那儿的时候墙上还贴着"支援盖兹警长"的标语。对大部分警察而言，盖兹已经是过去残余的灰烬了，但游击手就是这样一个地方，在这里那些活在过去的警局老人可以喝上一杯，缅怀一下某个消失的部门。

"好，玩得开心，杰里。"

"保重，老兄。"

博斯靠着厨台喝他的啤酒，他的结论是：埃德加这通电话是个相当高明的方式，借此告诉自己他已经选了另一边，让博斯落单了。博斯想，这样也好，埃德加必须自保，以求在那个恶斗相当激烈的地方生存，自己也不能因此怪他。

博斯在烤箱的玻璃门上看到自己的影子，很暗，但他能看到阴影中的眼睛和下颌的线条。他四十四岁，可是看起来更苍老些，他仍然有一头卷曲的褐色头发，只是头发和胡子都掺了一点灰白了。他觉得那对黑褐色的眼睛疲倦、没有生气，皮肤是夜班守卫那种苍白的颜色，他的体形仍然瘦长，可是有时候衣服松松地垮在身上，好像才到市中心做了一项极耗精力的艰难任务，又或者才生了一场大病。

他又去冰箱拿了罐啤酒，在外面的露台上，他看到天空中是黄昏时的光。不久就会暗下来了，但下面的公路是一条流动的光河，浪潮似乎从未退去。

他看着下面周一下班的车潮，觉得那像一个沿线移动的蚁山，工蚁排队行进。有一天，外力会再度摧毁这座山，高速公路会陷落，房屋会倒塌，这些蚂蚁会再度重建一切，再次融进这支队伍里。

他心中有点不安，却想不太清楚是什么，千头万绪缠结在脑海之中。他开始将埃德加说的他的案子与他和伊诺霍斯的对话联系在一起，其中确实有一些关联，有联结之处，可是他抓不住。

他喝完啤酒，心想两罐应该够了。他在一张躺椅上坐下，把双腿跷起来，想让自己的身心好好休息一下。天上的云已经被下沉的太阳染成橘红色，像一片熔岩在天上慢慢流过。

　　就在将睡未睡的那一刻，一个想法从熔岩后面浮出来：每个人都重要，不然谁都不重要。在他快要睡去时，他知道他要找的那个关联是什么了，他知道他的使命是什么了。

3

博斯早上起来没冲澡，打算直接穿上衣服立刻动手修理房子，希望汗水和专注能使他不再去想昨晚脑中挥之不去的念头。

可是驱走那些念头并不容易。他套上沾满油漆的牛仔裤的时候，从裂了的镜子中看到他的运动衫穿反了，白色运动衫胸前横印了一行字，是命案组的座右铭：

你们的尽头是我们的开始。

这排字应在运动衫的背面。他把运动衫脱了，反过来重新穿上，镜子里出现的才是该出现的影像——他的左胸前是警徽图案和一行小字：洛杉矶警局命案组。

他煮了一壶咖啡，连壶带杯一起拿到露台上。他又取出他的工具箱和他刚从家得宝买的一扇门，那是用来更换的他卧室的门。等他准备就绪，咖啡杯里也倒满了一杯热腾腾的黑咖啡，他就在躺椅的脚凳上坐下来，把门横立在面前。

　　原先的门在地震时被震裂了转轴，他几天前把新买的门装上，可是新门大了一点，关不起来，他估摸着只要把门边刨掉八分之一英寸就行了。他慢慢地来回推着刨子，一片一片卷起的刨花落在地上。他不时停下来检查进度，用手摩触刨过的地方。他喜欢看见手中的成果一点一滴堆积起来，他觉得人生很少有什么事是能这样看到进展痕迹的。

　　但是他仍然无法持续集中精神，昨晚脑子里萦绕不去的念头依然在干扰他：每个人都重要，不然谁都不重要。他告诉伊诺霍斯的话，他告诉她这是他的信念。他真的这样相信吗？这话对他的意义是什么呢？只是一句类似于他运动衫上的标语，还是他愿意奉行不渝的话？这些问题和昨天晚上与埃德加的对话混杂在一起，另外还有一层更深的想法，他知道那是一直埋在他内心深处的想法。

　　他把刨子拿开，再用手沿着门边抚摩一遍。他觉得这回大致不差了，于是把门拿进屋里。他在客厅里平日做木工的地方铺了一块布，把门放在布上，开始用砂纸仔细地把刚刚刨过的门边打磨光滑，直到自己完全满意才停下来。

　　他把门立起来，保持着平衡，然后对准转轴接合处，再把钉针插入，然后用榔头轻轻地敲了敲，很容易就插好了。他前几天先在转轴和钉针上涂了油，所以卧室的门开关一点声音都没有。最重要的是，现在他的门和门条紧密吻合，他又开开关关几次，仔细地看了一遍，非常满意自己的成果。

　　然而他的得意很快消失了。做完了他要做的工作，脑中混沌一片的各种想法又活动起来。他回到露台，把木屑扫成一堆，那个念头又回来了。

　　伊诺霍斯告诉他要尽量找事做，现在他知道他要怎么用他的时间了。那一刻他意识到，不论他找出多少其他工作来做，这一件是他必须做的。他把扫帚靠在墙上，走进房间换衣服准备出门。

4

洛杉矶警局的储藏库和空运小组的总部叫作"管道科技"，在市中心的拉米雷兹路上，离帕克中心不远。博斯穿着西装，打上领带，在十一点左右出现在大门口。他在窗前取出洛杉矶警局的工作证，窗内的人摆手要他进去。他只有这张工作证了，上周他离队时，这张工作证和他的金色徽章、手枪都上缴了。后来工作证又发还给他，因为他得有证件才能到行为科学部的办公室接受伊诺霍斯的治疗。

他停了车，走进那间有乳白色墙壁的大库房，里面储藏的是洛杉矶的暴力史。这间约有四分之一亩大的库房中存放着洛杉矶警局所有的案子，有的是侦破了的，有的是尚未侦结的悬案。所有别人不再理会的案子都存在这里。

前面的柜台里，一个非警察身份的员工正把档案放上推车，准备推到后面放到架子上去。博斯从她打量自己的目光中看出自己出现在此处是相当不寻常的事，通常大家都打电话查询或者用城中的快递服务。

"如果你要找市议会的记录，在 A 栋，另外那头，有咖啡色镶边的那栋。"

博斯拿出他的证件。

"不，我要找一件旧案子。"

他的手伸到上衣口袋里，她走过来俯下身看他的证件。她是个身材矮小的黑人，头发略带一点灰，戴了副灰色眼镜。她胸前挂着名牌——热娜瓦·博普雷。

"好莱坞？"她说，"你干吗不用公务运送？这些案子都不急的。"

"我刚好到市中心来，来帕克中心……我想马上看到这个案子。"

"你有没有号码？"

他从外衣口袋里拿出一张笔记本纸，上面写着 61-743。她弯腰去看那张纸，忽然抬起头来。

"一九六一年？你要这么老旧的……我不知道一九六一年的放在哪里。"

"就在这里，我以前调阅过这个案子。那时候大概是另外一个人在这里管档案，不过的确是在这里。"

"好，我去找找，你要等吗？"

"嗯，我在这里等。"

他的答案似乎令她非常失望，不过博斯摆出他能摆出的最友善的笑容。她拿了那张纸，消失在档案室中。博斯在窄小的等候处等了几分钟，然后走到外面抽了根烟。他觉得很紧张，可是不知道为什么，只是来回踱步。

"哈里·博斯。"

他转过身，看见一个人从直升机降落台走过来。他认得这个人，但一时想不起来他是哪个部门的。忽然间，他记起来了：丹·华盛顿，以前是好莱坞巡逻队的队长，现在是空运部门的长官。他们热烈地握了手，博斯希望华盛顿不清楚他目前强制休假的状况。

"好莱坞怎么样啊？"

"老样子，警监。"

"我倒是挺怀念那里的。"

"那里其实没你想的那么好，你自己怎么样？"

"还过得去，具体的任务我还挺喜欢的，只是这工作更像机场经理，不太像警察。是个能让人低调做人的好地方。"

博斯记得华盛顿是因卷入局里的政治斗争，为了生存而调职的。局里有不少人像华盛顿一样待的是这一类不招摇的职位，他们可以等到政治风向转变后东山再起。

"你到这儿来干吗？"

这就是问题。如果华盛顿知道博斯强制休假的事，说自己到这里来调旧档案等于承认自己违反了规定。可是华盛顿在空运部的职位也说明他其实不能算是警察局的正式工作人员。博斯决定冒个险。

"我来调一个老案子，现在手边有点时间，想查几件事。"

华盛顿的眼睛眯了起来，博斯明白他已经知道他的事了。

"喂……我得走了，你好好挺住，别让那些搞书面工作的家伙把你打倒。"

他对博斯眨了一下眼，然后走了。

"我不会的，警监，你自己也保重。"

博斯非常肯定华盛顿不会对别人提起他们碰面的事。他踩熄了烟头，走回室内，心中暗骂自己居然走到外面去，这等于告诉别人他出现在这里了。五分钟后，他听到资料架中间的走道上传来推车的声音。不一会儿，热娜瓦·博普雷推着一辆推车出现了，上面放着一个蓝色的厚档案夹。

那是一份凶杀案的记录，至少有两英寸厚，封面上布满灰尘，外面还缠了一圈橡皮筋，橡皮筋下面压着一张老旧的绿色登记卡。

"找到了。"

她的声音里带着胜利的味道，博斯想这大概是她今天最大的成就了。

"太棒了！"

她把档案放在柜台上。

"玛乔丽·洛。凶杀，一九六一。现在……"她把登记卡取下来，看了一眼，"不错，你是最后一次把这个档案借出的人。等一等，那是五年前。那时你在劫案/命案组……"

"对，现在我在好莱坞，需要我再签一次吗？"

她把卡片摆在他面前。

"别忘了写下你的证件号码。"

他很快地照她的话做了，知道她在注意他。

"左撇子。"

"是啊。"

他把卡片从台上滑过去。

"谢谢你，热娜瓦。"

他看着她，还想再说什么，但决定还是少开口为妙。她也看着他，脸上露出慈祥的微笑。

"我不知道你要做什么，博斯警探，不过我祝你好运。我知道这一定对你很重要，你等了五年又重新回来。"

"热娜瓦，我等得比五年要久，久多了。"

5

博斯把餐桌上堆着的旧邮件和木工书籍都移开，把档案夹和笔记本放在上面。他先找了一张 CD 放上，《克利福德·布朗与弦乐合奏》，又到厨房拿了烟灰缸，才在桌前坐下来。他瞪着那份档案的蓝色封面，久久没有动弹。上次他借出这份档案时，大略翻过不少页数，可是几乎没看任何内容。那时他还没有充分的心理准备，无法直接面对，所以又把它送回档案库去了。

这一次，他希望确定自己真的能面对这个案子后再打开，所以他坐在档案前，花了很长时间打量档案夹已经有裂痕的蓝色塑料封面，好像这样能帮他准备好面对档案内容似的。他记起一幅景象：一个十一岁的男孩紧紧抓着游泳池边的钢梯，喘着气，泪流满面，湿漉漉的头发滴下的水珠帮他掩饰了他的眼泪。他很害怕，觉得万分孤单，觉得那个游泳池好像一个他必须游过的大海。

布朗已经演奏到《杨柳为我哭泣》了，他的小号柔和得有如肖像画家的笔触。博斯的手碰到他五年前套上的那根橡皮筋，失去弹性的橡皮筋立刻断了。他犹豫了一下，吹掉档案夹上的积灰，翻开封面。

　　里面是一宗发生于一九六一年十月二十八日的凶杀案，受害人是玛乔丽·菲利普斯·洛，他的母亲。

　　记录案子的纸张已经随着年月变得脆而泛黄了。他翻阅着，最初的感觉是惊讶于三十五年间很多东西没什么改变，夹子里面有些调查时需要填写的表格现在仍在沿用，"初步报告"和"调查序时记录"同现在用的表格是一样的，不同的只是一些名词，是为了顺应当前法院的法规和政治潮流而修改的。选择人种那一栏中，"黑鬼"被改成"黑人"，现在又改成了"非裔美国人"。初步案情核实表上的动机一栏中没有现在的"家庭暴力"或是"仇视/偏见"。审讯记录概述的表格也不需要打钩，那是米兰达事件后才有的规定。

　　除了这一类改变，报告使用的表格和现在差不多，博斯相信凶杀案的侦查也和目前大同小异。当然，三十五年后，先进的科技是那时无法企及的，但是他认为有些东西没有变，也永远不会变，外出调查，审讯技巧，如何听出可疑的蛛丝马迹，何时该相信个人的直觉和预感，这些都是不会变的，也不可能变。

　　负责那件案子的是好莱坞分局命案组的两个警探，克劳德·伊诺和杰克·麦基特里克，他们的报告按时间顺序放在档案中。他们的初步报告中已经用了受害人的名字，表示她的身份是当时就被指认的。这几页上的文字中写到受害人是在好莱坞大道北面、位于维斯塔和高尔两条街之间的一个巷子里被发现的，她的裙子和内衣被攻击者撕裂，警方假设她遭到性侵害后被勒死，尸体被扔在好莱坞一家叫星耀的纪念品商店后门边一个没有盖的垃圾箱里。尸体是早上七点三十五分被发现的，发现者是一位在好莱坞大道巡逻的巡警，他每天在开始上班时会步行巡视大道及附近的小巷。受害人的皮包不在身上，可是巡警认识她，所以她的身份立刻就被确认了。下面接着写明巡警认识她的缘由：

受害人过去数年间曾在好莱坞以可疑的闲荡为理由被捕（见案件号码，逮捕 55-002，55-913，56-111，59-056，60-815 和 60-1121）。副警探吉尔克里斯特和斯塔诺把受害人描述为一名流莺，不时在好莱坞一带出没，曾数次被逮捕。受害人住在埃尔里奥酒店式公寓，位于案发地点向北两个街区处。据判断，受害人依然从事应召活动，警员 1906 能够立刻指认受害人，就是因为过去数年间都能见到她在其巡逻范围内活动。

博斯看了看巡警的代号，他知道那位编号 1906 的巡警如今是局里最有权力的人之一——助理局长欧文，欧文曾经告诉过博斯是他发现了玛乔丽·洛的尸体。

博斯点了一根烟，继续往下看。档案里的报告都写得很乱，像是敷衍了事，其中还有不少错字，他相信伊诺和麦基特里克根本没在这件案子上多花时间。死了一个妓女，她们干那行难免经历这样的危险。他们要忙的事太多了，没工夫花在她身上。

他看到死亡调查报告亲属一栏写着：

希罗尼穆斯·博斯（哈里），子，十一岁，居麦克拉伦青少年养育院。于 10 月 28 日 15:00 通知家属。从 1960 年 7 月接受公共社会服务监管。UM（见受害人被捕案件 60-815 及 60-1121），父不明。子继续接受监管，等候领养家庭收养。

博斯看得懂报告中的简写。UM 是指他母亲的职业不适合养育孩子，多年后他仍然可以感到这件事背后的讽刺性。他们认为这个母亲不适合养育孩子，却把孩子送进一个同样不适合养育孩子的儿童保护体系中去。他记得最清楚的是养育院的吵闹声，那儿总是非常吵，像监狱一样。

博斯记得是麦基特里克来通知他的，那是他们游泳的时间。室内游泳池内，上百个男孩在水中拍打呼喊。哈里被叫出泳池，身上裹着一条被漂白粉漂过无数次的白色浴巾，硬得好像肩上盖了一块纸板。麦基特里克告诉他母亲的死讯，他回到游泳池，在池中喧哗的声浪中，没人听得到他的哭吼声。

他很快地翻过后面附加的几份受害人以前被捕的报告，之后就是验尸报告。他跳过大部分细节，直接翻到后面的概述部分，那里有几点令他觉得不大寻常。死亡的时间被断定为发现尸体前七到九小时，接近半夜。不寻常的是官方认定的死因，验尸结果判定死因是头部受重击致死，报告上说右耳上方有很深的击伤，伤处有肿胀现象，但是并没有严重到造成颅内出血。报告上说凶手可能在受害人遭袭击昏迷后，再动手勒死了她。但验尸官的结论是，凶手把玛乔丽的皮带套上她脖子抽紧之前，她已经死了。报告又说死者的阴道并无一般奸杀案通常会留下的伤口。

博斯以一个警探的眼光重读这份报告，马上看出验尸结果使两位警探原先的假设站不住脚。因为死者是玛乔丽·洛，所以他们最初判定这是一起性侵害谋杀。这个假设使得凶手的范围扩大为任何不相干的人——像她工作中接待的客人一样随机。可是事实显示，勒杀的行为发生在她死亡之后，她身上又没有被强奸的迹象，这就有其他可能了。凶手可能杀了她，而利用她的身份制造出一个偶发的奸杀案的假象，来掩盖他的行为和动机。博斯只能想出一个故意误导的原因，如果他假设的另一个可能是正确的：凶手认识受害人。他继续往下看时，脑子里想，不知道伊诺和麦基特里克看过验尸结果后，是否也得出了相同的结论。

档案里还有一个大信封，上面注明是凶杀现场和验尸的照片。博斯顿了很长一段时间，把信封放在一边。同他上次借出这个档案时一样，他仍然无法面对那些照片。

下面还有另外一个信封，信封上订了一张证物表，表上所列的项目不多：

收集的证物　案件 61-743

- 从有银色贝壳的皮带上取下的指纹
- 化验结果报告 #1114　1961.11.06
- 找到的凶器：有银色贝壳装饰的皮带一条，属于受害者
- 受害者衣物及其他物品，存于洛杉矶警察总局证物储藏部 73B 箱内
- 一件上衣，白色，有血迹
- 一条裙子，黑色，接缝处撕裂
- 一双高跟鞋，黑色
- 一双丝袜，黑色透明
- 一件内衣，撕裂
- 一对耳环，金色
- 一副手镯，金色
- 一条项链，十字架吊坠，金色

只有这么一点。博斯用了很长的时间研究这张表，最后在笔记本上记下几点。他觉得这张表的记载有点不对劲，又说不上来是什么，一时想不出来。他一下子看了太多信息，必须让这些信息沉淀一下，等疑点自己浮现出来。

他暂时把这些扔在一边，把放证物的信封上贴着的红色胶带弄破，那胶带已经太旧，都有裂痕了。里面是一张黄色的纸片，上面有指纹，

一个拇指、一个食指和其他几个用黑色粉末从皮带上取下来的不完整的指纹。信封里还有一张粉色的卡片，是要借调存放在证物箱中的死者衣物用的。这些衣服从来没有调出过，因为这个案子始终没有立案。博斯把这两张卡放在一边，心想那些衣服不知道在哪里。帕克中心是一九六○年中期完工的，警局总部那时从旧址搬到帕克中心。旧的总局早就不在了，对于那些没有破的案子，其证物会流落到哪里呢？

　　再下面是一些最初调查时的审讯记录，被问到的人多半是认识受害人或者知道一点这个案子的人，例如住在埃尔里奥公寓的人和受害人同行。这时一段简短的文字引起了博斯的注意。这是在案发后三天，被询问的是一个叫梅雷迪思·罗曼的女人。报告说她是受害人的同行，也曾是室友。询问时她仍住在埃尔里奥公寓，在受害人住所的楼上。这份报告是伊诺打的，比较这两位警探，他显然是墨水喝得较少的那位，错字较多。

　　　　梅雷迪思·罗曼（10-9-30）本日在埃尔里奥公寓她的住所里接受本警探的调查询问。她住在受害人楼上。审讯时间很长，但是罗曼小姐提供的与本案有关的有用信息十分有限。

　　　　罗曼小姐承认她在过去八年中曾与受害人同时从事应召行业，但是她至今记录清白（后来确认）。她告诉本警探此种活动由一位名叫约翰尼·福克斯（2-2-33）的人牵线安"牌"会面。福克斯的住所在好莱坞伊瓦尔街1110号，二十八岁，没有被捕记录。情报显示他曾涉嫌拉皮条、恶意攻击及贩卖海洛因。

　　　　罗曼小姐说她最后一次见到受害人是在10月21日在罗斯福酒店二楼的聚会。罗曼小姐并没有同受害人结伴参加聚会，只是看到了她，两人曾有简短谈话。

罗曼小姐说她现在打算从娼妓行业退休，并离开洛杉矶。她表示会把新地址和电话留给警探，如有必要，可以联络她，她对本警探的询问非常配合。

博斯立刻在各份报告中找寻约翰尼·福克斯，可是没有找到。他翻到档案前面的调查序时记录，看他们甚至是否询问过福克斯。他在第二页看到一条记录：

11-3 8:00—20:00 监视福克斯的公寓 未出现

再没有其他任何关于福克斯的记录了。可是博斯往下看序时记录时，注意到另外一条不寻常的记录。

11-5 9:40A 康克林打电话要求安"牌"会面时间

博斯知道这个名字，阿尔诺·康克林是六十年代洛杉矶的地方首席检察官。博斯记得一九六一年时康克林还不是首席检察官，但他可能已经是部门其中一位重要检察官了。他会对一个妓女的凶杀案有兴趣，博斯觉得有些奇怪。可是他在档案中找不到答案，没有任何对康克林会面的记录。

他注意到序时记录中安排的"排"错用了的那个字也出现在之前罗曼的审讯记录概述中，博斯断定康克林是找伊诺安排的见面。不过，就算这个新发现有意义，他自己也不清楚意义是什么。他在笔记本里把康克林的名字写在某一页的开头。

回到福克斯，博斯不懂为什么找不到伊诺和麦基特里克审讯他的报告。他应该是理所当然的嫌疑人——替被害人拉皮条的。如果他被审讯，博斯不明白为什么整个凶杀档案中没有这部分如此重要的调查记录。

　　博斯往后靠在椅子上，点了一支烟。这宗案件有问题，这个想法已经开始让他精神紧张了。他察觉出心中燃起的愤怒。他越往下看，越相信这个案子从一开始就没有好好处理。

　　他一边抽烟，一边又开始翻阅那份档案。多半的审讯记录概述和报告都没有意义，只是用来填充页数的。任何参与过凶杀案调查的警察都能不靠大脑搞出这些东西并塞进档案，让人觉得他已经彻底调查过了。麦基特里克和伊诺对这套滥竽充数的本事似乎特别在行，可是任何参与过凶杀案调查的警察也能一眼就看穿这个把戏，博斯现在看到的正是这样，他胃里的空洞感更强烈了。

　　最后博斯翻到第一个跟进调查报告。报告是麦基特里克写的，时间在案发后一周：

　　　　玛乔丽·菲利普斯·洛的凶杀案至今无新进展，没有确定嫌疑人。据目前的调查显示，被害人在好莱坞一带从事娼业，可能落于嫖客之手，遭其杀害。

　　　　最初的嫌疑人约翰尼·福克斯否认与本案有任何牵连，经过指纹辨认和证人证实其案发前行踪，现已确定与本案无涉。

　　　　本案至今未有其他嫌疑人被指认。约翰尼·福克斯称，被害人于10月30日21:00左右离开她在埃尔里奥公寓的住所，前往某处从事娼妓交易。福克斯声明该项交易由被害人自己安排，他不清楚细节。福克斯又说此种安排在该行业中并不特殊。

　　　　与被害人尸体同时被发现的内衣有撕裂痕迹，值得注意的是，一双属于被害人的丝袜并无撕裂痕迹，可能为其自愿脱下。

　　　　侦查警员根据经验和直觉所得结论如下：被害人是自愿到

达某处、自愿除去部分衣物后，遭攻击致死。尸体被移至维斯塔和高尔两街间巷中的垃圾箱内，次日清晨被人发现。

　　证人梅雷迪思·罗曼本日再度接受审讯，她对稍早的陈述略有补充。罗曼告诉本警探，她相信受害人在尸体被发现前的那天夜晚是到汉考克公园区去参加一个聚会，只是她无法提供聚会地点及任何人名。罗曼小姐说她原打算和受害人同去，但前晚因金钱纠纷被约翰尼·福克斯攻击，脸上的淤伤使她不便参加。（福克斯在稍后的电话审讯中承认殴打罗曼，罗曼不拟起诉福克斯。）

　　截至目前，调查工作因无新线索而停滞不前。我们正在请求风化部门的警官协助，寻找相似案情以及／或者可能嫌疑人。

　　博斯把这页又看了一遍，试图了解他们到底如何解释这个案子。有一点很清楚，不管是否有审讯记录，伊诺和麦基特里克确实询问过约翰尼·福克斯。现在博斯的问题是，他们为什么不打一份报告？还是已经打了，但这份报告后来被拿走了？果真如此的话，是谁拿的，为什么？

　　最后，博斯奇怪为什么除了序时记录以外，所有总结和其他报告中都没有提到阿尔诺·康克林。他想，也许除了福克斯的审讯总结，还有别的东西也被拿走了。

　　博斯起身到厨房门口的台子那边，他的公文包放在台上，他在里面找出他的地址簿。他没有洛杉矶警局储藏库的电话，于是打到总机，请他们转接。响了一声后，一个女人接了电话。

　　"喂，博普雷太太吗？热娜瓦？"

　　"哪位？"

"你好，我是哈里·博斯。我今天曾经去过库里，拿了一份档案。"

"哦，好莱坞警局的，那个老案子。"

"对，你能不能告诉我，那张出借卡是不是还在柜台？"

"等一下，我已经归档了。"

不多久她就回来听电话了。

"在的，我已经找到了。"

"你能不能告诉我，还有谁调阅过这个档案？"

"为什么要问这个？"

"因为档案里少了几页，博普雷太太，我想知道东西可能在谁手上。"

"上一次借出的是你，我说过那是……"

"我知道，大概五年前。在那之前或者之后，有没有任何借出的记录呢？我今天填卡的时候没注意。"

"你等等，让我看一下。"她很快就有答案了，"我找到了，卡上登记这个档案除了你之外，只被调出过一次，是一九七二年，很久以前了。"

"谁借的呢？"

"字写得好潦草，我看不……好像是杰克·麦吉什么。"

"杰克·麦基特里克？"

"大概是。"

博斯一时之间没了主意。麦基特里克是最后接触这个档案的人，可是那已经是凶杀案十年之后的事了。这到底代表什么？博斯觉得谜团越来越大。他不知道自己到底想找出什么，可是他希望至少不只是一个二十几年前潦草的签名而已。

"真谢谢你了，博普雷太太。"

"可是，如果你说页数少了，我应该写个报告给阿圭勒先生。"

"我想大概用不着，应该是我自己弄错了。我的意思是，既然从我上次借完到这一次借，中间没人借阅过这个档案，怎么可能会缺页呢？"

他又谢了她才挂上电话，希望他轻松的口气能说服她没必要费事。他打开冰箱找东西，一边还想着这个案子，之后关上冰箱回到桌边。

凶杀档案最后几页是一份尽职调查报告，日期是一九六二年十一月三日。局里的凶杀案调查程序规定，所有没有解决的案子一年后必须由另外一组警探看过，希望能从新的角度来检视案子，看第一组警探的工作有没有疏忽之处。但是事实上，这只是例行公事，警探不会报告同事的失误，他们自己的案子都忙不完。通常接到这个任务的警探只会把整个档案看一遍，打几个电话给证人，就把档案送回储藏库交差了事。

复检的警探是罗伯茨和乔丹，他们的结论和伊诺及麦基特里克的一样。他们写了两页报告，列下和先前警探同样的证据和审讯，同意这个案子没有新的发展线索，原先判定此案破案可能性很小的结论是正确的。这就是另一对新角度的成果。

博斯合上档案，他知道罗伯茨和乔丹交出他们的报告后，这个案子就被送进档案库，无人过问了，直到一九七二年麦基特里克不知什么原因把档案调出过一次。博斯把麦基特里克的名字记在笔记本的同一页，在康克林的名字下面。然后他又写下他认为可能值得询问的人名，如果这些人还活着，而他又能找到他们的话。

博斯靠在椅背上，才发现他竟然没注意到音乐已经停了。他看了看表，两点半。还有整个下午，他不知道接下来该做什么。

他来到卧室，打开衣橱，从架子上取下一个鞋盒。里面是一些他想保存的信件、卡片和照片，最老的一些是他在越南留下来的。他很少打开这个盒子，但脑子里清楚地记得放进去的每一样东西，每一样都有保存的理由。

最上面的是最近放的，一张从威尼斯寄来的明信片，西尔维娅寄的。那是她在道奇宫看到的一幅画的一部分。希罗尼穆斯·博斯，《被祝福的和被诅咒的》。画上是一个天使带领着一个被祝福的人穿过一条通往天堂的金光通道，他们两个都飘向天空。这张明信片是关于她的最后消息。

他翻过来看背面的字：

　　　哈里，我想你的名字或许使你对这幅画有兴趣。我在道奇
宫看到这幅画，非常美。我爱威尼斯，我想我可以一直住下去。西。

　　可是你不爱我，博斯想，把明信片放回去。他开始在盒子里翻找，
这回他不再分心。大约翻到一半的时候，他找到了要找的东西。

6

日中时分开往圣莫尼卡的车程似乎特别长，博斯必须绕路走长程，由 101 号公路转上 405 号公路再往下开，因为 10 号公路还得等一周才会重新通车。他到达日落公园的时候，已经是下午三点之后了。他在皮尔街找到他要找的住宅，那是在半山腰的一幢小木屋，前面有个门廊，栏杆上爬着红色的九重葛。他旁边的座位上有个装着圣诞卡的信封，他核对了一下印在邮箱上的地址，把车停在路边，又看了一眼那张卡片。那是五年前寄到洛杉矶警局转交给他的，他一直没有理会，直到现在。

他下了车，闻到海的气味，他猜从房子西面的窗子可能看得到部分海景。这里的气温比他家要低十摄氏度左右，他从车里取出外套，一面穿一面走向前门的门廊。

他敲了一下门，来开门的是一个年约六十的妇女，身材很瘦，暗棕色头发的发根有一点灰白，看来又该染了。她涂了很厚的红色唇膏，白色丝质上衣表面印着蓝色海马，下面是一条深蓝色的长裤。她脸上立刻挂上一个招呼的微笑，博斯认得出她，也看出她完全不知道面前的人是谁。

她已经三十五年没见过他了。他回以微笑。

"梅雷迪思·罗曼？"

她的笑容消失得跟出现时一样快。

"我不是，"她的声音很短促，"你找错地方了。"

她退后打算关门，可是博斯用手抵住门，尽可能不让她觉得有威胁的意味——他看到了她眼中的恐惧。

"我是哈里·博斯。"他很快地告诉她。

她似乎僵了一下，看着博斯的眼睛。他看到她的恐惧消失了，认出他来，她的眼中仿佛盈满了回忆，微笑回到她脸上。

"哈里？小哈里？"

他点点头。

"哦，亲爱的，来！"她紧紧地搂住他，在他耳边说，"啊，看到你真是太好了，这么多年，让我好好看看你。"

她松开手，把他身子往后推开一点，上下打量，好像同时在评鉴一屋子的画似的，眼中满是喜悦和真诚。博斯觉得很亲切，又有一点伤感，他不该等那么久才来的。他早该来看她的，不该只为了眼前这原因才来。

"进来。哈里，进来。"

博斯进入一间陈设完整的客厅，红色的橡木地板，洁净的白色灰泥墙，搭配着白色的藤制家具，整个地方显得轻盈而明亮，可是博斯知道他会给这里带来黑暗。

"你不叫梅雷迪思了？"

"哈里，我已经改名很多年了。"

"我该怎么称呼你呢？"

"我现在叫凯瑟琳，K开头的拼法，凯瑟琳·雷吉斯特。不过'吉'字要念成'基础'的'基'，我丈夫在的时候总是这么告诉别人。他这个人什么都是一板一眼按法规行事，只有念这个字，我想是他唯一做过的不合规矩的事了。"

"你说他在的时候？"

"你坐，哈里，我是说他在的时候。他五年前过世的，到去年感恩节正好五年。"

博斯在沙发上坐下，她把单人椅搬过玻璃茶几。

"对不起，我不该提的。"

"不要紧，你不知道嘛，不过你没有机会认识他了。我跟从前的我早就不一样了。要喝什么？咖啡还是别的？"

他想到他收到的圣诞卡是她在丈夫死后不久寄的，他觉得非常歉疚，当时竟然没有理会。

"哈里？"

"哦，没什么……我该叫你的新名字吧？"

她大笑起来，笑声感染了他，他也笑起来。

"你爱怎么叫就怎么叫。"她笑得像个年轻的女孩，他记得她从前就是这样笑的，"真开心看到你，看到你长成……"

"我现在这样？"

她又笑了。

"我想是吧。嗯，我知道你在警局工作，因为我有时会在新闻里看到你的名字。"

"我知道，我收到了你寄到警局的圣诞卡，大概是在你先生过世后不久。我，嗯……我真抱歉，我从来没有回信也没来看你。我早该来的！"

"不要紧的，哈里，我知道这种工作非常忙，还有……我很高兴你收到卡片了。你有家庭了吗？"

"还没有，你呢？有没有孩子？"

"没有，我没有孩子。你总该结了婚吧？这么帅的小伙子。"

"不，我还单身。"

　　她点点头，似乎看出了他来这里不是来叙旧的。他们两人对看了一阵，博斯心想不知道她对他变成警察有什么感想。他们初见的喜悦渐渐变成一种不自在，那个深藏的秘密渐渐浮了上来。

　　"我猜……"

　　他没有说完，他在想他该怎么开始，他问话的技巧似乎消失了。

　　"如果不太麻烦，我想要一杯水。"

　　这是他唯一想得到的话。

　　"马上就来。"

　　她很快起身走进厨房，他听到她从冰盒内取出冰块，这让他有一点时间思考。他花了一个小时开车到她家来，可是没有想过见面的情形，也没想过该怎么开口询问他想问的事。几分钟后她端了一杯冰水出来，把杯子递给他，在他前面的玻璃茶几上放了一个软木塞做的茶垫。

　　"如果你饿，我这里有饼干和奶酪，我不知道你有多少时间……"

　　"别麻烦，我不饿，冰水就够了，谢谢。"

　　他向她举了举杯，一口气喝下半杯，把杯子放在桌上。

　　"哈里，记得垫子，桌上留下水印简直罪恶。"

　　"抱歉。"

　　他把杯子放在垫子上。

　　"你现在是警探。"

　　"对，我现在在好莱坞警局……不过，我目前其实没有工作，算是在休假。"

　　"那一定很好啊。"

　　她的精神似乎轻松一些，好像她猜到他来可能跟公事没关，博斯知道这是他开口的机会。

　　"嗯，梅……哦，凯瑟琳，我有点事想问你。"

　　"什么事，哈里？"

"我看到你有一个很好的家，改了名字，日子过得很好，你已经不是梅雷迪思·罗曼了。我知道你不需要我来告诉你这一点，你已经有了……我的意思是要你谈及自己的过去可能非常困难，我知道这对我而言就很难。不过请你相信我，我一点没有要伤害你的意思。"

"你来是想谈你母亲的事。"

他点点头，眼睛看着茶垫上的玻璃杯。

"你母亲是我最要好的朋友，有时候我在想我几乎是跟她一起抚养你的。一直到他们把你从她身边带走，我是说从我们身边。"

他抬起头来看她，她的眼光像在极力搜寻遥远的记忆。

"那天之后，我几乎没有一天不想到她。那时候我们自己都还是孩子，玩得很开心，从来都没有想过会受到伤害。"

她忽然站起身来。

"哈里，来，我给你看样东西。"

他跟着她走过铺着地毯的过道，进入卧室。里面有一张四根柱子的床，挂着淡蓝色的幔帐，还有一套橡木五斗柜和一张床头桌。凯瑟琳指着五斗柜，上面摆着几个相框。多半的照片都是她和一个看起来比她年长很多的男人——她的丈夫，博斯猜想。但是她指的是一张放在最右边的。照片相当旧，都褪色了，上面是两个年轻女子和一个三四岁大的小男孩。

"那张照片一直放在那儿，哈里，我先生还在世的时候就在那儿。他知道我的过去，我跟他说的，没什么要紧。我们一起过了二十三年的好日子。你看，过去全要看你自己怎么面对。你可以让过去伤害自己、伤害别人，也可以让过去把你变得更坚强。我很坚强，哈里。好了，告诉我今天为什么来找我。"

博斯伸过手，拿起那个相框。

"我要……"他从照片上抬起头来看着她，"我要找出是谁杀了她。"

她脸上浮起一个迷离的表情，过了一会儿，她一言不发地把照片从他手中拿过去放回原处。然后她紧紧搂住他，她的头顶着他的前胸，他从五斗柜的镜子中看见自己也搂着她。她的身子后退，抬起头来时，已经泪流满面，下唇轻微地颤抖着。

"我们去坐下来。"他说。

她从五斗柜上的盒子里抽出两张纸巾，跟他回到客厅坐了下来。

"你要喝点水吗？"

"不，我不要紧，一会儿就好了，对不起。"

她用纸巾擦了擦眼睛，他往后靠在沙发背上。

"我们以前总说我们像一对步兵，两人一体。当然有点傻，可是我们那时太年轻、太亲密了。"

"我要从头问你，凯瑟琳，我把调查那个案子的档案调出来了，在那里面……"

她打断他，摇摇头。

"那根本不是调查，简直是个笑话。"

"我也这么觉得，但是我不懂为什么。"

"听我说，哈里，你知道你母亲是干什么的。"他点点头，她继续说，"她是赶场的，我们两个都是，我想你知道这只是好听一点的叫法。那些条子根本不在乎我们这种人的死活，他们只是随便搞搞交差了事。我知道你现在是警察，不过那时的情况就是这样，他们根本不在乎她的死。"

"我懂，说来你也许不信，现在情形也不见得有什么不同。但我想事情肯定不止如此。"

"哈里，我不知道你想知道多少有关你母亲的事。"

他看着她。

"过去也使我变得坚强，我想我不怕面对。"

"我相信……我记得他们把你送去的那个地方，麦克沃恩还是什么的……"

"麦克拉伦。"

"对,麦克拉伦,好可怕的鬼地方,你母亲每次探望你回来都会哭半天。"

"别把话题岔开,凯瑟琳,我应该知道她哪些事呢?"

她点点头,犹疑了一下,继续说道:"她认得不少警察,你懂吗?"

他点点头。

"我们两个都是,干我们那行必须那样,你得有点关系才能找'关系',反正我们那时候都那么说。在这种情况下,你要是不幸倒霉死掉了,对警察来说最好的处理方法就是把整个案子遮掩过去。让睡觉的狗死掉,他们是这么说的。大家都按老一套来,他们只是不想让任何人难堪。"

"所以你认为是警察干的?"

"不,我不是那个意思,我不知道是谁干的,哈里,对不起,我也希望我知道。我要说的是,办那个案子的警探知道往下查会查出什么来。他们根本不想去查真相,因为他们知道那样做对自己、对警局都不好,他们没那么笨。我说过了,她只是个赶场子的女人,他们根本不在乎,没人在乎。她被杀了,只是这样。"

博斯的眼睛四处看了一圈,不知道接着该问什么。

"你知道她认得的警察是哪些人吗?"

"已经那么久了。"

"你也认得一些她认得的警察,是不是?"

"不错,我没有选择的余地,干我们那行的都是那样,你要靠关系,才能不坐牢。每个警察都能买通,至少那时候是这样的。每个人要的东西不同,有的人要钱,有的人要别的。"

"在凶……在档案中提到你从来没有被捕的记录。"

"对,我运气好一点。我被抓过几次,不过没有被记录下来。只要我能打个电话,最后他们总会把我放了。我没有记录,因为我认识很多很多警察。你明白吗?"

"明白。"

她说的时候眼光没有离开他，在经过这么多年不同形态的生活后，她仍保留了一个妓女的尊严。她可以谈到她人生最低下的一段而不眨一下眼。因为她走过来了，这个过程带给她的尊严可以维持一生。

"你介意我抽烟吗，哈里？"

"不，如果你也让我抽一支。"

他们拿出烟，哈里替她点上。

"你可以用那个桌上的烟灰缸，小心别让烟灰落到地毯上。"

她指着他坐的沙发旁的茶几上的一个玻璃缸。博斯探过身取了那个烟灰缸，拿在手里，用另一只手抽烟，眼睛看着手中的烟灰缸。

"你认识的那些警察，"他说，"她也可能认识，你一个名字都记不得了吗？"

"我已经说了，那是很久以前的事了，而且我猜他们也不会干那种事，我是说你母亲的死。"

"伊凡·欧文？你记得这个名字吗？"

她犹豫了一下，好像想起来了。

"我认得他，我相信她也认得，他是大道的巡警。我想她不可能不认识他……但我不知道，我猜的也可能不对。"

博斯点点头。

"是他找到她的尸体的。"

她耸耸肩，似乎在说那又能证明什么。

"总会有人找到她的，她被人丢在那里，就那样被丢在外面。"

"其他几个管风化的呢？吉尔克里斯特和斯塔诺？"

她又迟疑了一阵才开口回答。

"是，我认识他们。他们是那种卑鄙的人。"

"我妈妈也认识他们吗？就像你说的那样。"

她点点头。

"你说他们卑鄙是什么意思？他们怎么了？"

"他们……他们根本不把我们当人看。如果他们要什么，不管是你在接客时得到的一点消息还是更为……私人的什么东西，他们就会来要，有时候很粗暴，我恨死他们了。"

"他们……"

"是不是凶手？我那时候觉得不太可能，现在还是这么觉得。他们不是凶手，哈里，他们只是警察。不错，他们被人买通了，可是那时好像每个警察都这样。不像现在，你打开报纸就看到警察因为杀人还是打人什么的要受审出庭。对不起。"

"不要紧，你还能想出谁来吗？"

"想不起来了。"

"一个名字都没有？"

"我早就不记得那些事了。"

"没关系。"

博斯想拿出笔记本，可是他不想让她觉得他是在审讯她，他努力回想他看过的凶杀档案中还有什么地方需要问的。

"那个叫约翰尼·福克斯的呢？"

"我当时告诉那两个警探福克斯这个人，他们开始的时候很兴奋，但是后来什么也没发生，他根本没有被捕。"

"他被捕了，但是后来又被放了，他的指纹跟凶手的不合。"

她的眉毛挑起来。

"这倒是新闻，他们从来没说过指纹的事。"

"麦基特里克，你记得他吗？他跟你第二次谈的时候……"

"不大记得，我只记得两个警察，都是警探，一个比较聪明，就记得这么多。我不记得哪个是哪个了，好像那个笨的是主管案子的。"

"好，不管那些。第二次问你的人是麦基特里克，他的报告上说，你第二次接受审讯说的和上次不同，你说你知道在汉考克公园区的聚会。"

"对，那个聚会。我没去，因为那个……福克斯前一晚打我，我脸上有一块淤伤。很大一块，我用不少化妆品遮住，可是肿的地方没法遮。我们这种人到汉考克公园的聚会去，要是脸上包扎一块布岂不是白去。"

"有哪些人去？"

"不记得了，我想我连是谁主办的都不知道。"

她说话的口气让博斯觉得有一点不对劲，她的口气变了，有点像在说一个演练过的答案。

"你确信你真的不记得了？"

"真的不记得了。"凯瑟琳站起来，"我去喝点水。"

她拿了他的杯子顺便给他添水，离开客厅。博斯意识到，他和她从前的亲近关系以及多年后再见的激动情绪，使他的审讯直觉暂时停摆了，对真假无从判断。他说不上来刚才她说的这些话中是否另有文章，他决定把话题转回到那个聚会上，他想她知道的比她三十多年前说的要多。

她拿了两杯冰水回来，把他的那杯放在茶垫上。她把杯子放下来那种刻意的小心，让他看到她说话时不曾透露的一面。她是下了很深的功夫才得到她现在的身份的，她现在的身份和与其相当的物质条件——像玻璃茶几和厚软的地毯——对她的意义非凡，因此必须小心维护。

她坐下后喝了一大口冰水。

"哈里，我跟你说吧，"她说，"当时我没有告诉他们全部的实情，我没说谎，可是有很多事我没说，因为，我害怕。"

"怕什么？"

"他们找到她的那天我就开始害怕。那天早上我接到一通电话，当时我还不知道她的事。对方是个男人，但我听不出是谁。他说如果我告诉他们任何事，下一个就是我。我记得他说："我警告你，小丫头，你最好尽快从这个地方滚开！"后来，当然，我听到警察到我们公寓来，去了她的房间，然后，我听到她去世的消息。所以我乖乖听话，搬走了。我等了一周，等到警察说他们已经问完了我，我才搬到长滩去的。我改了名字，也改变了我的生活。我在那里遇到我先生，几年以后我们搬到这里来……你知道吗？我后来再也没去过好莱坞，连开车都不经过那里，我讨厌那个地方。"

"你没对伊诺和麦基特里克说的，是什么事？"

凯瑟琳说的时候低头看着她的双手。

"我很怕，所以我没全讲……我知道她到那里是去跟谁见面。我们像姐妹一样亲密，住在同一幢公寓，合穿衣服，无话不谈，什么都不分的。我们每天早上一起喝咖啡，什么都谈，我们之间可以说没有秘密。本来我们是打算一起去的，当然，那件事……我被约翰尼·福克斯揍了以后，她只好自己去了。"

"她是去会谁呢？凯瑟琳？"博斯紧接着问。

"你看，这才是正确的问题，可是那些警探根本没问。他们只问谁办的聚会、在什么地方，那些根本无关紧要，重要的是她是跟谁碰面，他们从来没问到这一点。"

"是谁呢？"

她的眼光从她的手移到壁炉，盯着壁炉里残留的黑色木头，就像某些人凝视着壁炉中燃烧的熊熊烈火一般。

"那个人叫阿尔诺·康克林。他是一个很重要的……"

"我知道他。"

"你知道？"

"档案中有他的名字，不过记录的内容不同。你怎么不告诉警察这一点？"

她转过头来，眼光锐利地看着他。

"你不用那样看我，我刚刚说了我很怕，有人威胁我。再说即使我说了，他们反正什么也不会做，康克林早就买通了他们。他们哪里会因为一个……应召女郎的一句话去碰康克林。而且这个应召女郎什么也没看到，只知道一个名字。我得顾到我自己，你的母亲已经死了，哈里，我做什么都没有用了。"

他可以看到她眼中的愤怒，他知道那是冲着他的，更是对她自己的。她可以说出一大堆理由，博斯想，但是她一直在为她该做而没做的事付出代价，每一天。

"你认为是康克林干的？"

"我不知道，我只知道她以前曾经跟他在一起过，中间并没有发生任何暴力的事，我不知道是不是他。"

"那个打电话的人，你想可能是谁呢？"

"不知道。"

"康克林？"

"我不知道，我认不出那人的声音。"

"你见过他们一起吗？我妈妈和他？"

"见过一次，在共济会的舞会上，我想那是他们第一次见面，约翰尼·福克斯介绍他们认识的。我猜阿尔诺不知道……你母亲的事，至少那个时候还不知道。"

"会不会是福克斯打的电话呢？"

"不可能，我认得出他的声音。"

博斯想了一下。

"那天早上之后，你见过福克斯吗？"

"没有，我躲了他一周。那倒不太难，我猜他也在躲警察，之后我就搬走了。不管打电话的人是谁，我很害怕，警察告诉我他们已经问完我之后，当天我就走了。只有一个箱子，搭上巴士……我记得你母亲公寓里还有一些她跟我借的衣服，我根本没打算去拿回来，只收了我自己的东西就走了。"

博斯没有出声，他想不出还有任何话要问了。

"我常常回想那一段日子，你知道吗？"凯瑟琳说，"我们等于住在贫民窟里，你母亲和我。可是我们有彼此，虽然苦，还是有很多乐子。"

"你知道，我也常常想到你，你一直都跟她一起。"

"不管其他的事多不好，我们还是常常笑的，"她的口气充满怀念，"你知道，你是我们的中心。他们把你带走之后，她伤心得不想活……她从来没有放弃要把你弄回来的念头，哈里，我希望你知道这一点。她非常爱你，我也爱你。"

"我知道。"

"可是你走了之后，她变得不一样了，有时候我觉得她的结果似乎是注定的，有时候我想她好像已经往那个方向走了很长一段时间了。"

博斯站起来，看着她眼中哀伤的神色。

"我该走了，我会告诉你进展如何。"

"这样最好，我希望保持联系。"

"我也希望。"

他走向门口，心里知道他们不会保持联系，时间已经冲淡了他们的关系，他们只是两个知道同一个故事的陌生人。在门廊的阶梯前，他转过身看她。

"你寄的那张圣诞卡，你当时是希望我来重新调查这件事吗？"

她脸上再度浮起那个仿佛非常遥远的微笑。

"我不知道，我先生那时刚走，我回想自己的一生，想到她，还有你。我自己走出来的路，我觉得很骄傲，小哈里。所以我想到她，还有你，你们可能走出什么样的路来呢？我还是很愤怒，那个凶手应该……"

　　她没有说完，可是博斯点点头。

　　"再见，哈里。"

　　"你知道，我妈妈，她有过一个好朋友。"

　　"我希望如此。"

7

回到车中，博斯掏出笔记本，看着他写下的名单：

康克林

麦基特里克，伊诺

梅雷迪思·罗曼

约翰尼·福克斯

他把梅雷迪思·罗曼的名字画掉，考虑其他几个名字。他知道他写的顺序不是他要审讯的顺序，他知道在他找上康克林，甚至麦基特里克和伊诺之前，他需要更多证据。

他从外套口袋里拿出地址簿，又从公文包中取出大哥大。他打给萨克拉门托机动车辆管理局的执法部门，自称警督哈维·庞兹。他把庞兹的编号给了对方，要求查询约翰尼·福克斯的驾照。他查了笔记本上的记录，告诉对方福克斯的出生年月日，同时也算出福克斯现在是六十一岁。

　　他等着结果，脸上浮起笑容，因为庞兹一个月后得解释为什么打这通电话。局里最近开始审计车管局的查询服务，因为《日报》不久前报道了警局里上上下下的警员都用公账打电话到车管局替关系好的记者或者私家侦探查消息，新局长规定所有人打电话到车管局和接入电脑的时候都要填一份表格，说明相关的案子或者理由。表格直接送往帕克中心，中心会核对表格及监理局每月寄的追踪记录。下个月车管局的服务使用名单上出现庞兹的名字，而中心找不到他的表格，检查人员会打电话给他。

　　博斯有一天在挂衣服的架子上看到庞兹的工作证别在外套上，他看到了庞兹的编号，他记在了笔记本上，直觉有一天用得上。

　　车管局的工作人员回到电话上来，告诉他没有他给的约翰尼·福克斯这个人的驾照。

　　"有没有相近的？"

　　"没有，亲爱的。"

　　"我是警督，小姐，"博斯态度强硬地说，"庞兹警督。"

　　"我是女士，警督，夏泼女士。"

　　"我知道你会撒泼。请问，夏泼女士，你们的计算机能追踪到哪一年？"

　　"之前七年，还有别的吗？"

　　"我怎么找七年前的记录？"

　　"没法子，如果你要找手抄的记录，写一封信来，警——督，要等十天到十四天。如果是你的话，肯定是十四天。还有什么问题？"

　　"没有，不过我不喜欢你的态度。"

　　"彼此彼此，再见。"

　　博斯把电话挂上后大笑起来。他相信追踪查询记录绝对少不了了，夏泼女士一定会特别注意不要漏了庞兹，他的名字说不定放在寄往帕克中心的名单的最上面呢。他又打了埃德加命案组的电话，正好在他下班之前找到他。

"哈里，什么事？"

"忙吗？"

"不，没有新案子。"

"你能不能帮我查一个名字？我已经在车管局查过了，但是我需要有人帮我在计算机上找。"

"嗯……"

"喂，你到底能不能帮忙？如果你担心庞兹，那……"

"嘿，哈里，冷静一点好不好？你怎么搞的？我又没说不帮忙，把名字给我。"

博斯不懂为什么埃德加的态度使他生气。他深深吸了一口气，试着平静下来。

"约翰尼·福克斯。"

"真狗屎，叫约翰尼·福克斯的人一定有几百个以上，你有没有出生年月日？"

"有。"

博斯查了笔记本，把出生年月日给了他。

"他跟你有什么关系？你现在到底怎么样？"

"还不错，以后再跟你说，你会去查？"

"会，我说了会查。"

"好，你有我的手机，如果打不进来，在我家里的电话上留言。"

"等我有时间就去查，哈里。"

"什么？你刚刚不是说没事吗？"

"现在没事，可是我是在工作，总不能一天到晚替你这些屁事跑来跑去吧？”

博斯惊讶得说不出话来。

“嘿，杰里，他妈的算了。我自己查。”

“哈里，我不是说……”

“不用了，我说正经的。我不想让你为难，夹在我和你的新队友，还有你那个大无畏的老板中间不好做人。我的意思是说，这才是理由对不对？别跟我鬼扯什么工作，你根本没在工作，你就要回家了，你明明知道。哼，等一等，也许是要跟队友喝一杯去了。”

“哈里……”

“好好保重。”

他挂上电话，坐在那儿让怒气散去，就像热气被引擎冷却器散掉那样。他还没有把电话放回公文包里去，电话又响了。他马上觉得好过多了，立刻接了起来。

“喂，对不起，好了吧？”他说，“就当没这回事。”

那一头没声音。

“喂？”

是个女人的声音，他立刻觉得很窘。

“喂？”

“博斯警探？”

“我是，抱歉，我以为是别人。”

“比如说谁呢？”

“请问你是……？”

“伊诺霍斯医生。”

“哦。”博斯闭上眼，他的怒气又回来了，“请问有何贵干？”

“我只是打电话提醒你，我们明天要见面，你会来吧？”

“这可由不得我，记得吗？你用不着打电话来提醒我我们的疗程。

信不信由你，我有个日程表，也有手表，有闹钟，一样不缺。"

他立刻觉得他的揶揄有点过分。

"我的电话好像打得不是时候，我们再……"

"不错。"

"再谈，明天见，博斯警探。"

"再见。"

他把电话重重挂上，丢在一边。他发动车子，从海洋公园道上了邦迪路，再往 10 号公路开去。他靠近高速公路立交桥的时候，看见上面往东的方向在匝道处就堵住了。

"干！"他大声叫出来。

他开过匝道入口和立交桥，由邦迪路驶向威尔希尔路，再往西开向圣莫尼卡市中心。他花了十五分钟才靠近第三步行街，在那里找路边停车位。地震后他不再到立体停车场停车，现在也不打算改变主意。

博斯在路边找车位时想，多么矛盾的行为，你明明住在一个检查员宣称随时可能滑下山坡的房子里，却不肯到立体停车场停车。最后他终于在步行街上那家专放色情片的电影院附近找到一个空位。

那条路上约有三个巷子那么长的一段是露天餐馆、电影院和各类商店集中的地方，他在那里来回逛着耗掉这段堵车时间。他走进圣莫尼卡那家乔治国王，知道那是洛杉矶西区的警探常泡的地方，但是他没碰见任何他认识的人。然后他在一个外卖比萨铺子吃比萨，顺便观察情况。他看见一个街头艺人，同时在空中抛耍五把刀子，他想他或者了解那个人心里的感觉。

后来他在一把椅子上坐下，看走过的路人。只有那些无家可归的游民注意到他，在他面前停下来，他的零钱和一美元钞票很快就送光了。他觉得孤单，想起凯瑟琳·雷吉斯特，和她口中的过去。她说她很坚强，但是他知道舒适和坚强也可能来自悲伤，她有的正是悲伤。

他想到她五年前做的事，丈夫死了，她回顾自己的一生，发现了记忆中有个黑洞：那些痛苦。她寄了那张圣诞卡给他，希望他那时能做点什么。他几乎做了，他调出凶杀档案，却没有力量去面对。

天暗下来后，他来到百老汇街上的 B 先生酒吧，找了一个位子坐下，要了一杯啤酒和一杯鸡尾酒。一个五人乐队在后面的小舞台上演奏，低音萨克斯主奏。他们已经演奏到《我开口之前什么都别做》的尾声，博斯猜他进来时他们已经演奏了一段时间了。萨克斯的声音有点拖拖拉拉，不够清澈。

他失望地转过身，喝了一大口啤酒。他看看表，知道此刻交通应该顺畅了。可是他没有走，他把鸡尾酒倒进啤酒杯里，大口喝着浓烈的混合饮料。乐队现在奏的是《多么美好的世界》，乐队里没人出来演唱，当然即使他们想唱，也唱不出路易斯·阿姆斯特朗的味道。没有词也不错，博斯知道歌词：

> 我看见绿色的树
> 还有红色的玫瑰
> 我看见它们
> 为你也为我
> 朵朵盛放
> 我心中想
> 多么美好的世界

这首歌让他觉得寂寞又伤感，可是不要紧，他一生多半的时间都绕着寂寞打转，现在他又习惯了。他认识西尔维娅之前是那样，现在仍然可以回到那样的状态。他需要的只是时间，忍受失去她的痛苦。

她离去三个月了，他只收到一张明信片，她的消失打乱了他生活的连续性。在她之前，工作是他的轨道，就像太平洋上的日落一般规律。她出现后，他试着改变运行的轨道，那是他做过最勇敢的尝试。但他失败了，他的改变留不住她，现在他脱离了轨道，他的内心就像地震后的城市，有时候好像每一层都断裂了。

　　他听到身边传来一个女人的歌声，唱出歌词，转身看见几把高脚椅之外坐着一个年轻女子。她闭着眼睛，轻声地唱着。她只是唱给自己听的，可是博斯听得见。

> 我看见蓝色的天空
> 还有白色的云
> 明亮祝福白日
> 黑暗神化夜晚
> 我心中想
> 多么美好的世界

　　她穿着一条白色短裙、一件色彩鲜艳的紧身背心和一件罩衫。博斯猜她不会超过二十五岁，很高兴她居然知道歌词。她坐得很直，两腿交叉，随着萨克斯的旋律微微摆动。她棕色的头发垂在脸旁，面孔轻仰，嘴唇微启，几乎有点天使的味道。博斯觉得她很美，浑然忘我地陶醉在旋律中。即使萨克斯的声音不够清澈，她也让自己沉浸其中，博斯相当欣赏这一点。她有一张警察口中称之为顺利过关的面孔，漂亮的脸永远可以保护她，不管她做了什么，或者别人对她做了什么，她的面孔会是她的门票，许多门会为她打开，在她进入后关上，她总能顺利过关。

　　音乐结束了，她睁开眼睛拍起手来，其他人的掌声也跟着响起，后来酒吧中的每个人，包括博斯，都加入了鼓掌，这就是那张顺利过关面孔的魅力。博斯转过身，又跟酒保要了一份鸡尾酒和啤酒。酒放上吧台的时候，他朝她的方向看了一眼，但是她已经不在了。他转身看酒吧门口，门正关上，他有点想念她。

8

博斯直接开上日落大道，一路回城。路上的车很少，他原先没打算停留这么长时间。他一边抽烟，一边听着新闻频道。其中有一条关于格兰特高中在原址复课的消息，那是西尔维娅去威尼斯之前任教的学校。

他觉得很累，想着如果被交通警察叫住，他可能无法通过酒精测试。从日落大道转入比弗利山庄的时候，他把车速降至限速范围内。他知道比弗利山庄的警察不会让他过关，强制控压休假时来上一张酒驾超速的罚单，他的工作就完了。

左转进了月桂谷大道后，他沿着弯曲的山路往上开。在穆赫兰大道的十字路口遇上红灯，他右转前先看了看左边是否有来车，他的眼光忽然呆住了。左边路旁溪沟的矮丛中蹦出一只美洲狼，朝十字路口这边张望。路上没有其他车子，只有博斯看见它。

那只狼看起来很瘦也很憔悴，身上带着在都市化的山区求生的印记。溪中升起了雾气，映着街灯将它笼罩在一片淡淡的蓝色中。它似乎正看着博斯的车，反射的车灯使它的眼睛炯炯闪光。博斯觉得那对眼睛有一刹那和他自己的目光对上了，然后它转身退回蓝色的迷雾中。

他身后有车在按喇叭，已经是绿灯了。他挥挥手，右转开上穆赫兰大道。但是他在路边停下车，走了出来。

这是个很凉的夜晚，他穿过十字路口，走到那只蓝色的美洲狼刚刚出现的地方。他不知道自己想干什么，但他一点也不怕，只想再看那只狼一眼。他在溪谷边缘停住，往下看，下面是一片漆黑，蓝色的雾气环绕在他周围。身后有辆车开过，等到车声消失后，他仔细地听着、搜寻着，但什么也没看到，那只狼已经消失了。他走回停车处，从穆赫兰大道开上伍德罗·威尔逊路，回到家中。

之后，他又喝了几罐啤酒，躺在床上，仍然开着灯。他点上最后一支烟，瞪着天花板发呆。灯是亮的，脑子里想的却是黑暗而可怕的，还有那只孤独的美洲狼、那张顺利过关的面孔。很快，所有的思绪都和他一起遁入黑暗中。

9

太阳还没出来博斯就起床了，他睡得不好。他昨晚抽的最后一支烟差点成了他人生的最后一支。他竟然夹着那支烟睡过去了，后来是被灼灸的手指痛醒的。他爬起来把手指包扎好，却再也睡不着了。手指阵阵剧痛，他想到的都是他不知多少次调查过的那些醉汉的死，他们酒醉后昏睡过去，被自己的烟活活烧死。卡门·伊诺霍斯对他受伤一事会说什么？那不是一个自我毁灭的症状吗？

最后，曙光透进房间，他放弃睡眠，爬了起来，咖啡还没好之时他到浴室重新包扎手指。贴上胶带时，他看了镜中的自己一眼，眼睛下面有深陷的纹路。

"妈的，"他说，"怎么搞的呢？"

他在后面的露台上喝着黑咖啡，等待整个城市醒来。空气清冷凛冽，下面的公路旁是一片高耸的尤加利树，那股特有的气味渐渐飘上来。海上的雾气漫过公路，群山在薄雾中只隐约透出神秘的轮廓。他在露台上坐了一个小时左右，着迷地看着眼前的景色。

他进屋去倒第二杯咖啡的时候才看到电话上闪动的信号。有两个留言，可能都是前一天的，他昨晚回来时没有注意到。他按了播放留言的按钮。

"博斯，我是庞兹警督，现在是周二，三点三十五分。我要通知你，从你开始强制控压休假到……嗯，到局里决定你情况的这段时间，你必须把车交还好莱坞分局。我这里的记录是车龄四年的雪佛兰卡普里斯，车牌是1-A-A-3-4-0-2，请你立刻安排把车送还。这个命令依据的是《标准实施手册》第三章第十三条，违规会受到停职或开除的处分。再说一次，这是庞兹警督的命令，现在是周二，三点三十六分。如果你对上述留言有任何问题，请跟我联络。"

电话上显示留言的时间事实上是周二下午四点，可能在他回家之前打的。妈的，博斯想，那辆车反正是个破烂，拿走算了。

第二条留言是埃德加的。

"哈里，你在吗？我是埃德加……喂，你听着，今天的事就算了，好吗？我说真的。算我浑蛋，你也浑蛋，我们两个都浑蛋，就扯平了。不管以后我们还是不是队友，我都欠你一大笔，老兄。如果我的表现好像忘了这回事，要宰要骂随你，就像你今天这样。好，现在是坏消息：你说的这个约翰尼·福克斯，能找的地方我都找了，影子都没有，国家犯罪信息中心、司法院、公诉总长、惩教管理处、国家通缉令查询中心，到处都找遍了。我在他身上做足了功课，看起来这家伙没有前科，如果他还活着。你说他没有驾照，我猜他的名字是假的，不然就是死了。就是这些了，我不知道你要这些做什么，不过如果你还要别的，打个电话给我……你好好撑着，兄弟。我下一轮的时间是早上十点到晚上七点，所以你可以打到我家，如果……"

话被切断了，埃德加用完了留言的时间。博斯把带子倒回，拿了咖啡，回到露台上，他开始想约翰尼·福克斯到底可能在什么地方。他在机动车辆管理局没找到他的名字时，博斯猜他可能在牢里，所以不需要驾照。可是埃德加在电脑上找过全国所有的罪犯记录，也找不到他，现在博斯认为只有两个可能了，改过自新或者如埃德加说的，死了。如果博斯打赌，他会赌后者，约翰尼·福克斯那种人是不会改过自新的。

剩下的选择是到洛杉矶市政记录所去查死亡证书。可是没有死亡日期，查起来就像海底捞针，可能要花很长时间。他想到一个比较简单可行的法子，先去查《洛杉矶时报》。

他进屋拨了个电话给一个他认识的记者凯莎·罗素。她在报道警察活动这个领域还是新手，还在摸索方向。几个月前她有意拉拢博斯，作为她日后消息的来源。通常记者示好的方式是连写几篇其实并不重大的犯罪报道，一些平常不可能受到媒体如此青睐的案子。但是报道中他们必须经常和查案的警探密切联系，建立起一种关系，希望日后能得到一些特别的消息。

罗素一周内写了五篇博斯当时侦查的一个案子。那是一件家庭暴力案，依法不准涉足分居妻子住所的丈夫跑到她在法兰克林的公寓去，把她拖上五十楼后推下去，他自己也跟着跳了下去。报道这件案子期间，罗素经常和博斯谈话。她的报道非常翔实完善，赢得了博斯的敬意。但是他心里有数，知道她希望她的报道和对他的注意能在他们之间建立起记者和警探的长期"合作"关系。之后她几乎每周都会跟他通一两个电话，瞎扯一通，告诉他一些她从别处得来的关于警局的各种小道消息，最后一定会问那句对记者最重视的话："有没有什么新动向？"

铃声一响她就接了电话，博斯有点诧异她起得这么早，他原打算留言的。

"凯莎，我是博斯。"

"嘿，博斯，你怎么样？"

"还好吧，我觉得，你一定听说我的事了。"

"一点点，我听说你是暂时离队，可是没人告诉我因为什么。你就是要跟我说这个吗？"

"哦，不，我是说现在先不谈。我要请你帮个忙，如果成了，这个故事是你的，我以前也跟别的记者做过同样的交换。"

"我要做什么？"

"只要到停尸间去一趟。"

她抱怨了一声。

"我是说报社的停尸间，《时报》那一处。"

"哦，那还差不多，你要什么？"

"我这里有个名字，很老的一个。我知道这家伙主要活动在五十年代到六十年代，至少六十年代初期，是个人渣，可是我找不到他之后的任何消息，我的直觉是他已经死了。"

"你要我找他的讣闻？"

"我想《时报》大概不会有这号人物的讣闻。这家伙是那种小角色，根据我目前掌握的资料判断，我在想这里边也许有故事，你懂的，如果他真的死得这么'不是时候'。"

"你是说例如他被人杀了？"

"正是。"

"好，我会找找看。"

她似乎很有兴趣，博斯感觉得出。他知道她在想，帮了这个忙，他们的关系就更进了一层，以后她要什么就容易多了。他没多说，让她那样想。

"他叫什么？"

"他的名字是约翰·福克斯，但是他一直用约翰尼·福克斯。我能找到的关于他的最后消息是在一九六一年，他是个皮条客，标准的垃圾。"

"白人、黑人、黄种人，还是棕色的？"

"标准的白色垃圾，可以这么说。"

"你有没有出生年月日？如果我找到很多约翰尼·福克斯，至少可以帮我缩小范围。"

他给了她。

"我怎么找你？"

博斯把手机号码给她，他知道他这等于放了一个饵，她会把他的电话输入她计算机中的消息源名单，就像把一副金耳环放进珠宝箱一样。对她而言，查一个信息就拿到一个随时能找到他的电话号码是绝对值得的。

"好，我等一下跟我的编辑有个会……所以我才起这么早。会一开完我就去找，找到我会立刻打电话给你。"

"如果有任何东西。"

"好。"

博斯挂了电话，从冰箱上拿下早餐麦片，就这么拿着盒子干吃起来，一边打开收音机的新闻频道。地震后他把报纸停了，以防检查员高迪出现得早，看见前门的报纸，知道他还住在这个不允许居住的地方。概要里的重头新闻都没什么看头，至少没有登好莱坞凶杀的新闻，他没有损失什么机会。

交通新闻之后的一则新闻引起了他的注意：圣佩德罗水族馆展览的一只章鱼把水箱里一条循环水流的管子拔掉，把自己的一只腕足插了进去，结果水箱流不进水，章鱼干死了。环保团体认为这是自杀，是章鱼不愿被囚禁的反抗行为。博斯把收音机关掉时想，在洛杉矶这个生存不易的地方，连海洋生物都会自杀。

他冲了一个漫长的澡，闭着眼睛，让头直接在莲蓬头下面。他在镜子前剃胡子时，忍不住又看了一下他眼睛下面的黑圈。现在看起来比早上刚起时还要明显，跟他眼睛里前夜酗酒造成的红血丝倒是非常般配。

　　他把剃须刀放在水池边，把脸凑近镜子，看到自己的皮肤惨白得像可回收纸盘。他检视自己的时候想起以前大家都说他相当英俊，现在可不行了，他显得很苍老，好像年龄最终把他打败了。他觉得自己像那些他看到过的老人，被人发现死在床上的老人，那些住在群居房里的老人，住在冰箱包装纸箱里的老人。他看起来比较接近死人。

　　他打开药柜的镜子门，不再看自己的样子。上下找了半天，他挑了一小瓶眼药水，往眼睛里挤了一些，再用毛巾把流到脸上的药水擦掉。他不想再看到镜中的自己，就让镜门开着，走出浴室。

　　他挑了一套干净的西装，他最好的一套，灰色的，还有一件白衬衫，一条枣红色有头盔图案的领带。那是他很喜欢的一条领带，也是他用得最久的一条，一边都有点起毛了，但是他每周都打两三次，那是十年前他刚调到命案组时买的。他用一枚金色的徽章把领带固定在衬衫上，徽章是三个数字——187，加州命案组的代号。他别上徽章时渐渐觉得他的掌控感又回来了，他感觉好了一些，觉得自己又完整了，又能感觉到愤怒了。他已经准备好走出去，走向这个世界，不管这个世界是否为他的到来做好了准备。

10

博斯把领带的结拉紧弄整齐了才拉开警局的后门，他穿过走廊来到侦查处后方，又穿过座位间的过道往前部走，走向玻璃窗后庞兹的办公室。他注意到窃案组桌上那些人抬起头来，接着是劫案/命案组。博斯没跟任何人打招呼，但是他看到命案组自己的位子上坐着人时几乎停住了脚步：伯恩斯。埃德加坐在他自己位子上，但是他背对着博斯走的过道，没看见博斯进来。

可是庞兹看见了，他从玻璃窗中看到博斯向他的办公室走过来，他在桌后站了起来。

博斯走近时马上注意到他一周前打破的玻璃已经换好了，他正奇怪为何动作如此迅速，局里比这重要的待修物品太多了，例如子弹打中的巡逻车的风挡玻璃，光是报修程序和要填的表格就要拖上一个月，但这些流程上的东西就是这个部门的首要之务。"亨利！"庞兹吼道，"进来。"

坐在前台的一个老头蹦起来，蹒跚地走进玻璃门。他是个市民志愿者，负责接线和给访客指引方向。局里有几个这样的义工，都是退休的人，大家把他们统称为点头小组。

博斯跟着老头进了门，把公文包放在地上。

"博斯！"庞兹叫，"我这里有个证人。"

他指着老亨利，然后又指向玻璃窗外。

"他们也都是见证人。"

博斯看见庞兹两眼下面仍然有微血管破裂留下的深紫色痕迹，不过已经不肿了。博斯走向办公桌，一手伸进上衣口袋。

"见证什么？"

"你在这里做的所有事。"

博斯转身看着亨利。

"亨利，你可以走了，我只需要跟警督说几句话。"

"亨利，不准走。"庞兹命令道，"我要你听他说什么。"

"你怎么知道他记得住，庞兹？他连转个电话都会弄错。"

博斯又看了亨利一眼，盯着他的眼睛清楚地告诉他现在得听谁的。

"出去的时候把门关上。"

亨利害怕地看了庞兹一眼，快速地走出门，听话地把门关上。博斯转身面向庞兹。

庞兹缓缓地、像一只猫小心地避过一条狗那样，低身坐回椅子。也许是想到上次的事，他觉得不跟博斯面对面接触比较安全。博斯低下头，看见桌上有一本打开的书。他伸手去拿，想看封面是本什么书。

"准备升警监的考试啊，警督？"

庞兹在博斯伸手时缩回身子，博斯看到的不是警监考试资料，是本如何提高下属工作主动性的书，是一个职业篮球教练写的。博斯忍不住笑起来，一边摇着头。

"庞兹，你知道吗？你真是够绝的。我是说，起码你很有娱乐价值，我承认这一点。"

庞兹把书抢回来，塞进抽屉。

"你到底来干什么，博斯？你知道你根本不该在这里出现，你目前是强制休假期间。"

"可是你打电话给我的，记得吗？"

"我没有。"

"车子，你说你要我把车交还。"

"我说交回车库，没要你到这里来。好了，现在你可以走了。"

博斯可以看见他的脸因愤怒而逐渐涨红。博斯很冷静，他认为这是自己压力减轻的表现。他的手从口袋里掏出一把钥匙，丢在桌上。

"车停在外面，你要车，车回来了，可是你得自己办手续交回车库。那不是警察的工作，那是行政工作。"

博斯转身离去，他提起地上的公文包，用尽全力拉开门，门在他身后重重撞上玻璃门框。整个办公室晃了一下，但没有东西震碎。他走过前台时，说："亨利，对不起，关得太重了。"之后他看也不看老头一眼，走出前面大厅。

几分钟后，他站在警局前面的威尔克斯大道旁，等待他打电话呼叫的出租车。一辆和他刚刚交出的一模一样的灰色卡普里斯停在他面前。他弯下身往里看，是埃德加。他微笑着摇下车窗。

"要搭便车吗，硬汉？"

博斯进了车。

"拉普拉亚靠大道那里有一家赫兹租车行。"

"我知道。"他们沉默了一阵，埃德加笑起来，摇着头。

"什么？"

"没什么……伯恩斯，天哪。刚才你在庞兹那里的时候，我看他简直吓得屁滚尿流，他以为你会走出来把他的屁股从你座位上踢出去。真是没用！"

"浑蛋，我确实该把他的屁股踢出去的，我怎么没想到。"

他们又沉默了。车在日落大道上，快要到拉普拉亚了。

"哈里，你就是没法控制自己，对不对？"

"我想是吧。"

"你的手怎么搞的？"

"哦，上周我在露台上干活的时候钉到的，痛得够呛。"

"嗯。你最好小心点，庞兹一定会找你的碴。"

"他已经找了。"

"嘿，老兄，他只不过是个小气鬼，废料一块。你干吗跟这种人过不去？你知道你只是……"

"你知不知道，你呀，你现在说话倒跟他们送我去见的那个搞心理咨询的差不多。干脆我今天跟你谈一个小时好了，你说怎么样？"

"说不定她可以帮你清醒头脑。"

"说不定我该搭出租车的。"

"我觉得你该搞清楚哪些人是你的朋友，至少听他们一次。"

"到了。"

埃德加的车速在租车行前面慢了下来，博斯还没等他完全停住就开门跳下车。

"哈里，等一等。"

博斯回头看着他。

"福克斯那件事现在怎么样？他到底是谁？"

"我现在还不能说，杰里，这样比较好。"

"你确定？"

博斯听到他公文包中的电话响了。他低头看了一眼，又看向埃德加说：

"多谢你的便车。"

他把车门关上。

11

电话是凯莎·罗素从《时报》编辑部打来的，她说她在旧报纸上找到一小段关于福克斯的报道，但是她要当面交给他。他懂得这是她建立他们关系的一部分。他看了一下表，并不着急这一刻就知道报道的内容，他说他请她在市中心的潘特瑞餐厅吃午餐。

他四十分钟后到达时，她已经坐在靠近收银台的一个雅座里了。

"你迟到了。"她说。

"抱歉，我在租车。"

"他们把你的车也收回去了？好像很严重呀。"

"我们今天不谈这些。"

"我知道，你知道这家餐馆是谁的吗？"

"知道，市长的，但菜不坏。"

她撇撇嘴往四周看了一圈，好像到处都爬满了蚂蚁似的。市长是共和党的，《时报》是支持民主党的，但最糟的一点，至少对她而言，是市长支持警方。记者不喜欢这种状况，太无趣了，他们希望市政府内部充满暗斗、对立和丑闻，那样新闻才会有意思。

"抱歉，"他说，"我想我该建议我们去高尔基餐厅或者别的比较亲自由派的地方。"

"没事，博斯。我只是开个玩笑。"

他猜她最多不过二十五岁，是一个肤色很深的黑人，身上透着一股优雅的风韵。博斯不知道她的家乡是哪里，但应该不是洛杉矶。她有口音，一丝加勒比腔，很可能她已经花了些功夫来改掉她的口音，可是仍带着一点点。他喜欢听她叫他的名字，在她口中有一丝异国风情，像海浪拍上沙滩。他并不介意她直呼他的姓氏，虽然她的年纪大约只有他的一半。

"你是哪里人，凯莎？"

"怎么？"

"怎么？因为我有兴趣，你在工作，我想知道我在跟谁交易。"

"我算是本地人，五岁的时候从牙买加搬到这里，南加大毕业的。你呢？哪里人？"

"这里，我是土生土长的本地人，从没离开过。"

他决定不提他在越南的十五个月和之前在北卡罗来纳受训的九个月。

"你的手怎么了？"

"我修理房子的时候弄伤的，趁我休假时干一点修修补补的活。你接了布雷莫这个位置觉得怎么样？他报道警方已经相当久了。"

"是啊，我知道。这差事不容易，可是我渐渐摸到一点门路，也在交朋友。我希望你也是一个，博斯。"

"我会的，等到我可以跟你做朋友的时候。我们看一下你找到的东西吧。"

她取出一个马尼拉纸的档案袋放在桌上，可是在她打开之前，一个又老又秃、小胡子上了蜡的侍者走过来。她点了一个鸡蛋沙拉三明治，博斯点了一份全熟汉堡配薯条。她皱了一下眉，他猜到了原因。

"你吃素，对吧？"

"对。"

"抱歉，下回你挑地方。"

"好。"

她打开档案袋，这时他注意到她手腕上戴了一串色彩鲜艳的线编手环。档案袋里是一张剪报的复印件，博斯看到剪报的尺寸就知道那段报道当时被排在一个不起眼的角落。她把复印件递给他。

"我想这就是你要找的约翰尼·福克斯。年纪差不多，可是他不像你形容的是个白色垃圾。"

博斯开始看那张剪报，日期是一九六二年九月三十日。

竞选助手车祸丧生／凶手逃逸

《时报》记者蒙特·金

根据洛杉矶警方发布的消息，地方检察官办公室某候选人的竞选团队中一名二十九岁的工作人员于周六在好莱坞被一超速汽车撞倒，当场身亡。

死者已确定为约翰尼·福克斯，住在好莱坞伊瓦尔街。警察说福克斯在好莱坞大道和拉普拉亚大道转角为最有希望成为地方首席检察官的候选人阿尔诺·康克林散发竞选传单，于过街时被一辆超速汽车撞倒。

福克斯在下午两点左右穿越拉普拉亚大道南向车道时被撞。警方说福克斯当即死亡，尸体被汽车拖出好几码。

肇事汽车于撞击后曾减速，旋即加速逃逸。现场目击者告诉调查员，肇事汽车以高速从拉普拉亚大道向南开。警方尚未找到肇事汽车，目击者亦无法确切描述该车的品牌及型号，警方目前仍在调查中。

康克林的竞选经理戈登·米特尔说，福克斯于一周前刚刚加入竞选团队。

就地方检察官办公室方面，在即将退休的地方首席检察官约翰·查尔斯·斯托克麾下领导特别调查小组的康克林表示他尚未见过福克斯，并为其遭遇深表遗憾，康克林不愿发表进一步谈话。

博斯看完剪报后，深思了一会儿。

"这个蒙特·金，他还在报社吗？"

"你开什么玩笑？那是几百年前的事了，那时候编辑部坐的都是一群穿白衬衫打领带的白人。"

博斯看了一眼自己的白衬衫，然后看向她。

"抱歉，"她说，"不过他不在了，我也不知道康克林，那时我还不知在哪儿呢。他赢了吗？"

"赢了，好像连干两任。我记得他后来选州司法部长还是什么的，就下来了，好像是那样，我那时不在这里。"

"我想你刚才说你从没离开过这里。"

"我有一阵不在。"

"在越南，对不对？"

"没错。"

"好多你这个年纪的警察都去过越南，一定是很特别的经历，这是你们后来都当了警察的原因吗？你们都继续拿着枪？"

"是的。"

"好，反正如果康克林还在，大概也很老了，不过这位米特尔仍然很活跃，你当然知道，他现在说不定就在这里的一个卡座里跟市长大人共进午餐呢。"

她笑起来，他没接话。

"嗯，他可是个大人物，有什么他的新闻吗？"

"米特尔？我不知道。首先，他的名字在市中心一家大型律师事务所上，又是州长、参议员和很多重要人物的朋友。还有，我听说，他现在在罗伯特·谢泼德背后帮他管理资产。"

"罗伯特·谢泼德？你说那个搞计算机的？"

"应该说计算机大亨。你没看报纸吗？谢泼德想参选，但不想完全自掏腰包。米特尔在替他办一个试探性竞选的筹资活动。"

"选什么？"

"天哪，博斯，你不看报纸也不看电视。"

"我最近太忙。选什么？"

"唉，就像其他那些自我膨胀的人一样嘛，我猜他想竞选总统，不过现在他的目标是参议员。谢泼德想成为第三党的候选人，他说共和党太右，民主党太左，他刚好在中间。据我听到的消息，如果能有人替他凑够他进行第三党表演的钱，那个人非米特尔莫属。"

"所以谢泼德自己想当总统？"

"我猜是。可是你问我他的事干吗？我是个跑警察线的记者，你是个警察，这跟戈登·米特尔有什么关系？"

她指着复印的报纸问，博斯知道自己可能问了过多的问题。

"我只是想跟上你说的，"他说，"像你说的，我不看报纸。"

"也不是什么报纸都得看，"她笑着说，"你最好别让我逮到你看《日报》。"

"得罪无冕之王是要吃不完兜着走的，对吧？"

"差不多。"

他相信他已经消除了她的怀疑，他拿起剪报。

"没下文了？他们没抓到凶手？"

"我想没有，不然应该会有报道的。"

"这份能给我吗？"

"当然。"

"你愿意再跑一趟停尸间吗？"

"做什么？"

"康克林的故事。"

"那可是多得数以万计哦，博斯，你说他当过两任地方首席检察官。"

"我只要他当选之前的报道，如果你有时间，另外加上米特尔的。"

"喂，你要的东西不少呢。他们要是知道我找剪报是给警察的，我可要遭殃了。"

她装出有点为难的样子，博斯不理她，他知道她下面要问什么。

"你能告诉我你在做什么吗？博斯。"

他仍然不说话。

"我猜你也不会说，好，我下午有两个采访，人不在报社。我会找个实习生把剪报搜集好，交给地球大厅的警卫。我会放在大信封里，别人不会知道里面是什么。这样行不行？"

他点点头。他以前到《时报》大楼去过不少次，多半都是和记者碰面。大楼占据了一整个街区，有两个进出口。从第一街和春街的入口进去是个一直在旋转的大地球，就像新闻不停地发生一样。

"你在信封上写我的名字？那样不会给你添麻烦吗？就像你说的，跟警察走得太近，想必是违反规定的。"

她对他的嘲讽一笑置之。

"别担心，如果编辑或其他人问起来，我就说我是在为未来铺路。博斯，你最好记得这点，友好关系可是条双向路哦。"

"别担心，我不会忘记的。"

他把上身探过桌面，靠近她的脸。

"我要你也记住几件事：我不告诉你我找这些信息的一个原因是我自己现在还不知道这些信息的意义，如果真有什么意义的话。可是你不要太好奇了，不要打电话去盘问什么事，如果你打了，可能会坏事，我可能会有麻烦，你也可能会有麻烦。明白吗？"

"明白。"

那个胡子上了蜡的侍者端着他们的盘子走到桌边。

12

"你今天到得早，这表示你愿意到这里来了？"

"不见得。我和一个朋友在市区吃午饭，吃完就过来了。"

"很好，你跟朋友出去很好，我认为这对你有好处。"

卡门·伊诺霍斯坐在桌子后面。她双手交握，桌上的笔记本是摊开的。她似乎小心翼翼，以免任何言语动作影响到他们的对话。

"你的手怎么了？"

"被榔头敲到了，我在修房子。"

"真不是好消息，我希望伤得不重。"

"死不了。"

"你为什么穿得这么整齐？我不希望你认为到这里来要这么正式。"

"不，我……我只是照平常的习惯。虽然我现在不去上班，我还是穿得跟平常一样。"

"我了解。"

她问博斯要咖啡还是水，他什么都不要。他们的疗程就开始了。

"告诉我，你今天想谈什么？"

"随便，你做主。"

"我希望你不要这样看待我们的关系，博斯警探，我不是你的上级，我的角色只是帮你谈你想谈的，把你积压在心里的话说出来。"

博斯没有开口，他想不出有什么可说的。卡门·伊诺霍斯的铅笔在黄色笔记本上敲了一阵，她才又开口。

"什么都没有？"

"想不出什么来。"

"那么我们谈一下昨天好了。我打电话给你，提醒你今天的疗程时，你显然在为什么事生气，那是你敲到手的时候吗？"

"不，跟那个不相干。"

他只说了这一句，可是她并没说什么，他决定再透露一点。他必须承认他对她有点好感，她没有给他压力，他也相信她是诚心实意地要帮他。

"在你打来之前，我刚刚知道我的队友——我是说这些事发生之前的我的队友——已经有了一个新搭档，已经有人代替了我的位置。"

"你对这事的感觉如何？"

"你听到我的反应了，气得要命，我想每个人都会生气的。之后，我打电话给我的队友，他的态度好像我已经是个踩过的鞋垫了。我教过他很多……他——"

"他怎么样？"

"我不知道，我想我觉得深受打击。"

"我懂。"

"我不认为你懂，你必须是我才能懂我的感觉。"

"你说得不错，但我可以理解你的感受。好，我们先不谈这个。我要问你，你是不是应该想到你的队友会有新搭档呢？警局不是规定警探一定要两人一组吗？你目前休假，时间多久还不知道。他有新队友是不是理所当然的呢，不管是不是永久的？”

“我想是吧。”

“你自己的经验是怎么样的？你在工作时有队友一起，会觉得比自己一个人出勤要安全吗？”

“不错，我觉得有队友比较安全。”

“所以他有个新队友是必然的，也毫无疑问是正确的，可是你还是很生气。”

“我不是气他有新队友，我不知道，我气的是他跟我说这件事的方式和后来我打电话给他时他的态度，我真的觉得我已经是局外人了。我要他帮我做一件事，他……我不知道。”

“他怎么了？”

“他迟疑了一下。队友的关系不是这样的，队友应该是随时守候对方的，就像婚姻那样，可是我没结过婚。”

她停下来在笔记本上做记录，这让博斯觉得他刚刚说的话很重要。

“你似乎，”她一边写一边说，“对挫折的耐力非常低。”

她的话一下子使他怒火中烧，可是他知道如果他表现出来就印证了她刚刚的判断。他想这也许是诱导他做出这种反应的技巧，于是他尽量使自己镇定下来。

“每个人不都是这样的吗？”他的声音控制得很平稳。

“我想或多或少是的。我看你的记录里写越战时你在陆军，你看过两军交战吗？”

“我看过两军交战吗？是的，我看过，我自己也参加过，我甚至还亲身经历过肉搏战。为什么大家老是问你‘看过’两军交战吗？好像他们把你送到那里去看他妈的电影一样。”

她久久没有出声，手里握着笔，但没有动，好像只是在等他的怒气过去。他摆摆手，希望让她意识到他很抱歉，现在没事了，他们可以继续。

"对不起。"他说，让她知道他的意思。

"我很抱歉触到你的敏感区，"她终于说，"我的解释是……"

"这本来就是目的，不是吗？你有侵犯的特权，我能怎么样？"

"既然如此，那就接受它，"她的口气很坚决，"我们上次已经谈过了，为了帮你，我们必须谈论你，你接受这点我们就可以继续。现在，接着刚才的说，我问起战争的原因是我想知道你对创伤后应激障碍有没有认识？你听说过吗？"

他看着她，知道接下来会说到什么。

"当然，我听过。"

"警探，过去大家认为这个症状通常出现在参加过战争的人身上，但实际情况不是这样。任何紧张的环境——任何一种——都会引发这种精神障碍，而我必须说你正是这种障碍的典型病例。"

"老天……"他摇着头说。他在椅子上转了个身，不再面对她和她的书架。他透过窗户瞪着外面的天空，天上没有云朵。"你们这些坐在办公室里的人，根本不知道……"

他没有说完，只是摇着头。他伸手把领带松了松，好像需要更多空气。

"听我说完，警探，行吗？我们只要看一下事实。过去几年中，在洛杉矶还有比当警察更紧张、压力更大的工作吗？从罗德尼·金的案子开始，到那些反反复复的审查，还有暴动、大火、水灾、地震，每一个警官都得过压力舒缓这一关，当然，我指的是压力失衡。"

"你漏了杀人蜂。"

"我说正经的。"

"我也是，新闻里有的。"

"市里经过的这些大小风暴，每一次都逃不出暴风中心的是谁？是警察。他们是必须对危机做出反应的人。他们不能留在家里，躲起来，等到风暴过去。我们从这个大环境来看个人，你，警探，你已经在这些危机中战斗了很长一段时间了，同时你还有自己日常工作中的战斗：凶杀，警局中压力最大、最紧张的工作。告诉我，过去三年，你到底调查了多少起凶杀案？"

"我不要找什么借口，我告诉过你我做的是我自己想做的，那跟暴乱什么的一点关系都没有。"

"你看过多少尸体？请你回答我的问题。多少尸体？你告诉多少女人她们丈夫死去的消息？你告诉多少母亲她们孩子被害的消息？"

他用手揉着他的脸，心里只希望能躲开她。

"很多。"他终于小声说道。

"恐怕不止'很多'……"

他大声吐着气。

"谢谢你的回答，我不是要逼你。我问这些东西的意义，以及我说到的这个城市社会、文化方面——甚至地质上——的碎裂，是要说明你经历的比一般人多得多，这还不包括你从越南回来后可能有的后遗症，以及你个人的感情问题。可是不管原因是什么，极度压力的症状很明显，就在我眼前，清清楚楚。你随时爆发的脾气，你不能接受一点点挫败，尤其是你对上司的攻击。"

她停下来，可是博斯没有开口，他觉得她的话还没说完。果然。

"还不止这些症状，"她继续说，"你拒绝离开不能住的房子，是拒绝身边现实的一种表现。还有身体上的症状，你近来照过镜子吗？不用问也知道你喝酒喝得过多。还有你的手。你的手不是榔头敲伤的，是夹着烟睡着烫伤的，我可以用我的执照打赌，你的伤是烫伤。"

她拉开抽屉，取出两个塑料杯和一瓶水。她倒了水，把一杯从桌子上推向他，这是和解的表示。他安静地看着她，觉得异常疲惫，支离破碎。他不得不惊讶地承认她把他剖析得如此精确。她喝了一口水，继续说了下去。

"我说的这些都显示了创伤后应激障碍的症状，但现在还有一个问题。在这个术语中，我们说'后'，表示压力已经过去，可是你的情况并非如此。在洛杉矶，做你这行，哈里，你是在一个持续不停的压力锅里面，你应该给自己一个能够呼吸的空间，这才应该是你休假的目的：呼吸的空间、一段让你休息和恢复的时间。所以，你不要对抗它，应该利用它，这是我能给你的最好建议。抓住这个机会，拯救你自己。"

博斯重重吐了一口气，举起那只包了纱布的手。

"你的执照可以留着。"

"谢谢。"

他们沉默了一会儿，她用一种安慰的口气继续对他说：

"你要知道你不是唯一有这种问题的人，不必觉得不好意思。过去三年中，警察濒临压力临界点的案例显著增加，行为科学部向市政府要求增加五名心理学家。我们的案例在一九九〇年是一千八百例，去年的时候翻了一番，我们甚至给这种情况起了个名字，叫蓝色忧虑。你现在已经染上了，哈里。"

博斯笑着摇摇头，仍然紧抓着他最后一点否认的力量。

"蓝色忧虑，听起来像威鲍克的小说，是不是？"

她没理他。

"所以你是说我不会再回到工作岗位上了？"

"不，我完全没有那个意思，我说的是我们下面要做的工作相当多。"

"我觉得我已经被一个世界级的选手打倒了，将来我审讯的时候要是碰到一个不肯开口的家伙，能不能打电话请你帮忙？"

"相信我，肯开口就已经迈出了第一步。"

"我需要做什么？"

"我要你愿意到这里来，就是这样，不要把这看作一种惩罚。我要你同我一起努力，而不是反抗。我们谈话时，我希望你什么都说出来，随便什么。你想到什么就说什么，不要遗漏。还有一件事，我并不要你完全戒酒，但是你必须少喝，你必须头脑清楚。你一定知道，前晚喝了酒，酒精的影响第二天还在的。"

"我会努力，所有你提到的这些我都努力去做。"

"我的要求就是这些。既然你现在变得比较情愿了，我还有个提议：明天三点那个疗程的人改期，你能来吗？"

博斯有点迟疑，没有回答。

"我们好像总算有了进展，我想你来会有帮助。我们越早完成我们的疗程，你就能越早回到工作岗位。你觉得怎么样？"

"三点？"

"三点。"

"好，我来。"

"很好，我们现在回到主题，你来开始，好吗？随便你想说什么。"

他身子向前，拿起杯子，一面喝，一面看着她。他把杯子放回去，说："我随便说？"

"随便什么都行，你生活中的事，你脑子里想到的事，你想说什么就说什么。"

他想了一下。

"昨天晚上我看见一只美洲狼。在我家附近……我猜我醉了，可是我确定我看到一只公狼。"

"为什么这个事件对你有意义？"

他试着找一个恰当的回答。

"我也不清楚……我猜是因为城里的山上已经没有几只了——至少我家附近。所以我每次看到一只，就觉得这说不定是最后一只了。你知道吗？最后一只美洲狼。我猜如果真的如此，如果我再也看不到下一只，我会很遗憾。"

她点点头，好像他在一场他不知如何去打的球赛中进了一分。

"我家下面的山谷中从前有一只，它……"

"你怎么知道是公的？你怎么确定？"

"我并不确定，其实我不知道，我只是猜的。"

"好，那你继续说。"

"哦，它——它住在我家下面，我隔一阵子就会看到它。地震之后，它不见了。我不知道它现在怎么样了。昨天晚上我看到的这只，晚上的雾和灯光有一点……它的毛看起来是蓝色的，看起来很饿，有一点……好像是有点哀伤，可是同时又具有一点威胁性。你懂吗？"

"我懂。"

"反正，我回家上床后还想到它，我就是那样烧到手的，我在床上抽烟，迷迷糊糊睡着了。不过我醒来之前做了个梦，我的意思是，我觉得我做了个梦。也许有点像白日梦，好像我又有点醒着。梦里面，我又看到那只狼，可是它跟我在一起。我们好像在一个山谷里还是山坡上，我实在也搞不清楚。"

他把手举起来。

"那时我感觉到烫伤。"

她点点头，但是没有说话。

"你怎么想？"他问。

"我很少解释梦，老实说，我不太肯定那有什么价值。你刚刚告诉我的那些，我真正看到价值的地方在于你愿意跟我聊，我看到你对我们疗程的态度有一百八十度的大转变。那个梦的意义，我想很明显你认为你自己就是那只狼。也许，像你这样的警察也没有几个了，你觉得你的生存或者你的使命也受到同样的威胁。我并不知道。不过听听你自己的形容，你说它既哀伤又有威胁性，你自己是不是也是这样的呢？"

他开口前又喝了一口水。

"我以前觉得很哀伤，但我已经习惯了。"

他们沉默地坐了一阵，想着刚才的对话。她看了一眼手表。

"我们还有时间，你还想说别的事吗？也许和你刚刚说的有关的？"

他想了一下她的问题，拿出一支烟。

"我们还有多少时间？"

"随你，别管时间，我想继续。"

"你说过你的使命，你也叫我想一想我的使命，你刚刚又说了使命这两个字。"

"不错。"

他有一点犹豫。

"我在这里说的话是受到保护的，对吗？"

她皱起眉头。

"我不是说一些不合法的事，我的意思是，不管我在这里告诉你什么，你都不会告诉别人，对吗？我的话不会传到欧文耳朵里去。"

"不会，你的话绝对不会有第三者知道，我可以保证。我告诉过你，我给欧文局长的报告非常简单，只说你适合或者不适合回到工作岗位，就那么简单。"

他点点头，又有一点迟疑，最后他决定告诉她。

"你说到你的使命、我的使命那些话，我想很久以来我一直有一个使命，只是我自己以前不知道，我是说……我自己没有接受，我不承认。我不知道怎么说才对，也许是害怕或是别的原因，我一直拖着，拖了很多年。反正，我现在要说的是我已经接受了。"

"我不懂你在说什么，哈里。你必须说出来，告诉我你到底在说什么。"

他低头看着他面前的一小块灰色地毯，他不知如何面对她说出来，只能对着地毯说：

"我是个孤儿……我不认识我父亲，我母亲在我小时候被杀了，就在好莱坞。没有人……那个案子没有逮捕任何人。"

"你在找凶手，对吗？"

他抬头看着她，点点头。

她脸上没有一点惊讶，这反而使他有点诧异，她好像在等着他说出刚刚那些话。

"告诉我是怎么回事。"

13

博斯坐在餐桌前，桌上摊着他的笔记本，凯莎·罗素请《时报》的见习生给他找来的剪报放成两堆，一堆是康克林的，另一堆是米特尔的。桌上还有一瓶啤酒，整个晚上他像喝止咳糖浆似的慢慢喝着这瓶啤酒。一瓶的量是他自己定的限制，但是烟灰缸里塞满了烟头，桌边一股袅袅的蓝烟。他没有限烟，伊诺霍斯没说到抽烟。

但是对于他的使命，她说了很多。她直截了当劝他停止，等到他在感情上能完全面对他可能找出的答案之后再开始，他却告诉她自己已经过了可以停止的阶段了。她后来说的话让他开车回来时想了一路，即使到现在也还不时重现在他脑中。

"你最好想清楚，确定你真的想这样做，"她说，"不管是不是潜意识，你可能一直都在朝这个方向走。这可能是你今天成为警察的原因，一个凶杀案警探。一旦解决了你母亲的案子，你可能也就解决了你自己当警察的需要，可能把你的冲劲、使命感一起解决掉。你必须有这样的准备，不然你就应该回头。"

博斯认为她说的是对的，他知道那件事一直在那里。他母亲的遭遇对他日后的成长有决定性的影响，那件事一直深埋在他心中——一定要找出真相，一定要让凶手受到惩罚。那是他从来不曾说出口，甚至不曾仔细想过的事情。那需要好好计划，可是他没有那样宏大的计划。但他仍然充斥着一种感觉，他所走的每一步都是必然的，很早以前就有一只无形的手领着他一步一步走上他的路。

他把伊诺霍斯的话放在一边，专心搜索他的记忆。他在水中，睁着眼看着游泳池上方的灯光。然后，灯光被一个站在上面的人影挡住了，一个朦胧的、暗色的天使在他之上盘旋的画面。他双脚一蹬，往那个人影游去。

博斯拿起啤酒瓶，一口喝干了剩下的酒，他试着把注意力拉回面前的剪报中去。

起先，他很惊讶阿尔诺·康克林在登上首席检察官宝座之前就有这么多新闻见报。他翻了一些，看到的都是康克林做检察官时案子的报道。博斯从他经手的案子和他的风格上仍然可以感觉出这个人的轮廓，他在检察官办公室和一般人眼中逐渐上升的明星地位和形象，这显然和他经手了许多大众瞩目的案件有关。

这些报道按时间先后放在一起，第一篇是一九五三年一件成功被检察官起诉的案子。一个女人在毒死自己的父母后把尸体藏在车库的箱子里，直到一个月后邻居对警察投诉气味才被发现。康克林的辩词在几篇文章中被大量引用，有一篇形容他为"耀眼的地检办副检察官"。那个案子是最初以精神病为辩护理由的一个，被告据称没有完全判断能力，但那个案子受到媒体的广泛关注，且引起了公众的愤怒，陪审团在半小时内就做了判决，被告被处以死刑，康克林维护公共安全、主持正义的公众形象得以确立。报上有一张他在判决后和记者谈话的照片，原先那篇报道的形容非常正确，他的确十分耀眼。他穿了一套三件式的深色西装，金色短发，脸上刮得干干净净，身材瘦长，肤色红润，标准的美国小生长相，是演员愿意付整形外科几千美元去塑造的外形。阿尔诺本身就是一个明星。

下面的剪报还有好几桩凶杀案。康克林每一件都胜诉了，他几乎每次都得到他要求的死刑判决。博斯注意到他的头衔在五十年代后期成了"资深副检察官"，到了五十年代末已经升到助理检察官了，他蹿升到地方检察院的高层只用了十年时间。

其中有一篇记者招待会的报道，地方首席检察官约翰·查尔斯·斯托克宣布任命康克林为特别调查小组的负责人，负责清除影响到洛杉矶社会安全的种种犯罪问题。

"我总是找康克林解决最棘手的难题，"斯托克说，"这一次我再度找他。洛杉矶的居民希望有一个干净的小区，我发誓我们会办到。对那些知道我们会找上门的人，我的忠告是：离开此地。旧金山会要你们、圣迭戈会要你们，但是洛杉矶不要你们。"

接下来是之后几年的报道，醒目耸动的标题之下是一连串扫除赌窟、烟馆、妓院和流莺的故事。康克林组建了一个由郡里各警局借调的四十个成员的机动部队，《时报》称之为"康克林突击队"，好莱坞是他们最主要的目标对象，但他们扫除罪恶的范围遍及整个郡。根据报上说的，从长滩到沙漠，所有从事犯罪勾当者都闻风丧胆。博斯非常确定康克林突击队盯上的那些黑道头子依然照常营业，倒霉的只是下面那些雇来的混混，随时可以找到替代品。

剪报中最后一篇关于康克林的报道是一九六二年二月一日他那篇扫除一切威胁伟大社会的罪恶的宣言——宣布竞选地方首席检察官职位。博斯注意到他在市区老法院台阶上那段演讲的内容，其实来自一套警察熟知的哲学，不知是康克林自己还是他的撰稿人当成他们自己的创见了。

"有人对我说过：'到底有什么大不了呢，阿尔诺？他们犯的不是什么大罪，也没有受害人。如果有人想找个地方赌钱，或者花钱找女人睡觉，这有什么错？谁是受害人？'朋友们，我来告诉你们错在哪里，谁是受害人——我们都是受害人，我们所有人。我们让这类活动发生、对此视而不见的时候，我们的力量就减弱了。我们每一个人。

"我的看法是这样的：这些所谓的小小的犯罪案就像一栋荒废的屋子上几扇打破的窗子。不是太大的问题，对不对？不对。如果没人把破掉的窗子修好，很快就会有小孩跑来，认为反正没有人在意，就会丢几块石头，砸破更多的窗子。然后，小偷经过时看到房子破破烂烂，认为这一带没人管，他们可以以此为基地，不久他们就会趁附近的街坊外出工作时登堂入室了。

"接着你们可以想象，偷车贼跑来把停在路边的车偷走，这样一点一点累积下去，居民会发现他们生活的街区变了样。他们想，没人在乎了，所以他们可以等上一个月才剪一次草。他们也懒得告诉在街角闲荡的男孩把烟熄了，到学校去上课。这一切是一个缓慢的衰败过程，朋友们。这样的事实在我们这个伟大的国家中随处可见，就像你院子里的杂草，悄悄滋生。可是，等我当了地方首席检察官，我要把这些杂草连根拔去。"

文中说康克林已经选了一个"急先锋"来负责他的竞选事宜。他说戈登·米特尔会立刻辞去在地方检察官办公室的工作，开始部署竞选活动。博斯把整篇报道又看了一遍，立刻注意到他先前没有注意到的一个细节。那是在第二段。

这是名气很大又长于应对媒体的康克林第一次参加公职竞选，这位三十五岁、未婚、居住在汉考克公园区的居民说，他很早就打算参选，并得到即将退休的地方首席检察官约翰·查尔斯·斯托克的支持，后者亦将出席记者招待会。

博斯翻到笔记本中他以前记下名字的那页，在康克林的名字下面加上汉考克公园区。虽然不多，但是至少证明了凯瑟琳·雷吉斯特所说的某些内容。这一点对博斯来说已经够了，他觉得他终于抓到一点线索了。

"伪君子！"他小声说道。

他在康克林的名字上画了个圈，一边想着下一步该怎么做，一边无意识地在康克林的名字上画圈圈。

玛乔丽·洛最后去的地方是汉考克公园区的一个聚会。据凯瑟琳·雷吉斯特说，她是去看康克林的。她死后，康克林打过电话约见调查案子的警探，可是没留下任何记录。博斯知道这些只是把事实连接在一起，可是这些关联使他加深了第一晚看凶杀记录时就存在的怀疑：这个案子有问题，某些地方接不上头，他越想越觉得问题出在康克林身上。

他伸手到椅背上挂着的外衣口袋中掏出他的小地址簿，走到厨房，打了个电话到副检察官罗杰·戈夫家里。

戈夫和博斯一样是低音萨克斯迷，他们除了在法庭的审判中并肩同坐，也一起在爵士酒吧消磨过无数夜晚。戈夫是一个老派的检察官，在检察官办公室干了将近三十年。他对地检办内部和外面的政治都毫无兴趣，只是深爱他的工作，他的特殊在于他对工作从不厌倦。他见过上千名副手因吃不消而改道走进私人法律行业，可是他留了下来。现在他在刑事法庭的同行都是比他年轻二十岁以上的律师，可是他仍然很出色。更重要的是站在陪审团前面指控罪犯触怒上帝和社会时，他的声音仍然充满正义的激情。他的坚持和公正在市执法和法律圈子中为他赢得不可动摇的地位，他也是少数几个博斯极为敬重的检察官之一。

"罗杰，我，哈里·博斯。"

"嘿，天杀的，你怎么样？"

"还好，你在干吗？"

"跟大家一样，看电视。你呢？"

"没做什么，我在想，你记得格洛丽亚·杰弗里斯？"

"格——哦，当然记得。我想想看，她是……对了，丈夫摩托车车祸残废的那个，对不对？"

他回忆起那个案子，所有细节清楚得就像从本子上读出来一样。

"她后来不想再照顾他了。有一天早上他还在睡梦中，她坐在他的脸上把他闷死了。这案子马上就要判为自然死亡了，直到有一个叫哈里·博斯的警探起了疑心，他找到了证人，格洛丽亚全都告诉了证人。她的致命伤是陪审团听到证人说，她亲口提到把他闷死的时候，是她第一次从他身上获得满足。记性还可以吧？"

"妈的，真的无懈可击。"

"她怎么了？"

"她就要从弗龙特拉监狱出来了，快要到了。我想知道你有没有时间写封信？"

"干！这么快？几年？三四年之前才进去的吧。"

"差不多五年了。我听说她已经上榜了，下个月就要审核。我会写封信，可是如果检察官也有一封会更有力。"

"不要紧，我计算机里面有一封底稿。我只要改一下名字和案子，加一点凶案细节。基本上是说案情重大，目前不应保释。底稿很不错，我明天就寄，一般会很管用。"

"好，多谢了。"

"你知道他们不应该再让那些女人看书。她们出席的时候，一个个都是虔诚教徒的模样。你去过那些听证会吗？"

"一两次。"

"下次你有时间也有心情的话，在那里坐上半天多听几个。曼森家族的一个女孩申请保释的时候，他们要我出席。你看，案情重大的，光是封信不够，他们要人到。我就到弗龙特拉监狱去了，等我的案子上来之前听了十个别的案子。我告诉你吧，每个人都引用《哥林多前书、后书》，他们引用《启示录》《马太福音》、《约翰福音》十六章第三节，约翰这约翰那的。可是有效得很，简直就像奇迹。听证会上那些老家伙就吃这一套。我猜看到这些女人在他们面前卑躬屈膝的那副样子，他们的家伙硬得都坐不住了。嘿，哈里，是你引我说起来的。都是你的错，可不是我的。"

"真对不起。"

"没关系。对了，还有什么新闻？你好久没过来了？有没有什么新案子？"

博斯就等着他问这句话，让他能够不着痕迹地把对话转到阿尔诺·康克林身上。

"没有新的，最近没什么事，不过，就是想问你一下，你认识阿尔诺·康克林吗？"

"阿尔诺·康克林？当然，我认得他，当年是他招聘我的。你问他干什么？"

"没什么，我在整理一些旧档案，好腾出地方。整理的时候我看到一些旧报纸，放在下面很久了，报上都是他的事，我想到你，你大概就是那时候开始工作的。"

"不错，阿尔诺这个人，想做个正人君子。他做的那些事有点过了，不过整体来讲他算正派的了，尤其你想，他除了是个律师还是个政客。"

戈夫对自己的评论笑了起来，博斯却很沉默。戈夫用的是过去式，博斯觉得胸口浪潮澎湃，他才体会到自己报复的欲望是多么强烈。

"他死了？"

他闭上眼，希望戈夫没有听出他声音中的激动。

"哦，没有，他没死。我的意思是说我认识他的时候，他是个不错的人。"

"他现在还在工作吗？"

"不，他年纪很大了，早退休了。每年检察官的年会上他们会把他推出来，让他亲自颁发阿尔诺·康克林奖。"

"那是什么？"

"一块木头上面竖个铜牌，颁给当年负责行政管理的检察官，你简直不能相信有种花样吧？那是他留下的传统，一个所谓的给检察官的年度奖，而那个检察官可能一整年都没踏足过法庭。那个奖总是给了某一个部门主管，我不知道他们怎么决定颁给谁，可能看谁在那年拍首席检察官的马屁拍得最好吧。"

博斯大笑起来，其实那句话并没那么好笑，他只是知道康克林还活着，人顿时觉得轻松起来。

"博斯，这一点都不好笑，其实想想还挺悲哀。行政管理检察官，谁听过这个玩意？白痴透顶，就像安德鲁跟他的剧本。他跟那些影厂的家伙打交道，那些人叫什么……创意执行，多经典的矛盾。嘿，博斯，又来了，你又把我挑起来了。"

博斯知道安德鲁是戈夫的室友，他从没见过他。

"抱歉，罗杰，嗯，你说他们把他推出来是什么意思？"

"阿尔诺？就是推出来呀。他得坐轮椅。我告诉你了，他年纪很大了。我上次听说他住在全面看护的养老院里，在拉普拉亚公园那一带一个比较高级的养老院。我老说有一天要去探望他，谢谢他当年把我招了进来。谁知道，说不定我也能捞到一个什么奖之类的。"

"挺滑稽的一个人。你知道吗，我听说戈登·米特尔从前是他的先锋。"

"哦，不错，是他大门外的斗牛犬，管理他竞选事务的。戈登·米特尔就是那样发迹的。说句不好听的：我很高兴他丢下刑事案，跑去搞政治，在法庭上跟他这个王八蛋干上可没好事。"

"对，我也听说过。"博斯说。

"不管你听到什么，你可以乘上两倍。"

"你认识他？"

"毫无瓜葛，我懂得怎么划清界限。我进来的时候他已经离开地检办了，不过他的故事可多了。恐怕从早期，当每个人都知道阿尔诺是法定继承人的时候，就有很多人耍手段。你知道吗？他们都想粘到他身上去。有一个家伙，我记得是叫辛克莱，本来是负责阿尔诺的竞选事务的，后来有一天清洁女工在他的记录簿底下找到一些色情照片。有一个内部调查，那些照片证明是从另外一个检察官的档案里偷出来的。辛克莱的新差事就这样泡汤了，他一直说那是米特尔的阴谋。"

"你想是吗？"

"大概是，米特尔的作风就是那一套……不过谁知道呢？"

博斯感觉得到此刻他们的谈话还算闲扯，但再问下去，戈夫可能会怀疑他打电话的目的了。

"你打算怎么样？"他问，"今晚就不出门了还是有兴趣到卡塔莉娜小坐一会儿？我听说红人今晚在城里有表演。我敢打赌他和布兰福德再晚些一定会到卡塔莉娜去。"

"很有诱惑力，哈里，可是安德鲁现在正在弄午夜晚餐，我想我们今晚不出门了。他已经算上我一份，你不介意吧？"

"没什么，反正，我最近打算少喝点，让自己休息一下。"

"这真是可喜可贺，老兄，我想你应该获得一块竖了铜牌的木头。"

"或者一杯威士忌。"

博斯挂上电话后，坐回桌前，把他和戈夫谈话的重点记在笔记本上，然后把米特尔的那摞剪报拉到面前。这些报道的时间比康克林的要晚，因为米特尔发迹是后来的事，康克林是他向上爬的第一步。

大部分关于米特尔的报道都是他参加比弗利山庄的各种宴会，或者主办各种竞选和慈善活动的晚宴。他从一开始就是搞钱的，政客和慈善机构需要西部那些富豪掏腰包的时候，他们就会找米特尔。他替民主党也替共和党弄钱，是哪一方无所谓。他替参选人筹款的范围增大之后，名气也变大了。现在的州长就是他的客户，另外还有好几个来自西部各州的参议员和众议员。

有一篇几年前写的形容他的文章——显然没有他的合作——大标题是《总统的摇钱树》。报道说米特尔被委以总统连任竞选加州筹款的重任，还说加州是全国竞选筹款计划的重镇之一。

文章中还提到，其中讽刺的一点是米特尔在高调的政治圈中是个隐士。他一直在幕后操盘，不止一次回绝了他帮忙选上的官员们给的工作。

他选择留在洛杉矶。他是城中一家位于金融区的权势颇大的律师事务所——"米特尔，安德森，詹宁斯和朗特里"律师事务所的合伙人之一。在博斯眼中，这位耶鲁出身的律师所做的跟他理解的法律似乎没什么关系，他怀疑米特尔多年不曾进过法庭。这令他想到康克林奖，不禁笑了起来。可惜米特尔早就离开地检办了，不然他有一天也可能是得奖人。

那篇报道还有一张照片，米特尔站在空军一号机的阶梯下面，迎接当时的总统。虽然文章是多年前发表的，博斯还是吃惊照片中的米特尔看起来那么年轻。他又在文章中查了一遍他的年纪。他算了一下，米特尔现在还不满六十岁。

博斯把剪报移开，站了起来。他在通往露台的玻璃门前站了很久，盯着公路那边的灯光。他开始想他了解到的康克林。根据凯瑟琳·雷吉斯特的说法，康克林认识玛乔丽·洛。从凶杀档案中可以清楚地知道他曾接触过调查她死亡的警探，但是动机不详，他的接触显然是在掩盖什么。这些仅发生在他宣布竞选地方首席检察官三个月之前。而在将近一年之前，调查中的一个关键人物约翰尼·福克斯在他的竞选团队工作时意外死亡。

博斯认为竞选经理米特尔一定早就认识约翰尼·福克斯。所以他的结论是，不论康克林知道什么或做了什么，策划他政治活动的前锋米特尔也一定知道。

博斯走回桌子，翻到笔记本上记着名字的那一页，他在米特尔的名字上也画了一个圈。他想再喝一瓶啤酒，但最后还是以抽烟代替了。

14

　　第二天早上，博斯打电话到洛杉矶警局的人事处去查伊诺和麦基特里克是否仍在警界任职。他觉得可能性不大，但仍必须确认。如果他开始调查他们之后才发现他们仍在警局，情况就会相当尴尬了。职员告诉他，两位警官都不在目前的人事名单上。

　　然后他决定再以哈维·庞兹的身份出现。他拨了萨克拉门托机动车辆管理局，报了庞兹的大名，请夏泼女士听电话。从她发出第一声"喂"的声音来看，博斯确定她还记得他。

　　"请问是夏泼女士吗？"

　　"你不是指名找她吗？"

　　"是的。"

　　"我就是夏泼女士，请问您找我有何贵干？"

　　"我想把我们的关系搞好一点，我手边又有几个名字，需要查一下驾照的地址。我想直接找你可能会快一点，也许也能改善我们之间的工作关系。"

"亲爱的，我们之间没有工作关系，在线等一会儿吧。"

他开口之前，她已经按了键。他等了很久，一直没人来接，他开始觉得自己整庞兹的计策也许不值得。最后总算有人应了，是另一个查询员，她说夏泼女士要她接这条线。博斯给了庞兹的编号和阿尔诺·康克林、戈登·米特尔、克劳德·伊诺及杰克·麦基特里克的名字，要知道他们在驾照上登记的地址。

她请他再次在线等。他歪着头夹着电话，同时动手在炉子上煎了蛋，然后用两片白面包和冰箱里一瓶现成的墨西哥酸辣酱汁做了个三明治。他挨着水槽把滴滴答答的三明治吃完，擦了擦嘴，倒了第二杯咖啡，电话那头才有了声音。

"对不起，让你久等了。"

"不要紧。"

说完才记起他现在是以庞兹的身份打电话，不该那么客气的。

查询员告诉他没有伊诺和麦基特里克的驾照信息和地址，然后给了他康克林和米特尔的地址。戈夫的消息正确，康克林住在拉普拉亚公园附近，而米特尔住在好莱坞北面海格立斯路上一个叫奥林匹亚山的住宅区里。

博斯谢了那位查询员，他脑子里想着别的事，完全忘记了继续以庞兹的身份制造冲突。他在想下一步该怎么做，他知道可以从警局人事处问到他们的住址，可是那或许要花上一整天的时间。他拿起电话，打到劫案/命案组，找勒罗伊·鲁宾警探。鲁宾在警局干了四十年，一半的时间都在劫案/命案组。他或许知道伊诺和麦基特里克的消息，或许也知道博斯离队的消息。

"鲁宾。"

"勒罗伊，我是哈里·博斯，你听到多少？"

"不多，哈里，好日子过得如何？"

他立刻又说知道博斯目前的情况，博斯知道他唯一的选择是直接问他。

"不坏，可是我没天天睡懒觉。"

"没有？你爬起来干什么？"

"我在自己调查一个老案子，勒罗伊，这是我找你的原因。我想问一两个老同行的下落，我想你可能知道他们，他们原来就在好莱坞。"

"谁？"

"克劳德·伊诺及杰克·麦基特里克，有没有印象？"

"伊诺和麦基特里克，没有……对，有。我记得麦基特里克。他不干了……应该是十年要不就是十五年前的事了。他搬回佛罗里达了，我记得。没错，是佛罗里达。他在劫案/命案组只待了一年左右，从这里退下去的。另外那个，伊诺，我不记得这个人。"

"值得一试，我试一下佛罗里达看看。谢了，勒罗伊。"

"嘿，哈里，这是什么案子？"

"只是堆在我桌上的一个老案子，我在等结果的时候可以有点事做。"

"有没有消息？"

"还没，他们送我去跟一个心理治疗师谈话。如果我能谈到她满意，就能回去。等着看吧。"

"好，那就祝你好运。你知道，我自己，我们这里一批老小子，听到你的事简直笑破了肚皮。我们都听过那个宝贝庞兹，他是个浑球。你干得好，小子。"

"我希望不要因为干得太好而丢了饭碗。"

"哦，你没有问题的。他们把你送到唐人街去个几次，修理一下，就会把你送回去，你会没事的。"

"谢谢，勒罗伊。"

挂上电话后，博斯换了件干净的衬衫，穿上昨天那套西装。

他开着他租来的福特野马进了城，花了两个小时在官僚迷宫里转来转去。他先到帕克中心的人事部，告诉工作人员他要的资料，等了半个小时后，来了个主管，他又说了一遍他要的资料，主管才告诉他白等了半个小时，那些资料在市政府。

他过了街先到市政府分部，上了楼再穿过连接通道才进入市政府，坐电梯到九楼的财务部，给工作人员看了他的证件。他告诉那位工作人员，为了优化手续，也许他该先跟主管谈。

他在走廊上的塑料椅上等了二十分钟，被带进一间狭小的办公室。办公室里挤了两张办公桌、四个档案柜，地上摆了几个大纸箱，其中一张桌子后面坐着一个胖女人。她的皮肤苍白，黑色头发和鬓角，嘴唇上方隐隐可见一点黑须。她的桌上有一个旋盖的塑料饮料瓶，里面插着一根吸管。桌上的塑料名牌印着莫娜·托齐。

"我就是卡拉的主管，她说你是警官？"

"警探。"

他把空桌后的椅子拖过来，坐在胖女人对面。

"对不起，卡茜迪回来的时候可能要她的椅子，那是她的座位。"

"她什么时候回来？"

"随时可能，她去倒杯咖啡。"

"如果我们动作快一点，她回来之前就办完了，我不会留在这儿的。"

她的笑声好像是从鼻子里哼出来的，一副你以为你是老几的味道。

"我已经花了一个半小时的时间找几个地址，你们不是把我推给另一个人，就是叫我坐在走廊等。好笑的是我自己也是市政府的人，我在给市政府办事，而市政府偏偏不理不睬。你知道吗？我的心理医生说我得的是创伤后应激障碍，我应该放轻松一点。可是莫娜，我告诉你，我现在已经他妈的快要受不了这一套了。"

她看了他一眼，可能在想如果他真的爆发，她是否能有充裕的时间逃到门口。接着她嘟起嘴从饮料瓶里深深吸了一大口，嘴上的黑须变得十分显眼。博斯看到像血一样的红色液体从吸管进入她嘴里，她清了清喉咙，换上比较温和的口气。

"这样好了，警探，你告诉我你要找的是什么？"

博斯也换上一张充满期待的面孔。

"好极了，我就知道还有人在意的，我要找的是你们每个月给两位退休警探寄送退休金的地址。"

她皱起眉头。

"对不起，那些地址是必须保密的，即使是对市政府的人也一样，我不能……"

"莫娜，让我说得清楚些，我是命案组的警探。跟你一样，我也是替市政府办事的。有一个一直没有破的凶杀案现在有了新线索，我正在追踪，必须跟原来调查这个案子的警探联络。这个案子是三十年前的老案子，一个女人被杀了，莫娜，我找不到从前调查这个案子的两个警探，局里的人事组要我到这里来问，我需要发放他们退休金的地址，你能帮我找吗？"

"博……"

"博斯。"

"博斯警探，让我也说清楚些，你为市政府工作，并不表示你能拿到保密资料，我也替市政府工作，我不会到帕克中心去说我要看东看西，人有权利保护自己的隐私。我能做的，也是我唯一能做的，是如果你给我他们的名字，我会寄信给他们两个，要他们打电话给你。那样，你能要到你的信息，我也保护了我的档案。你觉得可行吗？我今天就把信寄出，我可以保证。"

她的笑容是博斯最近见到的最虚伪的笑容。

"不行，莫娜，你的建议完全行不通。你知道吗？我很失望。"

"那我没有办法。"

"你有，你看不出来吗？"

"我还有事要做，警探。如果你要我寄信，把名字给我，不然，那是你自己的决定。"

他点点头表示他知道，然后从地上把公文包拿到膝盖上。他愤怒地扭开锁扣，注意到她吃惊地颤了一下。他打开公文包，拿出电话，把电话掀开，按了自己家中的号码，等着留言机接上。

莫娜看来有点懊恼。

"你干什么？"

他作势要她别出声。

"哦，请转惠特尼·斯普林格。"他对留言机说。

他假装不看她，却一直注意着她的反应。他看得出她知道这个名字，斯普林格是《时报》写市政府话题的专栏作家，专长是写市政府官僚制度中的噩梦——小人物对抗制度的故事。公务员有制度的保护，就算制造噩梦仍能保住饭碗；可是搞政治的都读斯普林格的专栏，市政府里的调职、升迁、降职，这些人的话有相当的分量。斯普林格批评过的人虽然不至于丢掉工作，可是升迁的希望非常渺茫，也难保不时有议员来调查某个部门，或者出现在哪个办公室的角落现场观察，聪明人绝对不会沾上斯普林格的专栏。人人都知道，莫娜也不例外。

"好，我等着。"博斯对电话那头说。然后他又对莫娜说："他一定喜欢这个故事——有人想调查这起凶杀案，被害人的家属已经等了三十三年，现在才有一点线索，偏偏有个公务员在她办公室里只管吸她那瓶复合果汁，不肯交出他要的地址，他只是要跟从前调查那个案子的警察谈一谈。我不懂新闻，可是我想我这个故事可以写篇专栏。他一定喜欢的，你说呢？"

他笑着看她，她的脸变得跟她吸的复合果汁一样红，他知道这一招会奏效。

"好吧，你挂上电话。"她说。

"什么？为什么？"

"挂——上！挂上电话，我就去找你要的东西。"

博斯合上电话。

"把名字给我。"

他给了她名字，她一声不出愤愤地起身离去。桌子侧面的空当显然容纳不下她的巨型身躯，她却轻巧地穿过，想必是长久练习的结果。

"要多久时间？"他问。

"该多久就多久。"她在门口说，官腔又回来了。

"不行，莫娜，你只有十分钟。总共十分钟。超过十分钟，你最好就不要回来了，因为惠特尼会坐在这里等你。"

她停下来看着他，他对她挤眉弄眼。

她走后，他站起来走到桌子的另一个侧面，把桌子向墙推了两英寸，这样她走回座位的过道就变得更窄了。

她七分钟后就回来了，手上拿了张纸。可是博斯知道出了问题，因为她的脸上洋溢着得意的神色。他想起不久以前因为切了丈夫的老二而被审讯的那个女人，也许她拿着战利品出门时的神情就是莫娜这副样子。

"嘿，博斯警探，有一点小麻烦。"

"什么麻烦？"

她往桌子后面走，肥胖的大腿立刻重重撞上桌角。与其说看起来很痛，不如说难为情。她的两只胳膊张开来保持平衡，桌子的震动打翻了她的塑料水瓶。

"浑蛋！"

她很快地移到桌后，把瓶子扶起。她坐下之前，看了一眼桌子，怀疑有人移动了桌子。

"你没事吧？"博斯问，"地址有什么麻烦？"

她没理他第一个问题，忘掉她的窘态，微笑地看着博斯。她坐下来，一面拉开抽屉，取出一沓从餐厅顺手牵羊的纸巾，一面说：

"问题是你大概短期内见不到克劳德·伊诺警探了，至少我认为你不至于这么快就见到他。"

"他死了……"

她开始用纸巾擦拭泼洒出的果汁。

"嗯，支票是寄给他的遗孀的。"

"麦基特里克呢？"

"麦基特里克是有可能的，我有他的地址，他在威尼斯。"

"威尼斯？那是有什么麻烦呢？"

"是佛罗里达的威尼斯。"

她有点得意将了他一军。

"佛罗里达。"博斯重复她的话。

他不知道佛罗里达还有个威尼斯。

"佛罗里达是一州，在美国另外一边。"

"我知道佛罗里达在哪里。"

"哦，还有一件事，我找到的地址只有邮政信箱，真抱歉。"

"嗯，你当然抱歉。电话呢？"

她把湿纸巾扔进墙角的垃圾桶。

"我们没有电话，去问查号台。"

"我会去问，记录上有记载他什么时候退休吗？"

"你可没叫我找。"

"那把你找到的给我。"

博斯知道她能查到更多信息，一定能找到电话的，可是他的调查是未经核准的，所以他无法使用绝招逼对方就范。如果他逼得过紧，最大的可能是他行动曝光，所有调查都得停止。

她把那张纸滑过桌面上给他。他看了一眼，上面是两个地址，一个是麦基特里克的邮政信箱，另一个是伊诺的遗孀在拉斯维加斯的住址，她的名字叫奥利芙。

博斯想到一件事。

"支票什么时候寄出？"

"你问得真巧。"

"怎么？"

"因为今天是本月最后一天，这些支票每月最后一天寄出。"

他觉得总算得到一个他应得的好消息，他花了这么大功夫，他把她给的纸片放进公文包，站起身来。

"很高兴和本市的公仆打交道。"

"彼此彼此，哦，警探，你能把椅子放回原处吗？我说过，卡茜迪要用的。"

"当然，莫娜，原谅我这么健忘。"

15

从公家机关幽闭拥挤的办公室里出来，博斯觉得他需要一点新鲜空气才能恢复过来。他乘电梯到一楼大厅，正门出去就是春街。他出了门，一个警卫指挥他靠右走下宽阔的石阶，因为左边正有人在拍电影。他一面往下走，一面看他们拍戏，后来决定坐下来抽根烟。

他在沿着石阶的厚实侧边上坐下，点了根烟。电影中有一群演员饰演记者，他们急急冲下市政府的石阶，跑向两个刚跨出车门的人。他们排演了两次，又正式拍了两次，博斯看着他们，抽完两根烟。两次都一样，那些记者对那两个下车的人叫：

"巴尔斯先生，巴尔斯先生，你做了吗？你做了吗？"

那两个人拒绝回答，推开他们往石阶上走，记者在后面追。其中一次拍的时候，一个记者往后退时没站稳，摔倒在石阶上，还被踩了几脚。导演没有叫停，也许认为这一摔加了一点写实的味道。

博斯猜电影公司是把市政府的石阶当作法院的前景，那两个走出车门的人是被告和他价码高昂的律师。他知道市政府常常在影视剧中被用作法院，因为它看起来远比真法院还像法院。

他们拍第二次时博斯已经觉得很无聊了，他知道他们还要拍上好多次才能完工。他站起身来，走到第一街，再转上洛杉矶街。他走的是帕克中心的后门，一路上跟他要零钱的人只有四个，他觉得在市中心这算是很少的了，大概是经济好转的征兆。他走过警局大厅旁边一排公用电话时，突然停住，顺手拿起听筒按了305-555-1212。过去多年他曾经和迈阿密的市警局打过几次交道，305是他脑子里可以想到的佛罗里达州唯一的区域号码。他告诉接线员他要威尼斯的号码，得到的回答是813才是正确的区域号码。

他又打了813的查号台，先问接线员离威尼斯最近的大城是什么。她告诉他是萨拉索塔，他又问离萨拉索塔最近的大城是什么。她说是圣彼得斯堡，他才觉得有点概念了。他知道地图上圣彼得斯堡的位置，在佛罗里达西岸，因为道奇队有时候在那里打春季训练赛，他曾经查过地图。

他最后给了麦基特里克的名字，立刻听到一个录音说他要的号码是不公开的。他在想同他在电话上打过交道的迈阿密警局的哪个警探，有没有可能查出麦基特里克的电话。他还是不知道威尼斯在哪里，离迈阿密多远。最后他决定先按兵不动，麦基特里克有意做了安排不要被人找到。他用的是邮政信箱，电话又不公开。博斯不知道为什么一个退休警探在搬到离他原来工作地点足有三千英里的地方时要做这样的安排。但他知道找麦基特里克最好的办法是亲自去找人。电话很容易被打发掉，即使博斯找到号码，但人出现在门口就不同了。而且博斯有一条线索，他知道麦基特里克的退休金就快要寄达他的信箱了，他相信可以利用这点找到这个老警探。他把证件别在外套上，上楼到了科学侦查部。他告诉柜台后面那个女人他要和指纹部的人谈话，不等她准许，就径自推开走廊的门进去了。

指纹部很大，中间有两排桌子，上面吊着日光灯。房间尽头是两张办公桌，上面是自动指纹识别系统的计算机。后面是玻璃墙围成的一个房间，里面放的是计算机的主机。玻璃墙上有凝结的水汽，因为主机室的气温比其他地方低得多。

因为是午餐时间，只有一个技术人员在，博斯不认识他。他原想走开，等一下再回来，也许有他认得的人，可是那人从计算机后抬起头来看到他。他很高很瘦，戴了副眼镜，脸上坑坑洼洼的是早年青春痘的遗痕，这张不平滑的面孔使他的表情显得阴郁。

"有事吗？"

"嘿，你好啊。"

"你好，有何贵干？"

"哈里·博斯，好莱坞分局。"

他伸出手，对方有点犹豫，最后还是握了一下。

"布拉德·赫希。"

"哦，我听过你的大名。我们没共事过，但迟早会的。我在命案组，所以我总有事过来，大概迟早会跟这里的每个人一起做些什么。"

"可能吧。"

博斯在计算机旁的一把椅子上坐下，把他的公文包放在膝盖上。他注意到赫希的眼睛一直盯着蓝色的荧光幕，看荧光幕似乎比看博斯令他自在。

"我来这里的理由，嗯，现在我们那里不太忙，所以我在整理一些旧案子，我找到的这一件是一九六一年的。"

"一九六一？"

"是啊，相当久远，一个女人……致死原因是脑部受重击，但是凶手制造的假象是被勒死，是一件性凶杀案。这个案子从来没人好好调查过，根本没有起诉，事实上，我认为从一九六二年后根本没人碰过这个案子，很久了。总之，我来这里是因为当时办案的警察从现场取到一些挺清楚的指纹，有的只有局部，有的很完整，我都带来了。"

博斯从包里取出黄色的卡片递过去。赫希看了一眼，没有接。他的眼睛又回到计算机屏幕上，博斯把卡片放在他的键盘上。

"你知道的，这是在我们有这些先进的计算机和仪器之前。那个时候他们做的只是对照嫌疑人的指纹。指纹不合，他们就把他放了，这张卡片被放进一个信封里，一直在档案中没人动过。所以我的想法是，我们……"

"你想把这个指纹放进指纹识别系统中跑一遍。"

"对，碰碰运气。扔了骰子，说不定运气好，在信息高速公路上碰上搭便车的。不是没有先例的，这周好莱坞的埃德加和伯恩斯就在指纹识别系统中碰上一个，破了个老案子。我跟埃德加谈的时候，他说是你们这里的人——好像是多诺万——说计算机上可以看到全国各地上百万的指纹。"

赫希不太热情地点点头。

"还不只罪犯的档案，对吧？"博斯问，"你们有军方、执法人员、普通人的指纹档案，全都有，是不是？"

"不错，可是，问题是，博斯警探，我们……"

"哈里。"

"好吧，哈里。这个系统很棒，而且越来越完善，你说的都不错，可是还有人和时间的因素在内。这些需要比较的指纹要先照下来，编号，标号必须输入计算机，目前我们积压了十二天的工作量。"

他指着计算机上方的墙，那里有一个公告，上面的数字可以变动，跟在警察工会办公室那个记录殉职人员的数字一样。

自动指纹识别系统

查询需要十二天的流程时间

绝无例外

"所以，我们不能让走进来的人越过已经在等的这一批人，是吧？如果你想填查询表，我可以……"

"可是我知道有例外情况，尤其是凶杀案，前两天就有人替埃德加和伯恩斯跑了一次，他们可没等十二天。他们当时就放进去了，一下子解决了三个凶杀案。"

博斯敲着手指，赫希看着他，眼睛又回到荧光幕上。

"不错，是有例外，可是那得由上面指示。如果你想跟勒瓦利警监谈，也许她会同意，如果……"

"伯恩斯和埃德加没跟她谈，这里的人就替他们跑了一趟。"

"那是违规的，他们一定认得那个替他们跑的人。"

"我也认得你呀，赫希。"

"你还是先填表，我看看……"

"我想，跑一次，大概十分钟？"

"不，你这个案子花的时间要长得多。你的那张卡片是古董，早就作废了，我必须先经过扫描仪，才能取得片子的号码。然后我得把这个号码敲进计算机。然后得看你要跑的档案有什么样的限制，可能要……"

"我什么限制都不要，我要比较全的档案。"

"那么光是计算机跑的时间就至少要三四十分钟。"

赫希把眼镜推上鼻梁，一副没有商量余地的样子。

"可是布拉德，"博斯说，"问题是我不知道我能等多久，但我等不了十二天。绝对等不了。我现在调查这个案子是因为手上有一点时间，可是只要有新的案子出现，我得马上停下来。办凶杀案就是这么回事，没法子。所以，你想我们能不能现在就挤出一点时间来？"

赫希纹丝不动，全神贯注盯着计算机荧光幕。他令博斯想起青少年养育院，那些孩子碰到恶棍欺负他们的时候，就会像计算机那样完全关上，动都不动。

"你现在在做什么呢，赫希？我们可以现在就动手。"

赫希盯了他好长一阵才开口。

"我很忙，好，告诉你吧，博斯，我知道你是谁，行了吧？你说得好听，调查一个老案子，我知道是你胡说八道，你现在根本是在强制控压休假期间，这些事传得很快。你不该在这里露面，我也不该跟你说话。所以，请你不要找我的麻烦，我可不想惹事，我希望你不要搞错。"

16

博斯等电梯的时候，心里想着他劝赫希的话大概等于对牛弹琴。赫希属于那种因外在的缺憾在内心留下深刻创伤的人，局里有很多他这种类型的人。赫希多年来被他自己的脸孔吓住，恐怕从来不敢在工作上越轨一步——又一个自动化系统。对他而言，做他应该做的事是不理博斯，或者打他的报告。

他用手指又按了一下电梯按钮，一面想他还有什么其他办法。他对自动指纹识别系统的结果并不抱太大希望，可是他仍然必须去查，这些枝节是任何彻底的调查都不能放过的。他决定给赫希一天时间，然后再想法子对付他。如果他还是不干，他得找别的技术员，反正他会一个一个试，直到他把凶手的指纹输进系统为止。

电梯终于来了，他挤了进去。在帕克中心，至少电梯是不会变的。警察来来去去，主管，甚至政治权力结构都会变，只有这些电梯，永远慢吞吞，等到的时候永远挤满了人。门慢慢关上时，博斯按了一下那个到地下室去的没亮的键，每个人都面无表情地盯着门上亮起的数字。博斯低头看着自己的公文包。电梯里没人开口，直到快停的时候，博斯听到背后有人叫他的名字。他略微转头，不太确定对方叫的是他还是别人。

他看到助理局长欧文站在电梯最里面，他们互相点了个头，电梯的门正好在一楼打开。博斯猜欧文是否看到他按了地下室，像他这种离队身份的人是没有理由到地下室去的。

他想电梯里太挤，欧文大概没看到他按了哪一层。他走出去，站在大厅边，欧文跟着走上来。

"局长。"

"你怎么到中心来了，哈里？"

听起来随口问的一句话，其实话里另有含义。他们一起走向出口时，博斯很快地想好了怎么答复。

"我反正要来唐人街，所以顺便过来到薪资部去一下。我要他们把支票寄到我家去，因为我不知道什么时候才回好莱坞。"

欧文点点头，博斯确信他没起疑。他的个子跟博斯差不多，但因为剃了个光溜溜的头而在人群中比较显眼。他的脑袋和他在局里对贪腐毫不宽宥的名声，使他得了"光洁先生"这个外号。

"你今天到唐人街去？我以为是一三五，那是我批的日期。"

"对，那是规定的日期，可是今天她刚好多出一个空档，要我过来。"

"好，你这么合作我真高兴。你的手怎么了？"

"哦，这个，"博斯举起他的手，好像那是别人的手，他此刻才注意到一样，"我利用空闲时间修房子，这是一块碎玻璃割的，我现在还在收拾地震带来的麻烦呢。"

"原来如此。"

博斯猜他不信，不过他对这点倒无所谓。

"我到联邦广场吃个午饭，"欧文说，"你要不要一起去？"

"我吃过了，老总，还是谢了。"

"好吧，你给我好好保重，我说的是真话。"

"知道了，谢谢。"

欧文走了两步又停下来。

"你知道，我们处理你这件事时有点不同，因为我希望你以原职原薪回到好莱坞命案组。我在等伊诺霍斯医生的回音，不过据我了解至少还要几周。"

"她也是这么跟我说的。"

"你知道吗？如果你肯，给庞兹警督写一封正式道歉信会很管用。到时候我得说服他让你回到原职，那是比较难的一步，但我想从医生那里拿到可以复职的报告应该不成问题。我可以下命令，庞兹必须服从，可是那对你们之间的紧张关系没有帮助。我宁可调解，让他接受你的复职，那样大家都开心一点。"

"可是我听说他已经找到代替我的人了。"

"庞兹？"

"他把我的队友和一个窃车组的编在一起了，局长，我不认为他打算让我回去。"

"哦，这倒是新闻，我会跟他谈。你觉得写信的事怎么样？那对你的情况会有很大帮助。"

博斯回答前迟疑了一下，他知道欧文是想帮他。他们两人之间有这层关系，从前他们有一段时间曾经站在完全敌对的立场，等到敌意消失后，彼此对对方都有一种戒慎的敬意。

"我会考虑一下，局长。"博斯终于说，"我会给你一个答复。"

"好，你知道吗，哈里，骄傲常常使人做出错误决定。你可别做出这种错误决定。"

"我会好好想一想。"

博斯看着他转过殉职警官纪念泉，一直到他走过洛杉矶街到联邦广场快餐店那边，他才放心走回帕克中心。

他没有等电梯，直接走楼梯到了地下室。

帕克中心的地下室大部分属于证物储藏部，也有几间办公室，比如逃犯部，但整层跟其他楼层比起来相当安静。长长的黄色走道上几乎没有人影，博斯进了证物储藏部的铁门，没碰到任何熟人。

调查的证物在没送去起诉之时会存放在警察局，一旦起诉，证物通常都放在检察官办公室。

正因如此，证物储藏部可以说是市里失败案件的汇集之地。博斯走进的铁门后面是成千上万件没有结案的物证，是那些从来没被起诉的罪案，连空气里都有一股失败的气味。因为是在地下室，到处弥漫着一股潮湿的气息，博斯一直相信飘浮在那里的是被忽视和衰败的气味，是彻底绝望的气味。

博斯走进一间像铁丝网笼般的小房间，网上开了两个窗子。另一头还有一扇门，门上挂了块"非工作人员请止步"的牌子。一扇窗子是关着的，另一扇后面坐着一个穿制服的警员，正在玩报上的填字游戏。两扇窗户中间挂了一块牌子，上面写着"装有弹药的枪械禁止入库"。博斯走到那扇开着的窗前，靠在台子上，警员抬起头来，博斯看到他的名牌上面写着纳尔逊。纳尔逊念出博斯工作证上的名字，省了博斯的自我介绍。

"希……怎么念啊？"

"希罗尼穆斯。"

"希罗尼穆斯，是不是有摇滚乐团也叫这个名字？"

"也许吧。"

"你有什么事，好莱坞的希罗尼穆斯？"

"我有个问题。"

"你说。"

博斯把粉红色的证物借条放在柜台上。

"我要调这个案子的盒子，很老的案子。你觉得还在吗？"

那个警员拿起借条，看了一眼年份，吹了声口哨。他把案件号码在登记簿上记下来时说："应该在的，没有理由不在，所有的证物都要留下来的。你要看黑色大丽花的案子，我们也有。那是多久？五十多年了。我们还有更老的，只要没破案的，都在这里。"

他抬头看了博斯一眼，对他眨了眨眼。

"马上就好，你干脆先把表填一填。"

纳尔逊用笔指着对面靠墙的台子上摆着的表格，说完起身离开窗口，博斯听到他在后面大声叫人。

"查利！嘿！查——利。"

后面房间的另一个声音大叫着回应，但听不清说了什么。

"你来看着窗口，我要用时光隧道车了。"

博斯听过时光隧道车这个词，那是他们坐的高尔夫球车，是到储藏区深处去的时候才用的。案子越老，档案储藏的位置离窗口越远，时光隧道车会把窗口的警员载到储藏区里面去。

博斯到台子旁填好一份申请表，把表格送进窗内，放在填字游戏上。他一面等，一面四处张望，这时他发现后面墙上还有一块公告牌，上面写着"毒品证物须填492申请表"，他不知道492申请表是什么。有人拿了一份凶杀档案从铁门走进来，是个警探，但博斯不认得他。他打开档案，找到案子的编号，在台子边填了表格，才到窗口去。窗口没有查利的影子。等了几分钟后，他转身问博斯："这里有人吗？"

"有啊，一个进去替我拿盒子了，他叫另一个代他，但我不知道他在哪里。"

"妈的。"

他用指节大声地敲着台子，几分钟后另一个穿制服的警员出来了。这是个老家伙，一头白发盖着梨形的脑袋。博斯猜他大概在地下室工作许多年了。他的皮肤惨白，像吸血鬼一样。他拿了那位警探的申请表又走进去了，只剩下博斯和那人在窗外等着。博斯感觉得到他开始打量自己，但又装成没在看的样子。

"你是博斯，对吗？"他终于说，"好莱坞分局的？"

博斯点点头，那位警探笑着伸出手来。

"汤姆·诺思，太平洋分局，我们没见过。"

"是没见过。"

博斯握了他的手，但并不特别热情。

"我们虽然没见过，但是我跟你说，我在德文郡盗窃组干了六年才调到太平洋的命案组。你知道我那个时候的上司是谁吗？"博斯摇摇头，他不知道，也没兴趣知道，但诺思似乎没看出来。

"庞兹，哈维·'九十八'·庞兹警督，那个王八蛋，正是我的顶头上司。所以，我听说你干的事，用他的老脸撞烂了玻璃窗，太棒了！他妈的简直太过瘾了，真有你的。听到这个消息之后，我笑破了肚皮。"

"谢谢。"

"咦，你到这里来干吗？我听说你在离队期间。"博斯很烦躁，他发现局里有这些他根本不认识的家伙也知道他的事和他目前的状况。他尽量控制情绪："听着，我……"

"博斯，你的盒子找到了！"是纳尔逊从时光隧道回来了。他从窗口把一个浅蓝色的盒子推出来。那个盒子约有普通靴子盒那么大，上面封的红色胶带已经老得有裂痕了，整个盒子沾满灰尘。博斯懒得把话说完，只朝诺思摆摆手，走过去拿他的盒子。"你在这里签个字。"纳尔逊说。

他把一张黄色的单子放在盒子上面，马上掀起一片尘烟，他用手挥开。博斯签了名，用双手捧着他的盒子。他转身时看见诺思正看着他，诺思只是又点了一下头，这回他似乎感觉出来这不是问问题的时候，博斯回点个头就向门口走去。

"喂，博斯？"诺思说，"我的话没有什么特别的意思，我是指离队的事，没有冒犯的意思，真的。"

博斯用背把门推开时看着他，但没有说话。他双手小心翼翼地捧着盒子走过通道，好像手上捧的是一件极贵重的东西。

17

博斯到的时候，卡门·伊诺霍斯已经在她的候诊室里了。她让博斯进她的办公室，挥着手示意他不用为迟到几分钟道歉。她穿了一套深蓝色的套装，他经过她身边时闻到一股淡淡的肥皂香。他仍然选了桌子右边近窗的位子。

伊诺霍斯微笑地看着他，博斯心里想她为什么笑。她左手边有两张椅子，他们会面到现在第三次了，他一直都选靠窗的位子。他不知她是否注意到这一点，这在她眼中又有什么意义。

"你累吗？"她问，"你看来昨晚没怎么睡。"

"大概没有，不过我还好。"

"我们昨天谈的事，你是不是改变想法了？"

"并没有。"

"你仍打算私下调查？"

"至少到目前为止，我还是这么打算的。"

她点点头，表示他的答案在她预料之中。

"今天我想谈谈你母亲。"

"为什么？她跟我到这里来毫无关系，我是说跟我的离队这件事无关。"

"我认为这很重要，我想这会帮我们了解你到底是怎么回事，为什么要私下调查那个案子，也可能可以解释你最近的不少反应。"

"我不这么认为。你想知道什么？"

"昨天我们谈话时，你好几次提到她的生活方式，可是你从来没有清清楚楚地说出她到底做什么事情、从事什么职业。我们谈过后，我在想你是否不太能够接受她的职业。所以你始终说不出口她是……"

"妓女？你看，我说出来了，她是个妓女。我现在已经是成人了，医生，我接受这个事实，只要它是事实，我想这一点你有点过于担心了。"

"也许吧，你现在对她的感觉怎样呢？"

"什么意思？"

"愤怒？恨？爱？"

"我不大想这些，但绝对不是恨。我小时候很爱她，她的死并没有改变这点。"

"会不会觉得被抛弃了？"

"我早过了那个年龄。"

"当时呢？事情发生的时候。"

博斯想了一下。

"我想多少有一点，她的生活方式、她的行业造成她的死亡，我被丢在笼子里。我想我很不甘心，觉得她抛弃了我，我觉得受伤。受到伤害是最痛的一点，因为她非常爱我。"

"你说丢在笼子里是指什么？"

"我昨天说了，我在麦克拉伦青少年养育院。"

"对，所以她的死使你不能离开那里，是吗？"

"有一段时间。"

"多久？"

"我到十六岁为止一直在那里进进出出，有两次我被送到领养家庭去，各待了几个月，又被送回去了。直到十六岁的时候，另一对夫妇收养了我，我住到十七岁。我后来发现我离开后，他们还一直领社服金。"

"社服金？"

"公共社会服务部，现在叫作青少年服务处了。反正，如果你从那里领养孩子，你每个月可以领一些津贴。很多人就是为了津贴才收养小孩的。我不是说那对夫妇也是为了钱，不过我走了以后他们没告诉公共社会服务部我已经不在他们家了。"

"我懂，你到哪儿去了呢？"

"越南。"

"等一下，我们先倒回去。你刚刚说这些之前你有两次和不同的养父母住，后来又被送回去了。到底发生了什么事？你为什么被送回去？"

"我不知道，他们不喜欢我，他们说不适合，我回到养育院的笼子里继续等。我想，打发十几岁的男孩就跟卖没轮子的车一样简单，养护家庭总是要年纪小的。"

"你从养育院逃走过吗？"

"好几次，每次都在好莱坞被抓回去。"

"如果替十几岁大的男孩找领养家庭比较难，为什么你第三次的时候，年纪更大，都十六岁了还能找到地方？"

博斯摇摇头，笑了一下。

"你会觉得很好笑，我被这个家伙和他老婆选上，因为我是左撇子。"

"左撇子？我不懂。"

"我是左撇子，加上我丢的球又快又好。"

"到底什么意思啊？"

"哦，老天，那是——这样的，那个时候桑迪·科法克斯还在道奇队。他是左撇子，我猜他们每年大概付他天文数字。那个家伙，收养我的那个，名字叫厄尔·莫尔斯，他参加过棒球赛，可是没有太大长进。所以，他想塑造一个左撇子棒球明星。那时候像样的左撇子很少，我是这么猜的。至少他是那么想的。反正，奇货可居就是了。厄尔想找这么一个小孩来训练，也许将来可以当那小孩的经纪人什么的。他也许认为这是他可以跟明星球队沾上关系的路子吧，简直有点疯狂。可是我猜他是看到自己做明星球员的梦想破了，才这么干的。所以他跑到麦克拉伦去，把我们一群孩子带到球场上去弄出一个球队。有时候我们跟别的养育院比，有时候当地的学校让我们参赛。反正，厄尔带我们四处投球碰运气，我们当时谁都不知道，我是到后来才恍然大悟的。他对我有兴趣是因为我是左撇子，而且投得不坏，对别人的兴趣就没那么大了。"

博斯想着又摇起头来。

"后来呢？你跟他去了？"

"嗯，我跟他去了。他还有个老婆，她对他、对我都没两句话好说，他每天要我对着后院吊着的一个轮胎投一百次左右，每天晚上还要教我一堆花样。我忍了他一年，最后就跑了。"

"你逃走的？"

"可以那么说吧，我进了陆军，但必须有厄尔的签名才行。一开始他不肯，一心想把我送进明星球队，可是我告诉他我这辈子绝对不会再碰一下棒球，他只好签了。我在越南时，他跟他老婆还继续领公共社会服务部的钱，我猜那些钱多少可以弥补一点他逝去的经纪人梦。"

她沉默了相当一段时间，博斯觉得她好像在读她的记录，但这次她什么都没记录。

"你知道吗，"博斯打破沉寂，"差不多在我离开他家十年之后，那时候我还是巡警，有一次我盯上一个酒驾的家伙，就在从好莱坞高速公路进日落大道那里，他完全乱开。后来我总算追上他，等我到他窗口一看，竟然是厄尔。那是周日，他才看完道奇要回家，我在他座椅上看到节目单。"

她看着他，没有说话，他仍然沉浸在回忆里。

"我猜他始终没找到他要找的左撇子……他醉得糊里糊涂，根本没认出是我。"

"你怎么处理的？"

"拿了他的钥匙，打电话给他老婆……我想只有那一次我放了什么人一马。"

她又低下头看着笔记本，同时问了下一个问题。

"你的亲生父亲呢？"

"他怎么样？"

"你知道他是谁吗？你们之间有没有任何接触？"

"我只见过他一次，我是从越南回来之后才对他有点好奇的，所以我查出他的身份。结果他是我妈妈的律师，有自己的家庭。我见到他时，他已经快要死了，看起来像个骷髅……所以我对他一无所知。"

"他姓博斯？"

"不，我的姓是我妈妈想出来的。那个画家，你知道，她觉得洛杉矶就像他的画，那种偏执那种恐惧。有一次她给了我一本书，里面有他的画。"

她又沉默了一段时间。

"哈里，你的故事，"最后她终于开了口，"你讲的这些事本身就使人心碎，我看到那个小男孩变成现在的大人，我也看到你母亲的死留下了多深的一道伤口。你知道吗？你大有理由怪她，不会有人认为你那样想是错的。"

他盯着她，想着怎么回答。

"我什么都不怪她，我只怪那个把她从我身边带走的人。我说的事是我自己的事，不是她的事，你不可能从我说的故事里认识她，至少不会像我那样认识她。我一直知道她尽了全力要把我从养育院领回去，她一直都是那么告诉我的，她只是没有时间了。"

她点点头，接受了他的答案。

"她有没有告诉过你，她的职业？"过了一下，她才开口。

"没有。"

"那你是怎么知道的呢？"

"我不记得了，我想我其实一直不太确定她到底做什么，一直到她死后，我长大了之后，我才懂的。我被他们带走时，才十岁，我实在不知道为什么。"

"你跟她住的时候，她带过男人回去吗？"

"从来没有。"

"可是你对她走的路，你们两个走过的路，多少有点概念吧？"

"她告诉我她做服务员，晚上工作。她把我放在一个住在旅馆的老太太那里，德托尔太太。她看顾四五个孩子，我们的妈妈都是同行，我们当然不知道。"

他说完了，可是她没说话，他知道她要他继续往下说。

"有一晚，我趁老太太睡着的时候溜出去。我跑到她说她上班的那家咖啡店去，她不在那里。我问他们，那些人不知道我在说什么……"

"你后来问你母亲了吗？"

"没有……第二天我跟踪她。她穿着服务员的制服出去，我跟在她后面，看见她到楼上她最好的朋友梅雷迪思·罗曼那里。她们一起出来的时候，两个人都穿得很好看，化了妆，从头到脚一整套打扮。她们一起坐出租车走了，我没法子跟下去。"

"可是你知道。"

"我知道有点问题，可是我那时候大概九岁吧，我能知道多少呢？"

"她每天晚上打扮成服务员出门，你对她的做法生气吗？"

"不，正好相反，我觉得她是为了我才那样做的，我不知道，我觉得那很可贵，她是为了保护我才那样的，从某种程度上来说。"

伊诺霍斯点头表示理解他的想法。

"把眼睛闭上。"

"闭上眼睛？"

"嗯，我要你闭上眼睛，回想你是个孩子时的事。开始吧！"

"这是干吗？"

"听我一次，拜托。"

博斯摇摇头，好像有些烦，不过还是闭上了眼睛，心里觉得有点蠢。

"好吧。"

"好，我要你告诉我一件你母亲的事，你记忆中印象最鲜明的和她在一起的场景，请你讲给我听。"

他很费劲地想了半天。那些有他母亲的景象一幕一幕浮起又很快消失了，最后他记起了一幕。

"好了。"

"好，请讲给我听。"

"那是在麦克拉伦。她来看我，我们在屋外球场的栏杆边。"

"你为什么特别记得这件事？"

"我不知道，因为她在那里，她来总使我觉得很舒服，虽然我们最后总会哭泣。你该看一下那个地方在访客日的情形。大家都在哭……我记得那一回，也是因为那已经接近尾声了。不久之后她就走了，大概几个月之后。"

"你记得你们谈了什么吗？"

"很多，棒球，她是道奇迷。我记得有一个大的孩子把我的新球鞋拿走了，那是她给我买的生日礼物。她注意到我没穿，她很生气。"

"那个大孩子为什么要拿你的球鞋？"

"她也那么问我。"

"你怎么告诉她的呢？"

"我告诉她那个大孩子拿我的鞋，因为他'可以'把它拿走。你知道吗？他们爱怎么叫那个地方都行，但那里其实就是孩子的监狱，孩子间的关系也跟监狱里差不多。有派系老大，有跟班和手下，完全像监狱一样。"

"你是哪一种？"

"我不知道，我通常不跟人打交道。可是如果有年纪大、个子大的家伙拿我的鞋，我不会反抗的，那是在那里的求生之道。"

"你母亲对那件事很生气？"

"是，她不懂里面的规矩，她准备去抗议还是什么的。她不知道如果她去了，我的处境只会更糟。但是她后来突然意识到了是怎么回事，她就哭了。"

博斯沉默了，他脑子里清晰地记得那一切，他记得空气中的湿气和附近山谷里飘来的橘子花香。

伊诺霍斯清了清喉咙，才打断他的回忆。

"她哭了，那么你呢？"

"我大概也哭了。我通常都会哭。我不愿意她伤心，可是她知道我的遭遇对我是一种安慰。只有母亲能够在你伤心的时候让你觉得安心……"

博斯的眼睛仍然闭着，他看到的只是他的回忆。

"她跟你说了什么？"

"她……她只告诉我她会把我弄出去。她说她的律师不久就会到法院去上诉监护权，关于她不适合当母亲的判决。重要的是，她要把我弄出去。"

"律师是你父亲？"

"是，但那时我并不知道……我要说的是法院对她的判决是错的，那是我最不甘心的。她对我很好可是他们看不到那一点……反正我记得她保证她会尽全力做她必须做的，把我弄出去。"

"可是她没有。"

"不错，我说了，她没有时间了。"

"真的很遗憾。"

"我也一直那么觉得。"

18

　　博斯的车停在希尔街的公共停车场，他付了十二美元的停车费。上了车，他沿着 101 公路往北开。他不时看一眼旁边座位上的蓝盒子，可是没有打开。他知道迟早要打开的，不过他打算回到家后再打开。

　　他扭开收音机，听到电台主播报出艾比·林肯的一首歌。他以前从没听过这首歌，可是他一听就喜欢上了那首歌的歌词和女歌手朦胧的声音。

　　　孤鸟，高飞

　　　穿过层云

　　　哀悼的歌声

　　　洒向苦难的大地

　　上了伍德罗·威尔逊路后，他照老办法把车停在他家半条街之外。他拿了盒子进屋后，把它放在餐厅的桌上。他点了支烟，在室内来回踱步，不时看那盒子一眼。他知道盒子里放着什么，他看了凶杀档案里的证物表。可是他一直觉得，如果打开盒子，他就侵入了一段隐私，犯了他自己并不了解的罪。

最后，他拿出钥匙，用钥匙链上的一把小刀割开盒子上的红色胶带。他放下刀，不再想什么，一下掀开盒盖。

受害人的衣服和其他每一件物品都分别放在不同的透明塑料袋里，博斯一样一样拿出来放在桌上。塑料袋的颜色已经黄了，可他仍能清楚地看到里面的东西。他没有把塑料袋里的东西取出来，只把袋子一个一个拿起来仔细研究里面的东西。

他打开凶杀档案里的证物表对了一遍，确定每一件都在。他举起那个装着金色耳环的塑料袋，对着灯光看了一阵，那对耳环像冻结的泪珠。他把袋子放回桌面，盒子最下面是那件上衣，折得整整齐齐的，放在塑料袋中。血迹正如证物单上形容的在左胸处大约离中间的扣子两英寸的地方。

博斯的手指隔着塑料袋在那块血迹上划过，这时他忽然意识到一件事：其他地方都没有血迹。这就是他看凶杀档案时一直觉得不对劲的地方，那时他一时间想不到。现在他知道了，血迹。内衣上没有血，裙子、丝袜和高跟鞋上也没有血，只有上衣有。

博斯知道验尸报告上没有伤裂的记录，那么血是哪里来的？他想看犯罪现场和验尸的照片，可是他知道他没法面对，他绝对不可能打开那个信封。

博斯把装上衣的塑料袋从盒子里拿出来，看了上面的证物标签和其他记号。没有任何关于上衣表面血迹的化验标记。

这使他振奋起来。那个血迹很可能是凶手的，不是受害人的。他不知道这样久远的血迹是否仍能验出血型，又能否送去做 DNA 分析，他打算试一试。他知道问题的重点是在比对。如果找不到比对的对象，分析不分析都没什么用。但如果要拿到康克林或米特尔，或是其他任何人的DNA，他必须有法院的传单。而要得到传单，他必须拿出证据，光凭猜测和感觉是没有用的。

他把那些袋子收在一起放回盒子的时候，注意到盒子里还有一个他先前没注意到的袋子。那是放着勒死受害人皮带的袋子。

博斯盯了几秒钟，好像在辨认一条蛇似的，然后他小心翼翼地伸手过去拿起那个袋子。他可以从皮带上的洞里看到证物标签。皮带上一个银色的贝壳上还留下一些黑色的粉末，他可以看到指纹的纹路还留在上面。

他把袋子举起来对着光，看到这条皮带令他心痛。那是一条一英寸宽的黑色皮带，贝壳扣是最大的装饰，沿着整条皮带还镶了银色的小贝壳，那段记忆回到眼前。那并不是他自己挑的皮带，是梅雷迪思带他到威尔希尔路上的梅百货公司去挑的，她从挂在架上的许多皮带里挑中这条，告诉他说他母亲会喜欢。她付的钱，让他拿回去送她当生日礼物。梅雷迪思说得不错，他母亲常常系这条皮带，每次她来看他时身上都系着那条皮带，她被杀身亡的那晚身上也是这条皮带。

博斯看了一下证物袋上的记录，可是上面仅仅写了案件的编号和麦基特里克的名字。他注意到皮带末端第二个和第四个圆孔有点变形，是用久了留下来的痕迹。他猜他母亲有时候系得比较紧，也许要吸引什么人，有时候系得比较松，可能系在较宽松的衣服上。现在他已经了解了皮带的所有细节，除了谁是最后用皮带把她勒死的人。

他突然意识到，那个用这条皮带当武器的人，已经在为此付出代价了，也已经彻底改变了自己的一生。他小心地把皮带放回去，再把其他衣服放在皮带上面，盖上盒子。

看完这些东西，博斯再也无法待在屋里了，他觉得必须马上出去。他连衣服都没换，就跳上车开了出去。外面已经暗下来了。他从卡温格经过，继续开上好莱坞大道，告诉自己他不知道也不在乎往哪里开，可是事实上他是知道的，上了好莱坞大道后，他往东开去。

他向北转上维斯塔街，继续往北开，然后转入第一条巷子。车灯在黑漆漆的巷子里划过一道道亮光，他看见几个无家可归的游民。一男一女紧挨在一个纸板下，不远处还有两个人裹着毯子和报纸躺在路边，一点渐熄的火光照亮了垃圾箱的边缘。博斯开得很慢，他的眼睛注视着巷子深处、凶杀档案里的报告上画着的犯罪场地。

原先那家好莱坞纪念品商店现在是一家成人书籍和录像带出租店。巷子里的入口是为怕熟人撞见的顾客专设的，几辆车已经停在店后门的路边了。博斯在靠近门口处停了车，熄掉车灯，他坐在车里，不觉得有必要下车。他从来没到这条巷子来过，现在只想坐在车里好好看一下那个地方。

他点了一支烟，看着一个人拎了一袋东西从成人商店走出来，快速坐进了停在巷尾的车。

博斯想起他小时候还跟着母亲时的一些事。那时他们住在卡姆罗斯的一套小公寓里，夏天，她不用工作的晚上或是周日下午，他们就坐在后院里听从山那边的好莱坞露天剧场传来的音乐。音乐声杂着车声和街市声，效果并不好，只有高音听得清楚。他喜欢的不是音乐，而是她在那儿，那是他们在一起的时光。她总说有一天要带他到露天剧场去听《舍赫拉查德》，那是她最喜欢的曲子。他们始终没有机会，法院把他带走了，她没来得及把他带回来就死去了。

博斯后来终于听到交响乐团演奏《舍赫拉查德》，那是他和西尔维娅在一起的那一年。她看见他眼角的泪珠，以为他是有感于那段音乐的优美，他始终没机会告诉她是别的原因。

车外的动静让他回过神来，一个人正用拳头敲着车门上的玻璃。博斯的左手直觉性地伸向腰间，可是那儿没有枪。他转过脸来，看见一张皱纹满布的老脸，那个女的好像穿了三套不同的衣服在身上。她敲完了，把手张开伸向他。博斯还在警觉之中，很快地从口袋中掏出五美分。他得发动起车才能按下车窗，把钱给她，她一言不发地接过钱就走了。博斯看着她走远，心想不知她是怎么流落到这条巷子里的，他自己又是怎么来到这里的呢？

博斯驶出巷子，上了好莱坞大道，又开始漫无目的地绕路了，不过很快他就找到他的方向。目前他还不准备和康克林及米特尔正面冲突，可是他知道他们住在哪儿。他想看看他们住的地方，他们的生活，他们最终来到的地方。

他从好莱坞大道一直开到阿尔瓦拉多，经过那里开到第三街，然后往西开。开过汉考克公园区，他又经过一个被称为小萨尔瓦多的贫民区，最后到了拉普拉亚公园区，那是一个很大的养老公寓。

博斯找到奥格登路，缓慢地沿路开去，直到他看见拉普拉亚公园养老中心。他想，这可有些讽刺，养老？这里的人可能只在意你的死期，好把空出来的位置再卖给别人。

那是一幢没有特色的十二层钢筋大楼，博斯从前面的玻璃大门可以看见里面大厅有一名警卫，这个城里就连老弱也不是安全的。他看了一眼大楼前面，多半窗口已经没有灯光了。才九点钟，这个地方已经沉睡过去了。有人在他后面按喇叭，他加了油门，离开那幢大楼。他想着康克林，不知道他过的是什么样的生活。他想楼上房间里的老人多年来是否想到过玛乔丽·洛这个名字。

博斯下一个目标是奥林匹亚山，好莱坞北面那些俗艳的现代罗马式房子。那些房子应该是新古典主义的风格，可是博斯不止一次听人说那是新笨重主义。那些昂贵的豪宅像牙齿一样紧紧排列在一起，尽管有那些雕满装饰花纹的巨柱和雕像，那些房子唯一可称古典之处是其哗众取宠的格调。博斯从月桂谷大道转上伊莱克特拉路再上海格立斯路。他开得很慢，沿着路边找他早上抄在笔记本上的地址。

等他终于找到米特尔的住址时，他几乎难以置信。他认得这幢房子，当然他从来没进去过，可是人人都知道这幢豪宅，坐落在好莱坞山上最耀眼的一段住宅区中的那幢圆形宅邸。博斯仰望着那幢住宅，想象里面房间的大小和依山面海的景观。外面的圆墙在一片白色的灯光照耀下，仿佛一艘停在山边的宇宙飞船，随时准备再度航行太空。这不是古典式的哗众取宠，而是主人权势和影响力的象征。

通往山坡的车道前是一扇大铁门，可是这一晚铁门是开着的，博斯看见几辆车，至少有三辆大房车停在车道边，其他的车子停在坡顶的圆形空地上，博斯才意识到这里正举行一个盛大的晚宴。他的车门闪过一道红影子，门立刻开了。他看见一个穿着白衬衫和红马甲的男人，一张黝黑的拉丁面孔。

"晚上好，先生，我们替您停车。您可以从左边走上去，那儿有人接待您。"

博斯盯着那个人，没有动，脑子迅速转着。

"先生？"

博斯下了车，那个人给了他一张有号码的纸条，然后进了他的车，把车开走了。博斯站在那儿，知道他不该让自己暴露在这种无法掌控的情况下。他犹豫了一下，回头看了一眼被开走的车。他让诱惑把他打败了。

他走上车道时，把衬衫最上面的扣子扣上，拉正领带。他走过停在路边的大房车时，路边站了一群穿红马甲的人，然后眼前出现的是一座灯光照耀下的城市。他停下来看了一阵，一边是月光下的太平洋，另一边是洛杉矶璀璨的夜景。光是有这景色这大宅就值了，不管它是几百几千万。

音乐、笑声和人声从他左边传来，他沿着一条随房子回旋而下的石板路循声走过去。那幢依山势而建的豪宅从上到下非常陡峻，他最后总算到了一片平坦的院落，院中灯火通明，很多人聚在一个白色的大帐篷下——他猜至少有一百五十个衣着光鲜的男女，正在享用女侍者托盘中的鸡尾酒和精美的点心。那些女侍者都穿着黑色的短裙，透明的丝袜和白色的围裙，博斯心想不知道穿红马甲的男侍者都把车停在什么地方。

　　他几乎立刻觉得自己的穿着不合适，确信他马上会引起门口带路的侍者的注意。可是眼前的一切都有一点不真实的味道，他驻足不前。

　　一个穿西服的男人走过来。他大约二十五岁，一头在阳光暴晒下变淡的头发和黝黑的皮肤。他那身西服极其考究，是量身定制的（价格显然高过博斯所有衣服的总和），那是一种浅咖啡色，不过他自己可能会形容成可可色。他的微笑带着一点不怀好意的味道："先生，您今晚一切都好吧？"

　　"我很好。我还不知道您是哪位？"那人听了这句话，笑意更深了。

　　"我嘛，我是约翰逊先生，负责今晚慈善活动的安全事宜。请问您可随身带了请帖？"

　　博斯只迟疑了刹那。

　　"哦，抱歉，我不知道我还得带请帖来，我以为戈登办的这种慈善活动不需要安全检查。"

　　他希望提到戈登的名字会拖慢这个便衣的行动。

　　便衣微微皱了一下眉，立刻说：

　　"那么我能请您签个名吗？"

　　"当然。"

　　他把博斯领到入口处的一张签到台旁。桌前贴了一条红白蓝三色的横幅，上面写着"请支持罗伯特·谢泼德"，博斯马上知道这场活动的目的了。

　　桌台上摆着一个访客签名簿，桌后那位穿着褶皱天鹅绒酒会礼服的女士胸部露着大半，约翰逊先生的注意力立刻转移，对博斯签的哈维·庞兹也没怎么注意。

签名时，博斯注意到一沓捐款卡和香槟酒杯里的一堆铅笔。他拿了一张介绍单，开始看这位尚未宣布竞选的候选人信息。约翰逊这才看见他的签名。

"谢谢，庞兹先生，您请自便。"

说完他就消失在人丛中了，可能是去查哈维·庞兹是否在邀请名单之内。博斯决定再多留几分钟，看看在便衣回来找他之前是否能看到米特尔。

他从入口处走开，跨过一块较小的草坪，假装在欣赏夜景。他站的地方是全城最高的地方了，除了进城的飞机之外。但在飞机上你不可能享受到这宽阔的视野、清爽的微风和欢声笑语。

博斯转过身，看帐篷中的人群。他仔细检视那些面孔，没看到戈登·米特尔。帐篷中间聚了一大群人，博斯看出是一堆人排队等着和那个他猜是谢泼德的家伙握手。他也看出这群人的财富看起来差不多，年龄却从少到老都有。他想，他们来此除了看谢泼德也是来看米特尔的。

一个穿黑白衣裳的女侍者走出帐篷，手上托了一盘香槟，朝他走来。他拿了一杯，谢了她，转过身继续看风景。他尝了一口，相信一定是质量最好的，但是他分辨不出优劣，他打算一口喝光就离开，这时后面传来一个声音。

"景观很棒吧？比电影里还好，我可以在这里站上几个小时。"

博斯转过头，算是打了招呼，可是他没看说话的人，他不想在这里扯上任何关系。

"是啊，非常好，可我还是愿意住在我那边的山上。"

"真的？在哪儿？"

"山那头，伍德罗·威尔逊路上。"

"不错，那儿有些很不错的房子。"

可不是我的，博斯想，除非你喜欢新地震古典主义。

"阳光下的圣加贝尔街非常诱人，"那人说，"我在那儿看过，但我还是买了这里。"

博斯转过身，面前的正是戈登·米特尔，这里的主人伸出手。

"戈登·米特尔。"

博斯有一点犹疑，但马上猜到米特尔已经非常习惯别人见到他时有点慌乱、语无伦次的模样。

"哈维·庞兹。"博斯说，握住他的手。

米特尔穿了一身黑色的燕尾服，这身穿着和客人们比起来显得过分正式，一如博斯的穿着过分不正式。他的灰发修得很短，肤色是有意晒出的均匀的褐色，身材匀称，看起来比实际年龄年轻十岁以上。

"幸会幸会，很高兴你能来，"他说，"你见了罗伯特吗？"

"还没有，他被人团团包围了。"

"不错，不过他有机会还是会高兴认识你的。"

"我猜他会高兴收到我的支票。"

"那也重要，"米特尔微笑着说，"说正经的，我希望你能帮我们的忙。他是一个很好的人，我们需要他这样的人为我们做事。"

他的笑容非常虚假，博斯暗自怀疑他是不是知道自己是闯进来的。他也微笑着，拍着右胸上的口袋说："我的支票本在这儿呢。"

这使他记起他口袋里放着的东西。一杯香槟已经足以使他胆子大起来了。他忽然想要挑衅一下米特尔，也许可以真的看清他的面目。

"请问，"他说，"谢泼德是真命天子吗？"

"我不太懂你的意思。"

"他是否打算一路问鼎白宫？他是不是会把你带上去的那个人？"

米特尔皱了一下眉，眼中闪过一丝怒意。

"我想我们得慢慢看了，我们先得把他送上参议院，这是很要紧的。"

博斯点点头，假装看了一遍帐篷里的人。

"看来你该找的人都来了，可是，我没看见阿尔诺·康克林。你还跟他一起吗？他是第一个带上你的人，对吧？"

米特尔的眉头皱起来。

"这个……"他看起来有点不自在，但很快就恢复镇定，"老实跟你说，我们早就没什么来往了。他现在退休了，进出得坐轮椅。你认识阿尔诺？"

"从没跟他说过话。"

"那么，请你告诉我，你为什么要问这段远古的历史？"

博斯耸起肩膀。

"我想我算是个研究历史的学生吧。"

"庞兹先生，请问你在哪一行高就？你不会真的是学生吧？"

"法律行业。"

"那我们总算有些共同点。"

"不一定。"

"我是斯坦福的，你呢？"

博斯想了一下。

"越南。"

米特尔的眉头又皱起来，博斯看出他对他的兴趣已经完全消失了。

"哦，我现在得去招呼一下大家，别喝太多香槟。如果你不想开车，车道上的孩子可以送你回去，你找曼纽尔。"

"穿红马甲的那位？"

"对，他们中的一个。"

博斯向他举了举酒杯。

"别担心，这才第三杯呢。"

米特尔点点头，消失在人群中。博斯盯着他，走过帐篷，停下来和几个人握了手，最后走进室内。他从一扇法式玻璃门进去，里面是一间像客厅或者是观景厅的房间。米特尔走近一张沙发，弯身向一个穿西装的人说话。那人看起来和米特尔年纪差不多，可是容貌粗硬得多。他的脸棱角分明，虽然坐着，仍可看出身子结实厚重，他年轻时显然是使用体力而非脑力的人。米特尔站直身子，那个人只是点点头，然后米特尔走进后面的房间去了。

博斯把手中的香槟喝了，同时穿过帐篷中间的人群走向那扇玻璃门。他靠近时，一个穿黑白制服的女侍者问他需要什么。他说他想上洗手间，女侍者告诉他在左边的另一扇门后。他按照指示找到洗手间，门是锁上的。他等了几分钟门总算开了，一对男女走出来，看到等在门口的博斯，他们嘻嘻笑着走向帐篷。

在洗手间里，博斯从上衣左侧的内口袋里拿出那张凯莎·罗素给他的剪报复印件。他打开剪报，用笔在约翰尼·福克斯、阿尔诺·康克林和戈登·米特尔的名字上画了圈，然后在报道下面写道："约翰尼在得到这件差事前的工作是什么？"

他把复印件折了两次，用手压出折痕，然后在表面写上"戈登·米特尔亲启"。

博斯走回帐篷，找到那个穿制服的女侍者，把剪报给她。

"马上找到米特尔先生，"他告诉她，"把这个给他，他正等着呢。"

他看着她走进去之后才走回签到台，很快地弯腰签下他母亲的名字，桌后的小姐说他已经签过名了。

"这是替别人签的。"他说。

在地址栏，他填上好莱坞和维斯塔，电话栏他没填。

博斯看了人群一眼，没看见米特尔，也不见女侍者的影子。他又往法式玻璃门那边看，看见米特尔正拿着那张剪报。他在室内缓慢踱步，研究手中的剪报。博斯从他眼睛的方向可以看出他在看下面那行字，即使隔着一层虚假的美黑肤色，博斯仍然可以感到他的脸色变白了。

博斯退回入口的凹处，继续看着室内这一幕，他觉得心跳加速，仿佛在观赏舞台上的一段秘辛。

戈登的脸上有一种不解的愤怒，博斯看见他把剪报递给那个坐着的保镖样的家伙。可是米特尔的脸转向帐篷搜寻着，从他的嘴形，博斯可以猜出他说的话："去他的！"

然后他开始很快地说话，下达一串命令。坐着的家伙站起身来，博斯立刻知道这是他该离开的时候了。他很快地走到车道，向那群红马甲走去。他把停车的号码和十美元塞进其中一个手中，用西班牙话说他很急，马上得走。

可是车迟迟不来，他紧张地等着，眼睛盯着房子那边，等那个保镖出现。他看好那个红马甲走去的方向，准备好必要时抢道。他此时很希望自己带了枪，是否动枪是另一回事，有枪在手才觉得安全。

穿西装的那个便衣安保在车道顶端出现，朝博斯走过来，同时博斯也看见他的车来了。他走到路中间，准备上车，可是便衣安保已经到了他身边。

"喂！老兄，等一等……"

博斯转身对着他的下巴挥了一拳，把他打回车道。他哼了一声，两手捂着下巴，滚到路边。博斯确信他的下巴即使没碎，至少也脱了臼。他甩着打疼的手，这时他的野马嘎吱一声在他面前停了下来。

车中的红马甲姗姗地下车，博斯把他拖出来，自己跳上车。上车后，他回头看见那个保镖出现了。他看见倒在地上的便衣马上快跑着来追，可是他的脚步在下坡路上很不稳。博斯看见他厚重的腿紧蹭着他的裤子，突然他滑了一跤，倒下去了。两个红马甲上前扶他，可是他愤怒地把他们推开。

博斯加快车速，上了穆赫兰大道，再往西开回家。他可以感到自己血脉偾张，他不仅安全脱身，而且确信已经在他们的神经上狠狠敲了一记。让米特尔好好伤点脑筋吧，他想，让他坐立不安一阵子。他在车里大声吼道："逮到你了，啊，你这乌龟王八蛋！"虽然除了他自己没人听到。

他用手掌扬扬得意地拍在方向盘上。

19

他又梦见那只美洲狼了。它在山上一条荒凉的小径上，那里没有人烟和住家，也没有汽车，它走得很快，仿佛要逃离似的。但是这条路、这处地方都是它的。它了解这片土地，知道它要逃离。但它想逃离之人事物却从未明朗，不过它们就在那里，在它身后的黑暗中。美洲狼本能地知道它必须逃走。

电话把博斯吵醒，像一把利刃将梦境和现实斩成两段。博斯把头上的枕头拿开，朝右转身，清晨的阳光立刻刺进眼里，他忘了拉上百叶窗了，他伸手拿起放在地板上的电话。

"等一下。"他说。

他把听筒放在床上，坐起来，用手在脸上搓了一把，眯着眼看了一下表，七点过十分。他咳嗽后又清了一下喉咙，才把听筒拿起来。

"喂。"

"博斯警探？"

"我是。"

"我是布拉德·赫希，抱歉这么早打给你。"

博斯想了一下，布拉德·赫希？他不知道这家伙是谁。

"哦，没关系。"一边说，脑子里一边想这个名字到底是谁的。

一阵沉默。

"我是那个……指纹部，记得了吧，你……"

"赫希？哦，赫希，我记得。怎么样？"

"你要我在自动指纹识别系统里跑的数据我已经跑了。今天早上我一大早就来了，把你给的东西和德文郡命案组要我查的东西一起输入计算机，我想没人会发现。"

博斯猛地转身，两腿撞到床沿，他打开床头柜的抽屉，拿出铅笔和一沓笔记纸。他注意这沓纸来自拉古纳海滩的沙滩海浪旅社，去年他和西尔维娅在那里度了几天假。

"哦，你跑过了，找到了什么？"

"这就是问题，什么都没找到。"

博斯把纸扔回敞开着的抽屉，把自己扔回床上。

"什么都没碰上？"

"计算机找出两个人，我又把指纹核对了一次，两个都不对，没有对得上的指纹。很抱歉，我知道这个案子对你……"

他没把话说完。

"你对过所有的计算机档案？"

"我们整个系统里的档案。"

"我想知道一点，这些档案包括地检办和洛杉矶警局的工作人员吗？"

那头没有声音，赫希大概在思考这个问题的含意吧。

"你听到我的话了吗，赫希？"

"嗯，有，包括。"

"那些档案可以追溯到多久以前呢？你懂我的意思吗？这些指纹的档案是从什么时候开始建立的？"

"每个档案的情况不同，洛杉矶警局的资料相当齐全，我想从'二战'后的工作人员都有指纹档案。"

这表示欧文和其他警员都没有嫌疑了，博斯心想。但这个问题他并没有想很久，他的视线在另一处，另一个档案。

"地检办工作人员的档案呢？"

"地检办不太一样，"赫希说，"我想他们是六十年代中期才开始录入工作人员指纹的。"

博斯知道康克林那时还在地检办，可他已经是地方首席检察官了。他似乎不会把自己的指纹送进档案，尤其是如果他知道某处的凶杀档案中有一个指纹可能与他的吻合。

他又想到米特尔，地检办开始收存员工指纹档案时，他已经离开了。

"联邦政府的档案呢？"他问，"比方说，某人曾经在总统手下做过事，有过白宫的背景，那些指纹会在系统档案中吗？"

"会，而且会有两份档案。联邦政府工作人员档案和中央情报局档案里都会有。他们做过背景调查的人资料都会保存下来，如果你问的是这个。可是如果某人只是去过白宫见总统，那不一定有指纹档案的。"

米特尔还没爬到那么高，不过也很接近了，博斯想。

"所以你的意思是说，"博斯说，"不管我们有没有一九六一年以来的完整档案，我给你的那几个指纹都可能找不到任何数据？"

"虽然不是百分之百，可差不多就是这样了。那个留下指纹的人恐怕从来没有指纹记录，至少就现有的档案库来看是如此，我们能找的就是这样。通常用不同的数据库，我们总能找到什么信息，可是这回我什么也没找到。抱歉得很。"

"没关系，你尽力了。"

"好了，我得开始工作了，你要我怎么处理这些指纹卡？"

博斯想了一下，他在想是否还有其他途径往下挖。

"这样吧，先放在你那里，我找时间到那里去拿，可能是今天下午。"

"好。我会放在一个信封里，写上你的名字，我不在也不要紧，再见。"

"喂，赫希？"

"什么？"

"感觉不错吧？"

"什么意思？"

"你做了一件好事，虽然你没找到，不过你做了一件好事。"

"也许吧。"

他摆出一副无所谓的姿态，因为他有点不好意思，可是他懂的。

"好，我会去找你，赫希。"

挂上电话后，博斯坐在床边，点了根烟，想他今天要做的事。赫希给他的消息不算好，但也不坏，至少没有排除阿尔诺·康克林仍是嫌疑人的可能，连戈登·米特尔涉案的可能性也没有完全排除。博斯不确定米特尔替总统和参议院竞选是否要经过指纹检查，他想他的调查仍然可行，他不打算改变计划。

他想起前晚他大冒险和米特尔碰面的那一幕，鲁莽的行为令自己也觉得好笑，不知道伊诺霍斯会怎么看他的举动。他知道她一定会说这是他问题的表现之一，她绝对不认同这是抓住对手把柄的巧妙手法。

他起床，煮了咖啡，冲好澡，刮了胡子，然后拿着咖啡和一盒早餐麦片到露台上去。他让拉门开着，可以听到室内的收音机，电台正在播新闻。

外面十分凉爽，可是他知道过一会儿就会热起来。冠蓝鸦在露台下的河谷飞进飞出，他也看见二十五美分硬币大小的黑蜂在吸吮黄茉莉的花蜜。

收音机里报道，承包公路修复的厂商比预定时限提前三个月完成高速公路的重建工程，拿到了一千四百万的红利。宣告工程大捷的官员把陷落的公路和洛杉矶市相提并论，现在陷落的公路已经被修复了，问题重重的城市也会渐入轨道。博斯想，这些家伙要学的还多得很呢。

之后，他进屋找出黄页，开始打电话订机票。他打了几家大的航空公司，比了票价，安排去佛罗里达的事。可是只提前一天订票，他能找到的最便宜的价格仍在七百元之上，对他而言，这是个吓人的数目。他用信用卡付了票钱，打算以后慢慢还，又在坦帕国际机场订了一辆车。

他办完后回到露台上，想下一步要做的事。

他需要一个警徽。

他坐在露台上想了很久，他要这个警徽到底是因为有警徽才有安全感，还是这个警徽能给他此行的任务带来诸多方便。他内心知道这周他一直觉得自己不堪一击，因为身上少了随身二十多年的警徽和配枪。可是他一直避免去用前门旁的柜子里藏的那把备用手枪，他知道没有枪他仍然可以展开行动。但警徽就不同了，那代表了他的职业身份。那个身份可以替他打开许多大门，比任何话、任何武器都更权威、更有分量。如果他到佛罗里达去调查麦基特里克，他得有个合法合理的身份，所以他必须弄到一个警徽。

他知道他的警徽可能在欧文办公室的抽屉里，他不可能在不为人知的情况下拿回来。可是他知道他有办法另外弄一个警徽，一样有效。

博斯看了一眼手表，九点一刻。好莱坞警局每日例行的事务会议还有四十五分钟才开始，他有充裕的时间。

20

十点过五分，博斯把车开进分局后面的停车场，他确信极度守时的庞兹此时已经到前厅警监办公室开会去了。那是每天必开的会，通常不超过二十分钟，参加的是局里的各级管理层，有巡警部门、特殊任务部门和警探部门，代表警探部门的就是庞兹。这些管理层只是一边喝咖啡，一边把前晚收到的大小报告和各种问题、投诉或者特殊案件的调查过一遍。

博斯从后门进入，经过醉汉监禁室来到大厅，走向侦查处，这显然是一个忙碌的早上，过道的凳子上已经坐了四个戴手铐的人。其中一个是博斯见过的吸毒犯，偶尔也当眼线，虽然不太可靠。他看见博斯，跟他要烟。在市政府建筑物内吸烟是犯法的，可博斯还是点了根烟，送到他嘴里，因为他布满针孔的两个膀子被反铐在背后。

"这次是什么事，哈利？"博斯问。

"狗屎，那个家伙车房的门是开的，不是摆明了请我进去吗？"

"你去告诉法官吧。"

博斯走开的时候，另一个被铐的人从后面嚷起来。

"我呢？我也要烟。"

"我要走了。"博斯说。

"妈的！"

"好，你替我说了。"

他从侦查处后门走进去，先确定庞兹的办公室是空的，他去开会了。然后他看了一眼挂衣服的架子，知道他没白来。他走过两排办公桌中间的过道时，和几个警探点头致意。

埃德加在命案组那一区，他的新搭档在他对面——博斯原先的座位上。埃德加听到"嘿，哈里"的招呼声，转过头来。

"哈里，你怎么来了？"

"来拿点东西，待在里面吧，外面热得很。"

博斯走到前面，老亨利坐的地方，他正在玩填字游戏。博斯看见格子被橡皮擦成灰色的了。

"亨利，玩得怎么样了？你这样填要填到什么时候？"

"博斯警探。"

博斯把外衣脱下，挂在衣架上一件有灰色格子的外衣旁边。博斯知道那是庞兹的外衣。他把衣服挂上的时候，背对着亨利和其他警探，把手伸进那件外衣内口袋，拿出庞兹放警徽的皮夹，他知道一定在那里，庞兹是个一成不变的人，博斯以前见过庞兹把放警徽的皮夹装在内口袋里。他把皮夹放进裤子口袋，转过身来，老亨利还在说话。博斯对刚才后果严重的举动只有一秒钟的犹豫，拿警察的警徽是违法的，可他认为是庞兹弄得他没了警徽。从他的角度来看，庞兹对他做的事也同样不对。

"你要找警督，他在前厅开会。"

"亨利，我不打算和警督碰头，其实你不用告诉他我来过，我可不想要他血压升高。我只是来拿一点东西，马上就走。"

"那我不说，我也不想看他闹情绪。"

博斯不用担心部里其他人会告诉庞兹他出现过。他走过亨利时在他肩膀上拍了一下，算是达成协议。他走回命案组，当他逼近时，伯恩斯站了起来。

"哈里，你要到这儿来吗？"他问。

博斯可以察觉出对方声音中的紧张，他懂他的难处，这回他不打算为难他。

"如果你不介意，"他说，"我想把一些私人的东西拿走，你好把你的东西搬来。"

博斯走到桌子那头，打开抽屉，他那摞堆在那里很久的资料上有两盒薄荷糖。

"哦，那是我的，对不起。"伯恩斯说。

他伸手拿了那两盒糖，站在桌边，像个穿了大人衣服的孩子。博斯在位子上整理他的资料。不过这些都是做做样子，他把一些资料扔进一个档案袋，然后示意要伯恩斯把糖放回抽屉。

"小心点，鲍勃。"

"我叫比尔，小心什么？"

"蚂蚁。"

博斯走到办公桌旁边靠墙摆的一排档案柜前，拉开一个贴着他名牌的抽屉，从下往上数第三个，大概到他的腰部，那个抽屉里没什么东西。背对着大家，他掏出裤子口袋里的皮夹，放进抽屉，他的手在抽屉里，没人看得到。他抽出庞兹的警徽，放进衣服口袋，再把皮夹放进另一个口袋。为了看着更逼真，他从抽屉里抽出一份档案，才关上抽屉。

他转过身，面对埃德加。

"好了，就是这个，可能用得着的个人资料。有什么新鲜事？"

"没什么事，安静得很。"

回到衣架旁边，博斯再度背对大家的办公桌，他一手伸出去拿自己的外衣，另一只手从口袋里掏出皮夹放回庞兹的外衣。最后他穿上外衣，跟亨利说了再见，又回到命案组桌前。

"我走了。"他拿起抽出的两份档案，对埃德加和伯恩斯说，"我不想让'九十八'看到我发火，祝你们好运啦，兄弟们。"

出去的时候，博斯又递给那个吸毒犯一根烟，先前抱怨的那个家伙已经不见踪影了，不然博斯也会给他一根的。

回到车内，博斯把档案扔到车后，从公文包里取出他自己的皮夹，把庞兹的警徽放进去，跟他的身份证放在一起。他想如果不仔细看，应该混得过去。警徽上印的是警督，博斯自己的身份证上的身份是警探，这一点差异不是问题，博斯很开心他搞到了一个警徽。他想，最佳的情况是庞兹有一段时间没发现自己丢了警徽。他很少离开办公室到案发现场去，所以出示警徽的机会很少。只要他办完了事再放回原处，庞兹可能根本不会知道丢失警徽这回事。

21

　　博斯到卡门·伊诺霍斯的办公室时，他的会谈时间还没到。他在门口等到三点半才敲门进去。他进去时，她微笑地看着他，他注意到下午的阳光从窗外射进来，直接照在她桌上。他走向他一直坐的那把椅子，可是又停下来，在桌子左边那把椅子上坐下来。她注意到了，像对小学生那样皱起眉头。

　　"你要是以为我会在乎你坐哪儿，你就想错了。"

　　"这样啊，好吧。"

　　他站起来坐到另一把椅子上去，他喜欢靠着窗子。

　　"周一我可能不能来了。"他坐好了以后告诉她。

　　她又皱起眉头，但这回看上去严肃多了。

　　"为什么？"

　　"我要出去一趟，我尽量赶回来。"

　　"出去？你那个调查呢？"

　　"为的就是这件事，我要到佛罗里达去找原先调查那个案子的警探。

一个已经死了，另一个在佛罗里达，所以我得把他找到。"

"你不能打电话给他吗？"

"我就是不要打电话，不给他机会敷衍我。"

她点点头。

"你什么时候走呢？"

"今天晚上，我坐红眼航班到坦帕。"

"哈里，看看你自己，你看起来像个半死不活的人，你能不能睡一觉明天早上再去？"

"不行，我必须在邮件寄到之前赶到那里。"

"这是什么意思？"

"没什么。说来话长了。好，我有事要问你，我需要你帮我。"

她考虑了几秒钟，显然在考虑在这样不明就里的情况下，她到底应该介入多少。

"你要我帮什么？"

"你有没有替局里做过司法鉴定方面的事？"

"一点点，偶尔有人会拿东西来让我看，或者是叫我做一下嫌疑人的人物侧写。不过多数时候他们都会找外面那些有法医精神科专业经验的人做这些事。"

"可是你到过犯罪现场？"

"事实上我没去过，我只看过他们拿来的现场照片，通过照片判断。"

"太好了。"

博斯把公文包放在膝盖上打开，他取出那个装着凶杀现场和验尸照片的信封，轻轻放在桌上。

"这些是那个案子的照片，我不想看，我也没法看，可是我需要有人帮我看一看，告诉我里面有什么。也许什么线索都看不出来，可是我想听一下别人的意见。之前那两个警探的调查……唉，反正可以说根本没调查。"

"哦！哈里，"她摇摇头，"我觉得这样不好，为什么找我？"

"因为你知道我在做什么，也因为我相信你，我不知道我还能相信谁。"

"如果不是因为我职业上的道德约束条例，你还会相信我吗？"

博斯看了一下她的脸。

"我不知道。"他最后说。

"我猜也是这样。"

她把信封放在桌边。

"我们现在先不谈这事，先进行我们的会谈，我得好好想一下这件事。"

"好，你先收着，不过你先告诉我愿不愿意做，好吗？我只是想知道你对这些东西的感觉，你以一个心理治疗师和女人的角度对这些照片的感觉。"

"我们再说。"

"你要谈什么呢？"

"你的调查怎么样了？"

"伊诺霍斯医生，这是个出于治疗目的的问题吗？还是你只是对这个案子好奇？"

"不是，我对你感到好奇，我也担心你。我还是觉得你这样做并不安全，不论从心理上还是在现实中。你在找一些有势力的人的麻烦，我也被夹在当中，我知道你在做什么，可是我阻止不了你，我怕我上了你的当。"

"上当？"

"你把我拖下水，我可以打赌你告诉我你在做什么的时候，就是想要我替你看这些照片。"

"这话没错，我是这么打算的，但并不是利用你。我觉得在这里我什么都可以说出来，你不是这样告诉我的吗？"

"好吧，不算上当，只是自然而然走到这一步的，我早该看清这一点的。好，我们继续吧，我想多谈一点你目前行动的感情因素。我想知道过了这么多年为什么找出凶手还对你这么重要。"

"应该很明显嘛。"

"你可以对我说得更明白一些。"

"我做不到，我没法讲出来，我只知道她走了之后，我的世界整个变了。我不知道如果她没死，我的世界会是什么样子的。可是……什么都不一样了。"

"你懂你自己在说什么吗？你懂你话里的意思吗？你把你的生命分成两半，前一半是有她的日子，好像在你嘴里都是快乐的日子，我不太同意这点。后一半是她走了以后，你的话表示你的生活没有达到应有的标准，或者说不够如意。我想你的不如意可能持续了很长一段时间，也可能她走后你都过得不如意。最近这段感情可能是最不如意的一件，可是我想，你可能一直就是个不快乐的人。"

她停了一下，可是博斯没有接话，他知道她还有话要说。

"可能过去几年的种种压力，你私人方面的和社会上的，逐渐让你压抑到这种地步。我怕的是你相信——不论是不是潜意识里这样相信——如果你能为你母亲的死讨回一点公道，你的现状就会改变。这是问题所在，不论你做的私人调查结果如何，那都不会改变你的现状。不可能。"

"你是说我不该把我现在的问题，怪到从前发生的那件事情上？"

"哈里，不是，你听我说。我的意思是你是很多部分拼合成的一个整体，而不是单一的某个部分。就像多米诺骨牌一样，好几个不同部分必须连在一起，才能有最后的结果，不可能从第一张牌就跳到最后一张。"

"所以我应该放弃？不去计较？"

"我没有那么说，我只是觉得你这样做对你自己在感情上没有一点好处。事实上，我怕你给自己带来的更多是伤害而非修复。我说得有理吗？"

博斯起身走到窗边，他看着窗外，但不知道自己看的是什么，他感到阳光的温热。他说话的时候没有看她。

"我不知道什么才是有意义的，我只知道不论从哪一点来看，我这样做都是合理的。我觉得，我不知道什么字眼比较合适，也许是羞愧吧，我很羞愧没有早一点开始做这件事。那么多年，我只是不去理会。我觉得好像对不起她……我也对不起自己。"

"这是可以理……"

"你记得我第一天告诉你的吗？每个人都重要，不然谁都不重要。你看，她一直都不重要，不算什么，对警局、对社会，甚至对我，都不算什么，我必须承认，即使对我，也都不算什么。这周我打开凶杀档案，看得出这个案子只是被丢到一边，被埋起来了，就像我自己也把这件事埋起来一样。有人停止了调查，因为她不算什么。他们这么做，因为他们能这么做。我想到我自己这么久都不闻不问……让我真想……怎么说，想把自己的脸遮住还是什么的。"

他停下来，找不到更合适的字眼表达。他往下看，注意到下面烧烤店的窗子里没有鸭子。

"我有时候觉得，"他说，"她也许就是那样的人，但有时我觉得自己连这都不配拥有……不过我想我得到了我生命中应有的东西。"

他盯着窗子，不看她，伊诺霍斯等了一下才开口。

"我想我应该告诉你，你有时候对自己太苛刻，这对你并没有什么帮助。"

"是没有。"

"你能坐回来吗？好不好？"

博斯听她的话坐回原位。坐好之后，他的眼睛才看着她，她先开口。

"我要说的是你把事情的顺序弄颠倒了，把马车放在马前面。这个案子被隐瞒了真相当然不是你的错，首先，这点跟你毫无关系。其次，你看到报告之前根本不知道有这样的事。"

"可是你没看到这点吗？我以前为什么不去看凶杀报告呢？我干警察已经二十年了，我早该看了的，即使我不知道细节。我知道她是被杀的，案子一直没好好查，这样就够了。"

"哈里，这样好了，你今天晚上在飞机上好好想一下。你要做的虽然是件对的事，可是你一定要保护自己，不要受到更深的伤害，因为这样并不值得，不值得让你付出这么庞大的代价。"

"不值得？有一个杀人犯逃掉了。他以为他可以逃掉，不需要付出代价，多少年来他都这么想，但我要讨回公道。"

"你没有听懂我的话，我不是希望犯法的人逍遥法外，尤其是杀人犯。可是我现在说的是你，你才是我关心的，这是最基本的规律，任何有生命的东西都不应该无谓地牺牲或伤害自己，这是生存的意志，我怕你的经历会模糊你的生存意志。如果你自己不关心你精神或者身体上有可能出现的问题，你可能会给自己带来很多危险，我不希望看到你受到伤害。"

她吸了一口气，他没有说话。

"我得说我非常紧张。"她继续安静地往下说，"我在这里的九年辅导过很多警察，还没发生过这种情况。"

"那我还有一个坏消息。"他笑了，"昨天晚上我跑到米特尔那里给他的晚宴制造了一点麻烦，我猜我可能吓到他了，至少我吓到自己了。"

"去你的！"

"这是心理治疗的新名词吗？从没听你说过哦。"

"这不是开玩笑的，你为什么做这种事？"

博斯想了一下。

"我不知道，只是一时兴起。本来只是开车经过他住的地方，刚好那儿有个晚宴。我只是觉得……只是觉得气愤，他倒是很开心，而我妈妈……"

"你跟他说了这个案子的事吗？"

"没有，我连我的名字都没说，我们只是绕着弯讲了几分钟，不过我留了一点东西。记得我周三给你看的那篇剪报吗？我给他留了一份。我看见他看了，我猜那条新闻让他紧张了。"

她大声地吐气。

"好，如果你做得到，现在假设你自己是第三者，来仔细审视一下自己的行为。这样做明智吗，冒失地跑到那种地方去？"

"我已经想过了，当然不够明智，我做得不对，他可能会警告康克林。他们两个都会知道有人盯上他们了，他们会联合起来对付这个人。"

"你看，你证明了我不是瞎担心，我要你答应我再也不会做这样的傻事了。"

"我不能。"

"那我只好告诉你，如果医生相信病人会伤害到自己或别人，医生可以终止和病人之间的关系。我说过我快没办法阻止你了，虽然还没有彻底没办法。"

"你要找欧文？"

"如果我确信你的行为太越轨，我会去找他。"

博斯听到他最终的控制权还是掌握在她手里时，相当气愤。他把他的怒气吞下去，举起双手，做了个投降的姿势。

"好吧，我不会再到宴会上找麻烦了。"

"不行，这不够，我要你不去找这些你认为可能与那个案子有关联的人。"

"我只能答应你，我在没有拿到全部证据之时，不会去找他们。"

"我不是开玩笑的。"

"我也不是。"

"我希望你说话算话。"

接下来有大概一分钟的沉默，让彼此平静下来。她在椅子上动了一下，并没有看他，也许在想下面该说什么。

"那我们继续吧。"她最后说，"这些事，你自己去调查的事，占掉我们很多时间，我们原先要解决的问题被耽误了。"

"我知道。"

"所以我们的评鉴过程拖长了。"

"那对我已经不是问题了，我需要时间来做我现在做的事。"

"好，只要你高兴就行，"她嘲讽地说，"现在我要回头去谈送你来这里的那件事了。上次你谈起的时候，只是泛泛地说了一点，也很简短。我懂为什么，因为我们还在摸索彼此。现在我们已经有点了解彼此了，我得要知道全部过程，那天你说是庞兹警督引发的？"

"对。"

"怎么发生的？"

"首先，他是警探的上司，不过他自己从来没当过警探。哦，他可能在什么地方坐过办公室，挂过几个月警探的头衔，所以他履历上有警探的从业经历，但是基本上他是干行政的。我们叫这种人机械警，一个拿警徽的官僚。他连最基本的查案要领和技巧都不懂，只会在办公室的一张表上画画线，他连询问和审讯之间的差别也不清楚。这不是问题，局里这种人多的是。我想说他们只要干他们的事，我干我的事就行了。但问题是庞兹不知道他自己该干什么、不该干什么。这就引发了你说的事件。"

"他做了什么？"

"他碰了我的嫌疑人。"

"你解释一下什么意思。"

"办案的时候，如果你押了人进来，那人就只归你管，别人不会靠近。只要说错一个字、问错一个问题，整件事就有可能泡汤，这是一个基本原则，绝不碰别人的嫌疑人。不管你的官阶是警督还是局长，你得回避，要做什么得先跟办案的人打招呼。"

"结果呢？"

"我上次说了，我的队友埃德加和我带了一个嫌疑人到案，一个女人被杀了，她是那种在小报上登广告的妓女。她接到一个电话，到日落大道一个便宜的汽车旅馆去见客人，结果被杀了，简单地说就是这样，刀伤在右胸上方。这个嫌疑人玩的把戏是自己打电话给警察，说刀是妓女的，她想威胁他。他只是顺势把她的手扭回去让她刺到了自己，自我防卫。好，我和埃德加去了，我们马上发现他的话有问题。"

"例如什么？"

"她个子比他小得多，我觉得她不可能用刀威胁他；第二，那把刀本身是一把八寸长的、切牛排的那种刀，她只有一个很小的皮包，没有带子那种。"

"带按钮的手包。"

"对，不管怎样，那把刀放不进皮包，她怎么带去呢？还有，用她们街头的行话，她的衣服在身上裹得那么紧，所以刀也不可能藏在身上。还有呢，如果她的目的是骗钱，干吗还先上床做了交易？干吗不先拿出刀来，拿到钱就走？他说他们先做完交易，她才动手的。这可以解释她为什么光着身子，这当然又引起一个问题：为什么要光着身子威胁对方？你怎么逃走呢？"

"那个男的说谎。"

"看起来很明显，我们还发现了别的。她的皮包里有一张纸，上面写了旅馆的名字和房间号码。那是惯用右手写的字。我说了，刀伤是在被害人的右胸上方，所以这完全不合理。如果是她刺他，她比较可能用右手拿刀。如果他把手反过去回刺她自己，伤口应该在她左边，不是右边。"

博斯示范用右手伸向他的右胸是多不自然的姿势。

"有很多迹象都不对。那个伤口是往下的，这就跟刀在她手里的说法对不上了。若是在她手里，刀伤应该是向上的。"

伊诺霍斯点点头表示她了解。

"问题是我们没有反驳他的实证，什么都没有，我们只是觉得他的话有问题，她不可能活过来告诉我们真相，光凭刀伤不够。另外，那把刀对他有利。刀在床上，我们看的刀上面有指纹。毫无疑问是她的指纹，人死了很容易弄上指纹的。所以我不信，但这没有用，重要的是检察官怎么想，陪审团的人怎么想。合理的怀疑只是一个大黑洞，常常把这类案子吞掉。我们需要证据。"

"然后呢？"

"我们称呼这种案子为各说各话，双方各持己见。这个案子只有一方开口而已，所以更难搞。我们除了他的说辞之外，什么都没有。碰上这种案子，解决办法只有问他，用各种办法把话套出来。这有许多种方法，但最基本的一点是你在房间时就要抓住他的弱点。我们……"

"房间里？"

"审问犯人的房间，在局里，我们把他带进房间，以证人身份。我们没有正式逮捕他，我们问他能不能过来，告诉他我们还要问几个最常规的问题，死者到底做了什么，等等。他同意了。非常合作，还是一副无辜的样子。我们让他在房间里等，埃德加和我到看守室去拿那里的好咖啡，那儿有很多很好的咖啡，是因地震而关门的餐馆捐赠的，大家都到那里去拿咖啡。反正我们不急，我们在商量怎么对付他，以及谁先问哪些事。同时，那个王八蛋——对不起，庞兹——从窗子里看到那个家伙，竟然跑进去告诉他，他……"

"什么意思？告诉他什么？"

"告诉他他的权利。这是我们的证人，庞兹懂个屁，以为他必须去告诉这家伙他的权利，他以为我们忘了。"

博斯一脸怒气地看着她，马上发现她不懂是怎么回事。

"难道那不是应该做的吗？"她问，"法律不是规定你们要告诉他们有关他们的权利吗？"

博斯努力控制住愤怒，告诉自己伊诺霍斯虽然替局里做事，可是她的想法和外面的人没两样。她眼中警察的工作可能来自媒体的报道，和实际情况有一大段距离。

"我来告诉你法律是怎么回事、真实世界是怎么回事。我们，我指警察，有一大堆法律规定必须遵守。像米兰达权利和别的一大堆，结果就是我们找了我们知道或者是怀疑有罪的人来，我们基本上要告诉他们：'我知道是你干的，可是从最高法院到所有的律师都会告诉你不要跟我们谈话，可是，你还是跟我们谈吧！'这样是行不通的，你必须另找出路。你必须又哄又骗，恩威并施，那些法院的规定就像绑在你身上的绳子，你得小心，但你还是有机会带着绳子走。所以一个什么都不懂的浑蛋跑来搅局，你这一天都完了，更别提整个案子了。"

他停下来看她的表情，他看她还是有点不信，他知道她就跟多半人一样，知道大街小巷的真实情况后会吓得屁滚尿流。

"如果有人告诉他们权利，他们就会识破，事情就完了。"他说，"没戏唱了！等我和埃德加喝完咖啡回到房间，那个宝贝坐在那里说他要找他的律师。我说：'什么律师，谁说律师？你是证人，又不是嫌疑人。'他告诉我们庞兹才把他的权利念给他听了。我不知道当时我比较恨谁，恨他杀了人还是恨庞兹搞砸了破案的机会。"

"如果庞兹没说，情况会是怎样的？"

"我们会好好跟他谈，要他告诉我们案件发生过程中的一切细节，希望他的话和他当初告诉警察的有出入。那样我们就可以说："你说的话前后不符，现在我们以嫌疑人的罪名起诉你。'那时候我们才会向他宣读权利，我们希望发现他说话的漏洞和现场的可疑迹象，使他害怕，好乖乖招供。我们做的只是要他们开口说话，跟电视上不同，真实情况难得多，也脏得多。可是就跟你一样，我们要他们开口说话……至少，这是我的看法。可是，现在因为庞兹，我们大概永远不会知道案件的真相了。"

"你发现庞兹告诉他以后，怎么做的呢？"

"我离开房间，直接走到庞兹的办公室。他也知道出了问题，因为他站起来了，我记得这一点。我问他是不是向我的嫌疑人宣读了权利，他说是。于是我们就吵起来了，我们两个都吼叫起来……之后我就不记得是怎么发生的了，我不是要否认，只是不记得细节了。我大概抓住他，推他，他的脸撞碎了窗上的玻璃。"

"那时你做了什么呢？"

"有几个人跑进来把我拖开，局里的负责人叫我回家，庞兹必须到医院去处理他的鼻子。人事部听取了他的证词，我就被停职了。然后欧文把停职改成了强制控压休假，所以我现在在这里。"

"现在那个案子呢？"

"那个家伙始终没开口，他找了律师，现在在等时间。上周五埃德加拿了我们有的资料去找检察官，被检察官踢了回来。他们说警方没有证人，只有一些跟供述不合的发现，所以没法起诉。她的指纹在刀子上，真意外啊，说穿了是她根本不重要，没有重要到让检察官承担败诉的风险。"

他们两人都沉默了一阵，博斯猜她在想这个案子和他母亲案子相似的地方。

"所以这就是结局，"他最后说道，"杀人犯逍遥法外，放他一马的人却好端端坐在办公桌后面，破损的玻璃修好了，一切照常运行，这就是我们的体系。我发了火，现在也承担了后果。强制控压休假，离队，可能还要离职。"

她先清了清喉咙，才开始她的评估。

"你把背景说清楚了，你的愤怒是可以理解的。可是你最终的行为是另一回事。你听过'愤怒点'这个说法吗？"

博斯摇摇头。

"是指好几种压力在一个人身上最终爆发，让他诉诸暴力。那些压力是慢慢积压起来的，然后在一瞬间释放——通常相当暴力，承受暴力的对象的所作所为往往只是其中一部分原因。"

"如果你要我说庞兹没错，是受害人，我是不会这样说的。"

"我不需要你说那些，我只要你审视一下这个状况，为什么可能发生。"

"我不知道，浑蛋事总会发生的呀。"

"你用暴力攻击别人的时候，你不觉得你把自己降低到跟那个逍遥法外的人同一个层次了吗？"

"医生，我想不至于，我告诉你，你可以检查我生活的每一面，你可以扯上地震、火灾、水灾、暴乱，甚至越战，可是相比我跟庞兹在他办公室的事，这些都不重要了，你说愤怒点也好，随便什么名词都行。但有时候只有那一刻的事才重要，而在那一刻我做了正确的事。如果我们的谈话结果是要我认清那一刻我做错了，那算了吧。昨天我碰到欧文，他要我考虑道歉。屁话，我根本没做错。"

她点点头，在椅子上换了个姿势，看起来比她听他的冗长叙述还要不舒服。最后她看了看她的手表，他也看了看他的。他的时间到了。

"我想，"他说，"我把心理治疗的成果往后推了一个世纪吧？"

"没有，你越了解一个人，越了解一件事，就会越了解事情是怎发生的，这是我喜欢我工作的原因。"

"我也一样。"

"之后你跟庞兹警督说过话吗？"

"我去交还警车钥匙的时候见到他，他要我把车交回去。我去了他的办公室，他紧张得有点过分。他是个无足轻重的小人物，我想他心里知道。"

"他们多半心里有数。"

博斯起身准备离开，看到桌子边她推到一旁的信封。

"照片的事怎么样？"

"我知道你还会再提一次的。"

她看了一眼信封，皱起眉头。

"我要想想看，从不同层面想想。你去佛罗里达这两天，这信封可以留在我这里吗？还是你要用？"

"你拿着吧。"

22

　　飞机在加州时间凌晨四点四十分降落在坦帕国际机场，博斯疲惫的眼睛贴着机舱的窗子，第一次看见太阳从佛罗里达的天空升起。飞机下降时，他把手表取下，拨快了三小时。他很想就近找个汽车旅馆好好睡一觉，但他知道没有时间。从他带的地图来看，他至少得开两小时的车才能到达威尼斯。

　　"能看到蓝天真好。"坐在他旁边的女人说，她的身子探过博斯这边看着窗外。她四十多岁，一头灰发几乎已经变白了。他们起先交谈过，博斯得知她是回到她来的地方。她在洛杉矶待了五年，觉得已经够了，她要回老家去。博斯没问她是回到谁的身边或是为什么回来，只是猜测五年前她刚到洛杉矶时头发是否也是白的。

　　"是啊，"他回答，"坐夜机总觉得特别长。"

　　"不，我不是这个意思，我是指污染，这里可没有空气污染。"

　　"目前还没有。"

　　但是她说得不错。这儿的天空是他在洛杉矶极少见到的蓝色，像是游泳池里的蓝，白云飘浮其间，仿佛是在外层空间的梦境中。

飞机上的人慢慢地下了飞机，博斯等到最后才站起来，往后弯了几下，松弛背部，背上的骨头发出响声，他取下舱顶简单的行李走出机舱。

才踏出机门，外面的空气就像一块湿热的毛巾一样贴在身上，他很快走进有冷气的通道，打消了原先想租敞篷车的念头。

半小时之后，他开着租来的野马在 275 号公路上穿过坦帕海湾。他关上车窗开了冷气，可是全身仍冒着汗，他的身体仍不适应此地的潮湿。

第一次在佛罗里达开车，让他印象最深的是这里的平坦。最初的四十五分钟他没看到一点小山或高地的迹象，一直到他开上阳光高架桥路面才陡起来。博斯知道湾口这座高而陡的铁桥是在之前那座桥倒塌后建的，他一点也不害怕，速度还超过了限速范围。他毕竟来自地震后的洛杉矶，大桥和立交桥非官方的限速是在时速表极右边的。

过了桥后，高速公路和 75 号公路汇合在一起，在落地两小时后他到了威尼斯。在塔米亚米步道上，他挣扎着疲惫的身躯，觉得沿途那些浅色的汽车旅馆万分诱人。可是他一直往下开，想找一家礼品店和公共电话亭。

最后他在珊瑚礁购物中心找到了。那家塔基礼品卡片店十点才开门，博斯还得等五分钟。他走到购物中心浅褐色墙外的公共电话处，在电话簿中查出邮局的电话。城里有两个邮局，博斯掏出笔记本，查了杰克·麦基特里克的邮政编码。他打给其中一个邮局询问，得知另一个邮局才是他要找的。他谢了接线员，挂上电话。

礼品店开门后，博斯进去选了一张有鲜艳红色信封的生日卡。他从收银台旁的边架上陈列的地图中挑了一份，一起放在柜台上。

"这张卡片不错，"收钱的老妇说，"我想她一定喜欢。"

她的动作慢得像在水底一样，博斯恨不得替她打那些数字。

回到车中，博斯把空白的卡片放进信封，封起后在信封上写下麦基特里克的名字和邮政信箱号码，然后开车上路。

他花了十五分钟，按照地图找到了在威尼斯大道西段的邮局。他进去后，发现那家邮局冷冷清清。一个老人在桌子前缓慢地写一个信封，两个老妇排队等柜台的人，博斯排在她们后面。这时他意识到他来佛罗里达不过短短几小时，已经看到了很多上年纪的人，这和他以前听到的差不多。

博斯环顾四周，看到柜台后面墙上的监视器。从角度来看，他知道那是用来监视顾客和可能发生的抢劫，并非监视工作人员的，虽然他们的工作范围也在摄像头所及之处。他并未退缩，拿出一张十美元的钞票折好，和红色的信封一起拿在手中。然后他又找出正好的邮费钱。那两个老妇待在柜台的时间似乎长得令人难以忍受。

"下一位。"

轮到博斯了，他走向柜台。柜台后的柜员六十岁上下，胡须全白。他相当胖，脸色在博斯眼中涨红得过分，好像在跟谁生气似的。

"我要张邮票。"博斯把红信封和零钱放在柜台上，那张折好的十美元在红信封上面，柜员仿佛没看见那十美元。

"我想知道他们会把信放进信箱吗？"

"他们现在正在做这件事。"

他把邮票给博斯，用手把零钱扫进另一只手中。

他没有碰那十美元，也没碰红信封。

"真的？"

博斯拿起信封，舔了舔邮票贴上，然后把信封放在十美元上面，他确信对方看清了这一切。

"哦，我真的希望杰克叔叔能收到这张卡片，今天是他的生日，可不可以找人把这个信封送到他信箱里？让他今天回家的时候就能收到。我很想自己送去，可是我得回去工作。"

博斯把红信封和底下的十美元，一起推到白胡子柜员面前。

"好吧，"他说，"我看看我能做什么。"

173

他的身子向左移，稍稍转了一点，把交易挪到监控摄像头外。动作敏捷地拿了红信封和底下的十美元，很快地把钱转到另一只手中，塞进口袋里。

"马上回来。"他对排队的人叫了一声。

博斯在邮局大厅的信箱前找到313号，从极小的玻璃格子上往里看，那个红信封和其他两封信一起在信箱里。其中一封白信封放倒了，博斯可以看到部分回邮地址，那是来自洛杉矶市政府的。

博斯相当肯定那个信封里是麦基特里克每月的退休金支票。他抢在他之前到了邮局。他走出邮局，在隔壁的便利店买了两杯咖啡和一盒甜圈饼，再回到车上等。气温越来越高，五月不到就热成这样，博斯没法想象这里的夏天是什么样子。

他在车里等了一个小时后，无聊地打开收音机，是一个南部布道的电台。几秒钟后，他才弄清谈论的话题是洛杉矶地震，他留在这个频道，打算听听看。

"现在我想问，这样的灾难发生在这个以色情污染我们地球的城市是偶然的吗？我认为不是。上帝显然是在惩罚这种千亿以上的罪恶行业。这是一个启示，朋友们，预示我们未来可能发生的事，预示我们所有的罪行……"

博斯关上收音机，一个女人正从邮局走出来，她手中拿着那个红信封和其他的信。博斯看着她走过停车场，在一辆银色的林肯轿车前停下来。他立刻抄下那辆车的车牌号，虽然他在此地的警局没有熟人可以替他查信息。那个女人有六十多岁，博斯猜测。他本来要等的是男人，可是她的年龄相当，跟他的计划不冲突。他启动引擎，等她的车开出来。

她沿高速公路的主干道向北边的萨拉索塔开。路上的车移动得很慢。大约开了十五分钟，两英里左右，她的车左转上了瓦莫路，紧接着右转开进一条绿荫遮蔽的私有住宅小路。博斯只比她慢了十秒钟，他上了小路后就停住了，他看见树丛中竖着一块牌子：

欢迎来到鹈鹕溪谷高级公寓

那辆林肯轿车穿过红白条纹的守卫门栏进去了。

"完蛋！"

博斯没算到有门卫的公寓社区，他以为除了洛杉矶别处极少有这种设施。他又看了牌子一眼，掉转车头上了大路。他记得就在转上瓦莫路之前看到了另一个购物广场。

《萨拉索塔先锋论坛报》上的房地产出售栏刊登了八户待售的房子，只有三户是由屋主自售的。博斯用广场的公用电话拨到第一家，听到的是电话录音。第二家是个女人接的，说她丈夫今天在外打高尔夫球，她不想单独带人看房子。第三家接电话的女人要他马上过去，还说等他到的时候她连新鲜柠檬汁都会准备好。

博斯觉得有点罪恶感，因自己利用一个想卖房子的陌生人。但这种感觉转瞬即逝，他想反正那个女人不会知道她受了这样的利用，而自己实在没有别的法子找到麦基特里克。

他通过门卫检查，被告知柠檬汁女士的公寓位置后，开进浓荫遮蔽的住宅区，寻找那辆银色的林肯轿车。他很快就发现那是一个退休住宅区，路上走的和车里的人都是银发族，几乎是清一色的白发和阳光晒过的褐色皮肤。他很快就找到那辆林肯。他看了守卫给的地图，打算先去找柠檬汁女士，以免引起怀疑。这时他发现另外一辆银色的林肯轿车，他猜那种车在上了年纪的人中非常流行。他掏出记事本，对照他先前抄下的车牌，两辆都不是他之前跟踪的车。

他继续往前开，最后在住宅区里面一个隐蔽的角落中找到他要找的车。那辆车停在一幢环绕在橡树中间的暗色房子前。博斯看出每一幢楼有六套公寓，他想，应该很容易的。他看好地图，把车开到柠檬汁女士的房子前停下。她住在小区的另一头，二楼。

"你好年轻。"她开门看见他时说。

博斯很想对她说同样的话，可是没有开口。她看起来在三十多近四十的年纪，比博斯在这里看到的人要年轻三十岁以上。她的脸晒得很均匀，相当好看，一头齐肩的褐色头发，穿着牛仔裤和一件蓝色的衬衫，外面罩了一件前面有花色图案的黑背心。她没有化妆，博斯喜欢这一点，也喜欢她那对有点严肃的绿色眼睛。

"我是洁斯敏，你是博斯先生吗？"

"是的，我叫哈里，刚打了电话给你。"

"你来得很快啊。"

"我就在附近。"

她请他进门，迅速开始介绍房子。

"共有三间卧房，广告上写了。主卧房有单独的浴室，另一间浴室在过道旁边，可是最有价值的还是景观。"

她指点博斯看玻璃拉门外面，远处是一片开阔的水面，点缀着大大小小的人工岛屿。成百上千的鸟散布在这些未经开发的岛屿上。她说得不错，景观美极了。

"什么地方？"博斯问，"那片水。"

"那是——你不是本地人吧？那是小萨拉索塔湾。"

博斯一边点头，一边盘算着他脱口而出所犯的错误。

"我不是本地人，不过我打算搬到此地来。"

"从哪里来的？"

"洛杉矶。"

"哦，我听说了，很多人都搬离那里了，因为地震个没完。"

"差不多。"

　　她带他走过一个过道，他想一定是主卧室了。他立刻注意到这间卧室和这个女人一点也不相配，既暗，又老，又沉重，里面摆设的是桃花心木的家具，看起来有几吨重，床头柜上台灯装饰繁复，灯罩是厚实的同色暗花布。那间卧室充满了老旧气息，不可能是眼前这个女人睡觉的地方。

　　他转身看到门边的墙上有一幅肖像油画，画上的人物正是眼前之人，但比现在的她年轻，面孔瘦削，比较刚硬。博斯在想把自己的画像挂在卧室里的会是什么样的人，他同时注意到油画下的签名。作者的名字是爵士。

　　"爵士，是你吗？"

　　"是，我父亲坚持要挂在这里，我早该拿下来的。"

　　她走到墙边，动手要把画拿下来。

　　"你父亲？"

　　他走到画的另一边帮她。

　　"是啊，这是我很久以前送他的，他当时没挂在客厅他朋友会看到的地方我已经很感激了，连挂在这里都有点过分。"

　　她把画的背面朝外，靠墙放在地上。博斯把她的话串在一起。

　　"这是你父亲的房子。"

　　"嗯，是啊，我只有在广告出售期间才住在这里。你要看一下主浴室吗？里面有一个按摩浴缸，广告上没说。"

　　博斯向她靠近了一些，跟着她进了浴室。他直觉地低头看了她的手，没有戒指。他闻得到她身上的香味，猜出那是和她名字同义的香味——茉莉。他觉得被她吸引，但不确定是真的还是因为他假扮的身份。他非常疲倦，他知道，也许这才是原因，他的防御力降低了。他很快看了浴室一眼就出来了。

　　"不错，他独自住在这里吗？"

"我父亲？是的，一个人。我很小的时候母亲就过世了，我父亲是圣诞节的时候过世的。"

"哦，真遗憾。"

"谢谢，你还有别的问题吗？"

"没了，我只是好奇谁住在这里。"

"我是说你对这房子还有问题吗？"

"哦，我——没有了，房子很好，我目前还只是到处看看，还不确定我到底要什么。我——"

"你到底在做什么？"

"你说什么？"

"你来这儿做什么，博斯先生？你根本不打算在这里买房子，你根本没在看这套房子。"

她的声音中没有怒意，只有对她自己看法的十足信心。博斯觉得自己脸红了，他被她识破了。

"我只是……我只是到这里来看看这个地方。"

他的回答毫无分量，他自己也知道，但他只想得出这句话。她察觉他的困窘，放了他一马。

"抱歉我的话说得太直，你还要看下去吗？"

"要——哦，你说有三个卧室？对我实在太大了一点。"

"不错，三间，不过报上的广告上也写明有三间。"

好在博斯知道他的脸已经不可能更红了。

"啊，"他说，"我一定看漏了这一点，谢谢你带我参观，这房子非常好。"

他很快走过客厅到了门口。开门后，他回过头，她在他开口之前先说了话。

"我直觉这中间有个精彩的故事。"

"什么意思？"

"你做的事。如果你想说，电话在报纸上，不过你已经知道我的电话了。"

博斯点点头，他一句话也说不出来。他走出去，随手关上门。

23

等他驶回那辆林肯轿车停着的地方时，他的脸色已经恢复正常了，但是仍然觉得被那个女人识破很窘迫。他试着忘掉刚才的一幕，好专心对付眼前的任务。他停下车，走进最靠近车的那套公寓敲了门。过了一阵，一个老妇开了门，一对惊恐的眼睛瞪着他。她一手抓着一个两轮推车的扶手，一手抱着一个氧气瓶，两条透明的塑料管子绕过她的耳朵经过两颊塞入鼻孔。

"对不起打扰您，"他很快地说，"我找麦基特里克家。"

她举起一只孱弱的手，握着拳，伸出大拇指，往上指，她的眼睛也往上翻。

"楼上？"

她点点头。他谢了她，上了二楼。

博斯敲了二楼的门，来开门的是那个拿走红信封的女人。他吐了一口气，好像花了一辈子的时间找她似的，他几乎觉得有那么长。

"麦基特里克太太？"

"您是……"

博斯掏出装了警徽的皮夹，在她眼前打开，他捏着皮夹，两根手指遮住皮夹大部分，因此警督两个字不太明显。

"我是哈里·博斯。我是洛杉矶警察局的警探。不知道你先生在不在？我要跟他谈一下。"

她脸上马上露出担心的神色。

"洛杉矶警察局？他已经离职二十年了。"

"是一个老案子，我被派来问他一点事。"

"你该先打个电话来。"

"我没有你们的电话，他在吗？"

"不在，他开船出去了，去钓鱼。"

"在哪里？也许我能过去找他。"

"哦，他不太喜欢任何意料之外的事。"

"麦基特里克太太，我想不论是我告诉他还是你告诉他都是意料之外的事。随便你，我必须跟他面谈。"

也许她早就习惯警察没有商量余地的口气，她不再坚持了。

"你绕过我们这幢公寓，一直走，走过三幢建筑，往左就会看见码头。"

"他的船在哪里？"

"六号船位。船侧有'战利品'几个大字，你一定找得到的。他还没出海，因为我本来要把他的午餐送过去。"

"谢谢。"

他转身要走时，她从后面叫他。

"博斯警探，你会待一阵吧？我是不是也该给你准备一个三明治？"

"我不知道我会待多久，谢谢你，如果可以的话。"

他走向码头时想起那个叫洁斯敏的女人，她并没请他喝她要准备的柠檬汁。

24

博斯花了十五分钟才找到码头，找到码头后再找麦基特里克就很容易了。那个码头停了四十艘船，只有一艘船上有人。一个满头白发、深褐色肤色的人在船头弯腰检查引擎。博斯走近他的同时打量着他，但是完全无法认出眼前的人，他跟博斯记忆中那个把他从游泳池叫出来的人仿佛不是同一个。

引擎上的盖子被拿下来了，那人手中拿着螺丝刀正在修理什么。他穿着一条卡其短裤和一件高尔夫衫。那件衣服打高尔夫球是嫌太旧了，上面还有旧污渍，可是钓鱼穿倒很合适。博斯猜那条船有二十英尺长，船尾还有一个小舱，船的两侧竖起钓竿，一侧两根。

博斯有意在船桨处停下，他展示警徽时可以保持一段适当的距离。

"我从没想到会在离家这么远的地方见到好莱坞命案组的人。"博斯微笑着说。

麦基特里克抬起头，没有一点惊讶的表情，他没有任何表情。

"不，你搞错了，这才是家。我在那里的时候，才是离家很远。"

博斯点点头，表示接受他的说法，然后拿出警徽。他的手法和先前给麦基特里克太太出示警徽时一样。

"我听说了。"

惊讶的人是博斯，他想不出洛杉矶有任何人能告诉麦基特里克他的行踪，没人知道。他只告诉了伊诺霍斯一个人，他无法想象她会泄露这个消息。

麦基特里克指着驾驶座上的手机，揭开谜底。

"我老婆打过电话。"

"哦。"

"到底是怎么回事，博斯警探？我在那儿工作的时候，我们都是两人一起行动的，那样比较安全。你们人手不够吗，你是单独行动？"

"也不是，我的队友在查另外一件老案子。飞过来太远了，他们不想多花钱飞两个人。"

"我想你会解释得更清楚些吧。"

"不错，我正打算好好说清楚这件事。我能上船吗？"

"随你，我正准备出去钓鱼，等老婆把午餐送来就走。"

博斯沿着码头绕到麦基特里克的船侧，然后上了船，船身摇晃了几下随即稳了下来。麦基特里克拿起引擎的盖子慢慢盖上去。博斯觉得自己的一身穿着跟周遭的一切太不相宜。他穿的是便鞋、黑牛仔裤，草绿色运动衫外面是一件黑色休闲外套。他还是觉得热，他把外套脱下，折好放在船后的座椅上。

"你打算钓什么？"

"什么上钩就钓什么。你呢？"

他说话时两眼直盯着博斯，博斯看到他的眼睛是深褐色的，像啤酒瓶的玻璃瓶身。

"我想你听说地震的事了吧？"

"当然，谁没听说呢？我告诉你，我经历过地震和飓风，地震你们就自己留着吧。至少你事先知道飓风要来，就像安德鲁吧，的确留下一堆灾害，可是你想，要是我们事先不知道它会来，灾害会有多大。你们的地震就是这么回事。"

博斯听了一阵才搞清楚他说的安德鲁就是几年前在佛罗里达南部造成重大灾害的飓风。世界上的灾害太多，实在难以一一记清，光是洛杉矶一个地方就够多的了。他往外看到水里有一条鱼跳了起来，结果引起好些条鱼的连锁反应。他正要告诉麦基特里克，可是马上意识到这样的景象他可能天天都看得到。

"你什么时候离开洛杉矶的？"

"二十一年之前，我累积够了二十年的资历，就走了。你留着你的洛杉矶吧，博斯。一九七一年我在那里，碰上西尔玛地震，震毁了一家医院和几条高速公路。那时候我们住在图洪加，离震中只有几英里。我这辈子都不会忘记那次地震，就像上帝和魔鬼对决，而你跟他们一起玩命。真不是人干的……地震跟你此行有什么关系？"

"说起来是个奇怪的现象。不过地震后凶杀案的数量反而降低了，我想人变得比较文明了一点，我们……"

"也许是因为剩下没有太多可杀的了。"

"反正，今年我们的记录比平均记录低得多，所以我们有时间回头看一些老案子，每个人都分到一点。我手中的一件有你的名字，我想你知道你从前的队友已经过世了，所以……"

"伊诺死了？浑蛋，我一点都不知道，我以为至少会有人告诉我，虽然知不知道对我都无所谓。"

"不错，他死了，他老婆在领退休金。抱歉，你不知道这事。"

"没什么大不了。我和伊诺……我们只是队友，只有这点关系。"

"总而言之，我来找你是因为你还在，他已经死了。"

"哪个案子？"

"玛乔丽·洛，"他停了一下，想看麦基特里克脸上的表情，他什么也没看到，"你记得吗？她是在垃圾箱里被发现的，在……"

"维斯塔的巷子里。好莱坞大道后面，维斯塔和高尔之间。我记得每一件案子，不管案子破了没有，每一件案子我都记得清清楚楚。"可是你不记得我，博斯想，但他没开口。

"对，就是那个案子，在维斯塔和高尔之间。"

"怎么样？"

"那个案子一直没破。"

"我知道，"麦基特里克说，他的声音提高了，"我在命案组七年一共办了六十三件案子。我在好莱坞、威尔希尔都干过，一共破了五十六个案子，我敢拿这个纪录跟任何人比。现在要是能破到一半就算运气了，我就拿这个纪录跟你比。"

"你赢了，你的纪录好得很，可是我来跟你个人没关系，杰克，我来是查这个案子。"

"别叫我杰克，我根本不认识你，从来没见过你。我……等一下。"

博斯看着他，很惊讶地想他说不定记起了游泳池那一幕，可是他马上发现麦基特里克停下来是因为他太太走过来了。她拿了一个塑料的保冷箱。麦基特里克安静地等她把保冷箱放在近船的码头边，他把箱子移到船上。

"喂，博斯警探，你这么穿太热了，"麦基特里克太太说，"你要不要跟我回去拿一套杰克的短裤和白上衣？"

博斯看了麦基特里克一眼，然后对她说：

"不用了，谢谢你，我很好。"

"你要去钓鱼吧？"

"哦，好像还没有算上我，我……"

"杰克，请他一起去呀，你不是一直想找人跟你一起去吗？你们还可以好好回忆一下以前在好莱坞最喜欢的那套枪啊血啊的玩意。"

麦基特里克看着她，博斯可以看出他在极力控制自己。

"玛丽，多谢你的午餐，"他镇定地说，"现在你能不能回去让我们自己谈？"

她对他皱了一下眉，摇摇头，好像他是个被宠坏的孩子，她一句话没再说就走回去了。在船上的两个人没有说话，过了一会儿，博斯试图打破僵局。

"我来这里只是想问你几个跟这个案子有关的问题，没有别的。我也不是说这个案子调查的过程有什么问题，我只是想再重新检查这个案子，就是这样。"

"你没把实话全说出来。"

"什么？"

"你说的那套全是鬼扯。"

博斯可以感到自己的愤怒，他生气眼前的人怀疑他此行的动机，虽然他应该怀疑。他觉得自己几乎想把对方的皮撕下来，可是他心中知道麦基特里克激动的反应一定有原因，那个案子就像他鞋子里的小石头。他一直努力把石头挤到一边去，以便走起路来不疼，可石头仍然在他鞋里，博斯必须让他自愿把石头拿出来。他咽下自己的怒气，尽量保持冷静。

"为什么我的那套全是鬼扯？"麦基特里克背对着博斯，他正弯腰在驾驶盘下面取东西。博斯看不见他在做什么，他猜他是在找藏在那里的船钥匙。

"为什么你的那套全是鬼扯？"麦基特里克转身回答道，"我告诉你为什么，因为你跑到这里来晃你的警徽，我们两个一样清楚你根本没有警徽。"

麦基特里克手中一把伯莱塔点二二口径的手枪对着博斯。枪很小，可是近距离已经够用了，博斯相信对方知道怎么用。

"上帝，你这个人有什么毛病啊？"

"你出现之前我什么毛病都没有。"

博斯把手举在胸前，摆出对对方没有威胁的姿势。

"你不用紧张嘛。"

"你自己别紧张，把手放下来，我要再看一下你的警徽。你拿出来丢过来，慢慢来。"

博斯照他的话做了，同时把头稍转了几英寸，查看码头四周。他没看到人，他现在孤立无援，身上也没有武器。他将装着警徽的皮夹扔到麦基特里克脚边。

"现在我要你走过跳板来到船桨的地方，站在船桨的扶手那里，我可以看到你的地方。我知道有一天说不定会有人找上门来要挟我，哼，你找错了人，也挑错了日子。"

博斯照他说的移动到船桨那里，他抓住扶手站稳，转身面对麦基特里克。他的眼睛盯着博斯，同时弯腰拾起皮夹。然后他走到驾驶座，把枪放下。博斯知道如果他抢枪，麦基特里克的动作会比他快。麦基特里克弯腰发动了引擎。

"你做什么，麦基特里克？"

"哦，现在是麦基特里克了，刚刚那声亲热的杰克到哪儿去了？我们嘛，我们钓鱼去。你不是要钓鱼吗？我们就去钓鱼。你要是想跳水逃跑，我会朝水里开枪，我无所谓。"

"我哪里也跑不了，你不必这么紧张。"

"现在，你把缆索解开，把它扔回码头。"

博斯完成任务后，麦基特里克拿起枪往后退了几步，到了船尾。他解开另一条缆索，将船推离系缆桩。最后他回到驾驶座，把船换成倒挡，船身滑出停泊位。他再换成前进，船向运河口驶去。博斯可以感觉到咸暖的海风把他身上的汗吹干了，他决定一旦他们到了海湾，或是碰到其他有人的船，他就立刻跳水。

"我有点惊讶你居然没带家伙，哪个自称警察的人会不随身带家伙的？"

"我是警察，麦基特里克，让我解释给你听。"

"你用不着解释，小子，我已经知道了，知道你所有的事。"麦基特里克打开皮夹，博斯看着他检查他的身份证和警督的警徽。他把皮夹扔在架子上。

"你知道我什么呢，麦基特里克？"

"别担心，我还有几颗牙，博斯，我在局里也还有几个朋友。我太太打了电话之后，我马上打电话给局里的一个朋友。他知道你的事，你现在在离队期间，博斯。强制控压休假。所以我不知道你给我鬼扯什么地震的事，我猜你是趁离队这段时间从哪里搞了个零工。"

"你完全弄错了。"

"哦？好，我们走着瞧，等我们到了海湾，你告诉我是谁派你来的，不然我就拿你去喂鱼，对我来说都一样。"

"没人派我，我自己来的。"

麦基特里克的手掌在节流阀杆上的红球上按了一下，船开始快速向前开。船头升高，博斯得抓住扶手站稳。

"骗鬼！"麦基特里克的声音比引擎声还大，"你是个骗子，你之前撒谎，现在又撒谎。"

"听我说，"博斯高声叫道，"你说你记得每一个案子。"

"一点没错，天杀的我都记得，我根本忘不掉。"

"关小声点。"

麦基特里克拉了一下节流阀杆，船身平稳了，声音也小多了。

"玛乔丽·洛的案子是你去干脏事的。你记得吗？记得我们说的干脏事？你得去把消息告诉死者的亲人，你得告诉她的孩子，在麦克拉伦养育院。"

"报告上都写了。博斯，所以……"

他停下来，看了博斯一阵。然后他打开皮夹，看身份证上的名字，之后又看着博斯。

"我记得这个名字，那个游泳池，你就是那个孩子。"

"就是我。"

25

麦基特里克让船在萨拉索塔湾的浅水区漂浮，听博斯讲他的经历。他一个字也没问，只是专心地听。博斯停下来的空当，他打开太太送来的保冷箱，拿出两罐啤酒，递了一罐给博斯。罐子拿在博斯手中异常地凉。

他并没有打开啤酒，他告诉麦基特里克他所知道的每一个细节，包括他和庞兹的冲突。他有一种直觉，凭麦基特里克的愤怒和不寻常的反应，他觉得先前对他的估计是错的。他原以为他大老远跑到佛罗里达来见的这个警察即使不是个腐化的家伙，起码也是个饭桶，他不确定自己更怕碰上哪一种。但现在他觉得眼前这个老警官深受多年前干的一件错事的折磨和困扰，博斯想，鞋子里的小石头迟早得拿出来，他诚实的本性是最好的解决之道。

"我全部的经历就是这样，"他最后说，"我希望啤酒不止两罐。"

他开了啤酒，一口气喝掉三分之一。在酷热的阳光下有冰凉的啤酒灌入喉咙，简直美妙极了。

"她放了不少，"麦基特里克说，"你要三明治吗？"

"现在还不要。"

"你要的是我这里发生的事。"

"这是我来找你的目的。"

"好，我们到有鱼的深水那边去。"

他启动了引擎，船沿着一条向南的航道标记开出去。博斯记起他外套口袋里有副太阳眼镜，他取出来戴上。

海风从四面吹过来，偶尔他能感到水面上飘来的凉风。博斯已经多年没上过船也没钓过鱼了。带他出游的人二十分钟前还把枪口对着他，现在情势扭转，他心情很好。

他们进入运河时，麦基特里克把节流阀杆拉回来。他朝一条泊在一家岸边餐厅外的巨型游艇船桥中的人挥手。博斯不知道他是认识那个人，还是碰到水上的人都友善地挥手。

"你来开，对准桥上的灯笼就可以。"麦基特里克说。

"什么？"

"过来开。"

麦基特里克从驾驶座走开，到船尾去了。博斯很快地走到驾驶座，对准半英里外吊桥底部中间挂着的红灯笼，调整方向盘，使船身和灯笼成直线。他回头看看麦基特里克，后者正从船舱的柜子里拿出一个塑料袋，袋中是小鱼。

"不知道今天谁会上钩。"他说。

他走到船边，探身出去。博斯看他张开手掌拍着船沿，然后直起身子，仔细检查水面，大约过了十秒钟，他又开始拍打船沿。

"你在做什么呀？"博斯问。

他才开口，一只海豚就在船尾跳起来，很快又钻入水中，它距麦基特里克不到五英尺。博斯只看到一道灰色闪过，一时没弄清是怎么回事。可是那只海豚很快又跃出水面，溅起水波，哗哗作响，好像发出笑声似的。

麦基特里克对准它张开的嘴，喂了两条小鱼。

"这位是中士，看到它身上的伤痕了吗？"

博斯很快地朝吊桥那头看了一眼，确定他们仍然在正确的方向上，然后才走到船尾。海豚还在，麦基特里克指着水中可见的尾鳍，博斯看见它平滑的灰色背上有三条白杠。

"它有一回靠螺旋桨太近，被割伤了。莫特海洋馆的人把它照顾好的，可是身上留下三条杠，就叫中士了。"

博斯点点头。麦基特里克一边说，一边继续喂中士吃小鱼，然后头也没抬就对博斯说："你最好回去看好驾驶盘。"

博斯转身，发现他们已经漂离直线了。他回到驾驶座调整方向，然后就留在那儿。麦基特里克还在船尾，喂海豚吃鱼，一直到他们过了吊桥。博斯决定耐心等麦基特里克开始，他在出海时说还是回程时说都无关紧要，要紧的是博斯必须听到他这一段经历。不然博斯不会离开佛罗里达。

过桥十分钟后，船开入一条通向墨西哥湾的航道。麦基特里克把手中的鱼从两条桅杆处倒进海中，又从桅杆旁拉出一条百余码长的钓绳，然后回到驾驶座接替博斯，在引擎声中大声说：

"我打算开到礁石那边去，到了之后先钓鱼，之后再去浅滩拉个渔网，那时候再谈。"

"就听你的。"博斯大声叫着回答。

两条钓线都没有上钩的鱼，大约离岸两英里处，麦基特里克关掉引擎，要博斯收回一条钓线，他自己去收另外那条。博斯是左撇子，他花了几分钟才习惯右手用的转轴，然后笑了起来。

"我长大以后还从没碰过这些，在麦克拉伦的时候，隔一阵子会有巴士来载我们到马里布码头去。"

"天哪，那个码头还在呀？"

"是啊。"

"现在大概像在臭水沟里钓鱼了。"

"我想也是。"

麦基特里克笑了，摇摇头："你为什么还待在那儿，博斯？他们好像不怎么想要你。"

博斯想了一下才回答。他的话一语中的，可是博斯在想是他自己的话，还是他那个洛杉矶警局老朋友的话。

"你打给谁问我的事？"

"我不会告诉你的，不然他就不会给我这些消息，他知道我不会说的。"

博斯点点头，表示不会追问下去。

"我想你说得没错，"他说，"他们并不特别希望我回去。可是我不知道。这么说吧，他们越这么想，我就越不那么做。我想如果他们不再管我、不再逼我走，我可能就会想走了。"

"我想我懂你的意思。"

麦基特里克把刚才的两根钓竿收起来，开始准备另外两根有钩子和大型铅弹的。

"这次我们用小鲻鱼做饵。"

博斯点点头，他连怎么开始都不知道。他专注地看着麦基特里克，心想现在开始学也不坏。

"所以你干了二十年就离开洛杉矶了，之后呢？你做什么？"

"你已经看见了，我搬回这里——我老家在沿着海岸向北一个叫帕尔梅托的地方。我买了一艘船，开始做钓鱼的向导，又干了二十年。现在我退休了，只为自己钓鱼了。"

博斯笑了。

"帕尔梅托？有种很大的蟑螂不就叫这个名字？"

"不，嗯，也是，不过那也是一种矮棕榈树的名字，我们的地名由此而来，不是从蟑螂来的。"

博斯点点头，看麦基特里克打开一袋鲻鱼条，一条一条挂上鱼钩。他们把钓竿放在船的两侧，然后坐在船舷上等。

"那你怎么会跑到洛杉矶去呢？"博斯问。

"不是有什么人说过，年轻人往西部开拓吗？日本投降以后，我经过洛杉矶回家，第一次看到那些山从海面一直伸向天空……我第一晚在德比餐厅吃的晚餐，打算把手上的钱全花在那一顿上。你知道是谁看见我穿的军装替我付了那一餐？克拉克·盖博。我没骗你，我简直爱上了那里，花了我几乎三十年看清那里。玛丽的老家在那儿，她在那儿生长，她还是很喜欢洛杉矶的。"

他点点头似乎在肯定自己的说法。博斯等了一下，麦基特里克仍然沉浸在遥远的回忆中。

"他人很好。"

"谁？"

"克拉克·盖博。"

博斯捏扁了手中的啤酒罐，又拿了另一罐。

"告诉我那个案子的事，"他打开啤酒罐说道，"到底是怎么回事？"

"如果你看过档案，你就知道经过，全在报告里，那个案子被扫到柜子下头去了。某一天我们接到一个调查，接着我们写下'现在没有线索'。简直是个笑话！这是我特别记得这个案子的原因，他们不该那么做的。"

"他们是谁？"

"你知道的嘛，那些大头。"

"他们做了什么呢？"

"他们把这个案子从我们手中拿走了，伊诺让他们那么做的，他早被收买了，拿了不少好处。浑蛋！"

他悻悻地摇着头。

"杰克，"博斯试探地叫，这回没有遭到拒绝，"你能不能从头说起，我必须从你这里知道我所能知道的一切。"

麦基特里克把钓竿收回的时候没有出声，他放的饵没引鱼上钩。他把钓竿放回水中，又拿了一罐啤酒。他从柜子里摸出一顶印有坦帕湾电力公司的帽子戴上，抬头看着博斯。

"好，老弟，你听着，我对你母亲没有什么意见，我只把我的感觉告诉你，好吗？"

"我要的就是这样。"

"你要不要个帽子？你会晒脱皮的。"

"我没问题。"

麦基特里克点点头，终于开始讲了。

"我们在家接到电话，那是周六早上，一个巡警发现她的。她不是在巷子里遇害的，这些都很确定，她是被扔在那里的。等我从图洪加赶到现场时，犯罪现场调查已经开始了，我的队友伊诺已经在那里了。他比我资历深，比我先到，他负责调查。"

博斯把钓竿放下，走到他放外套的地方。

"我可以做记录吗？"

"随你，我不介意。我想从我撒手不管这个案子那天，就一直在等有人来关心这个案子。"

"好，你继续说，伊诺负责这个案子？"

"不错，他是主导的人。我必须解释一下，我们当时成为队友不过三四个月，并不亲近。而那个案子之后，我们也不可能再成为亲密战友了。一年后我就调走了，我自己要求调的，他们让我去威尔希尔的命案组。那以后就再没跟他打过什么交道了，他也不跟我打交道。"

"好，调查的经过怎么样？"

"跟平时没什么两样。我们有一张她的社会关系名单，多半是从风化组得来的——我们按名单一一调查。"

"她的社会关系名单中包括她的客人吗？凶杀档案中没有名单。"

"我记得有几个客人，名单没收入档案是因为伊诺说不必收入。记得吧，他是负责人。"

"好，约翰尼·福克斯在名单上吗？"

"当然，他的名字在名单前排。他是她的……嗯，经纪人和……"

"你是说鸡头。"

麦基特里克看了他一眼。

"对，他是干那行的，我不知道你是否……"

"没什么，请继续。"

"约翰尼·福克斯在名单上。我们每天都跟认识她的人谈话，而每个人说到约翰尼·福克斯都没好话，他是有前科的。"

博斯想起梅雷迪思·罗曼在报告中，说他把她打伤的事。

"我们听说她想摆脱他的控制，我不知道她是打算自己做还是洗手不干了，谁知道，我们听说……"

"她想洗手不干，离开那个行业，"博斯打断他，"那样她才能把我领回去。"

他知道他的话没有什么说服力，觉得自己开口辩解很蠢。

"嗯，不管怎么回事，"麦基特里克说，"重点是福克斯对此并不高兴，所以他是我们主要的嫌疑人。"

"可是你们找不到他，报告上说你们监视他的住所。"

"对，我们派了人盯着他。我们在杀人的凶器，也就是那条皮带上找到指纹，可是我们没有他的指纹来做对照。约翰尼被抓过几次，但是没有记录，也没有他的指纹，我们必须找到他才行。"

"这表示什么？他被抓过几次，却没有任何记录？"

麦基特里克喝完罐里的啤酒，在手里捏扁罐子，然后起身走到船舱角落的一个篮子边把酒罐扔了进去。

"说老实话，我当时根本也没想到。现在回想，当然是再明显不过，他头上有个护身天使。"

"谁？"

"嗯，有一天我们正盯着福克斯的住所，我们从无线电里收到一个讯息，要我们跟阿尔诺·康克林联络，他要跟我们谈这个案子，越快越好。这个电话非比寻常，有两个原因：第一，阿尔诺是市里的大红人，当时在市里搞风化重整搞得轰轰烈烈，还独霸着地方检察官办公室，这种情况直到一年后才有所改变；第二，我们接到这个案子才几天而已，根本没到跟地检办打交道的地步。所以，这个大人物突然来这么一通电话要见我们，我想……我不知道我当时是怎么想的，我只是觉得……嘿，你钓到一条。"

博斯看到他的钓竿由于鱼儿剧烈的拉扯挣扎而弯曲，线轴也随之转动。博斯拿起钓竿用力往回拽，钩子钩得很紧。他开始转线轴，可是那条鱼挣扎个不停，拉出去的线比博斯收回来的还长。麦基特里克过来，帮着旋紧了拉线的转轴，钓竿立刻弯得更厉害了。

"把钓竿举高！把钓竿举高！"麦基特里克在一边指导。

博斯照他的话做了，花了整整五分钟时间跟这条鱼进行拉锯战。他的膀子开始有点痛，也觉得下背部有点拉伤了。麦基特里克戴上手套，等鱼终于放弃挣扎，博斯把它拖到船边时，麦基特里克弯腰把手伸进鱼鳃，拖上船来。博斯看到这条蓝黑色闪亮的鱼，在阳光下非常好看。

"刺鲅。"麦基特里克说。

"什么？"

麦基特里克将这条鱼拿平。

"刺鲅，在你们洛杉矶的豪华大餐馆中这种鱼我想是叫欧挪，我们这里叫刺鲅，鱼肉烧出来跟大比目鱼一样白。你要留着吗？"

"不，放回去，真好看。"

麦基特里克把钩子随手从鱼嘴里拔出来，然后把鱼送到博斯面前。

"你要不要试试看？至少有十二三磅重呢。"

"不用了，我不必试。"

博斯走近一步，用手指在平滑的鱼身上摸过去。他几乎可以在鱼身上看到自己的倒影。他向麦基特里克点点头，那条鱼就被扔回水中去了。有几秒钟的时间，在水面两英尺下的鱼几乎没有一点动静。创伤后应激障碍，博斯想。终于它好像恢复过来，往深处潜游下去。博斯把鱼钩挂在钓竿上的小洞里，放下钓竿，他的钓鱼算是完成了。他又拿了一罐啤酒。

"嘿，要吃三明治吗？要吃的话直接拿就可以。"

"不，我还不用。"

博斯很希望他们刚才没有被鱼打断。

"你刚说到你们收到康克林的电话。"

"对，阿尔诺，只不过我弄错了，他只是要跟克劳德见面，没有我，伊诺自己一个人去的。"

"为什么只要见他一个？"

"我始终不知道原因，他也表现得仿佛不知道原因，我的猜测是他和阿尔诺以前就打过交道。"

"但是你不知道什么交道。"

"对。克劳德·伊诺比我大十岁，他在地方上有点根底。"

"他们见面聊了什么？"

"哦，我没办法告诉你他们谈了什么，我只能告诉你我的队友告诉我他们谈了什么。懂吧？"他的言外之意是他不信任他的队友，博斯自己也有过那样的经验，他点点头表示了解。

"请继续。"

　　"他回来说康克林叫他不要追查福克斯，他说福克斯和这个案子无关。而且福克斯当时正跟康克林突击队合作，给他们正在调查的案子提供线索。他说福克斯对他很重要，不希望我们因为一个他没犯的案子搞砸了这个关系。"

　　"康克林怎么这么肯定？"

　　"我不知道，可是伊诺告诉我他跟康克林说，首席助理检察官也好，还是其他什么人也好，没人能替警察决定一个人有没有嫌疑，我们要自己跟福克斯谈了才能判断他有没有嫌疑。看他这种强硬态度，康克林说他可以把福克斯交给我们问话，让我们提取他的指纹，条件是必须在他的地盘上进行调查。"

　　"意思是……"

　　"在他位于老法院的办公室。那幢建筑早就不在了，我离开之前他们盖了那幢很大的方形建筑，难看极了。"

　　"那在他办公室的情况呢？这次你也在吗？"

　　"我在，什么事也没有。我们查问了他，福克斯和康克林一起，纳粹也在场。"

　　"纳粹？"

　　"康克林的干将，戈登·米特尔。"

　　"他也在场？"

　　"不错，我猜他是在盯着康克林，康克林在盯着福克斯。"

　　博斯没有一点惊讶的表情。

　　"好，那福克斯说了什么？"

　　"我说了，没什么要紧的，至少我记忆中是如此。他给了我们他案发当天的行程，还有可以做证的人，我取了他的指纹。"

　　"他说了受害人什么事吗？"

　　"他说的跟我们从她朋友那里已经查到的差不多。"

"梅雷迪思·罗曼？"

"嗯，我想是这个名字。他说她去参加一个晚会，一个客人雇她一起出席。他说地点在汉考克公园区，他没有地址，他说他不管宴会安排的事。这点不大合理。你想，一个拉皮条的不知道他手下在什么地方。这是我们唯一抓到的他的问题，当我们开始盘问他时，康克林介入了。"

"他不要你们盘问细节？"

"我见过最疯狂的事。这可是下一任首席检察官啊，谁都知道他会当选，可是他竟然帮这个狗杂种对付我们……抱歉我用狗杂种这个字眼。"

"没事。"

"康克林的表现好像是我们的做法有点越界，可在整个调查中，那个浑蛋福克斯一直微笑着坐在那里，嘴角还叼了一根牙签。三十多年过去了，我还清清楚楚记得那根牙签，我气得简直连上帝都叫不出来。长话短说，我们没有继续追问他安排地点的事。"

船身随着波浪摇动起来。博斯抬头环顾四周的海面，除了他们没有其他任何船只，他觉得很特别。他向远处海面看去，第一次注意到这里的海面和太平洋多么不同。太平洋是冷峻深沉的蓝，墨西哥湾则是温暖而可亲的绿。

"所以我们走了，"麦基特里克继续说，"我想着我们总会有机会再审他的，所以我们走了，开始查证他的不在场证明，结果他的不在场证明好得很。并非只是他那方的证人都能证明他的行踪。我们真正查了一番，找到一些不相干的人询问，那些根本不认识他的人，那些人也能证明他的行踪一点问题都没有。"

"你记得他那晚在哪里吗？"

"他半个晚上在伊瓦尔街上的一家酒吧里，很多皮条客都在那个酒吧出入，记不得店名了。之后他开车到文图拉那一带去，几乎整个下半夜都在那里的一个牌室里，一直到他接到一通电话才离开。重要的一点是他没有特别设计他那晚的行踪，他平常的行程就是这样，那里的人都知道他。"

"他接到什么电话？"

"我们不知道。我们本来不知道电话这回事，是我们在调查他当晚行踪时有人提到的，我们一直没有机会问福克斯这一点。可是说实话，我们那时候已经不怎么在意了。因为像我说的，他的行踪都得到了证实，他接到电话的时候已经是早上了，凌晨四五点，受害——你母亲那时候已经死亡多时了。凶杀发生的时间是午夜，那个电话并不重要。"

博斯点点头，可是如果是他调查这个案子，他不会放过这个细节。这是一个很奇怪的细节。谁会在清晨打电话到牌室那种地方去？什么样的电话会使福克斯离开牌桌？

"指纹怎么样？"

"我要人查了，他的指纹和皮带上的不符。他清白了，那个脏鬼是清白的。"

博斯想到一件事。

"你对过受害人和皮带上的指纹，对吧？"

"嘿，博斯，我知道你们这些新来的家伙以为只有你们才是捉得到老鼠的猫，可是我们在那个时候也算是有头脑的。"

"抱歉。"

"皮带上有几个指纹是受害人的，都在扣环上，其他绝对是凶手的，因为指纹的部位。皮带另外两处有直接和间接受力的迹象，很明显有人用整个手握着皮带。当你系皮带的时候不会那样拿，只有在把皮带勒在别人脖子上的时候才会。"

他们两人都沉默下来，博斯从麦基特里克这里听到的东西使他迷惑，他觉得非常泄气。他原先以为只要麦基特里克愿意坦白，案情方向可能会指向福克斯，或者康克林，或者其他什么人。可是没有，他等于没有给博斯提供任何新的线索。

"杰克，你为什么记得这么多细节？这个案子已经三十多年了。"

"我也想了很久。有一天等你也退休了，博斯，你就会懂，总有一个案子一直在你心里。这个案子就是我的，一直在我心里。"

"那么这个案子最令你难忘的是什么？"

"难忘？我始终不能忘记在康克林办公室的那一幕。我猜你得在场才会了解……好像那次会议的操纵人是福克斯，是他在主导一切。"

博斯点点头，他可以看出麦基特里克竭力想解释他的感觉。

"你有没有在审讯嫌疑人的时候碰到他的律师插进来说'不要回答这个，不要回答那个'那一类的胡话？"

"常有的事。"

"好，那天的情形就是这样。康克林，上帝啊，我们下一任的首席检察官，好像是那个浑蛋福克斯的律师一样，对我们问的每一个问题都有意见。结论是，假如你不知道他是谁，不知道我们身在何处，你一定认为他是替福克斯辩护的。他们两个都是，米特尔也一样。所以我很确定福克斯抓到了康克林什么把柄。我想我猜得不错，后来发生的事可以证明。"

"你指福克斯死的时候？"

"对，他死于车祸，那是他替康克林助选的时候。我记得报上登的那段新闻，根本没提他是个拉皮条的、好莱坞大道上的地痞，一个字也没有。他只是一个死于车祸的人，一位清白的先生。我敢说，这篇报道大概花了阿尔诺一些钱，那个记者赚了一笔。"

博斯知道他还有更多要说，所以没有出声。

"我那时已经调走了，"麦基特里克说，"可是我听到这件事时很好奇，所以我打电话到好莱坞去问谁调查那个案子。不错，是伊诺，不出所料。当然他根本没有起诉任何人，所以这也证实了我对他的看法。"

麦基特里克的目光越过水面，凝望着远处的天空，太阳已经渐渐低垂了。他把啤酒罐往篮子里投去，结果没投中。

"妈的！"他说，"我想我们可以回去了。"

他开始收他的钓线。

"你觉得伊诺得到了什么好处？"

"我并不知道，他可能只是交换一些小恩小惠，应该不至于因此致富，可我相信他多少捞到一点。他不是白干活的那种人，只是我不知道是什么。"

麦基特里克把钓竿拿起来，放到船尾两侧。

"你一九七二年从库里把凶杀档案借出来，为什么？"

麦基特里克看着他，脸上有种好奇的表情。

"我几天前在同一张借单上签了名，"博斯解释，"你的名字还在上面。"

麦基特里克点点头："那是我刚把退休申请送出之后。我要走了，整理我的档案那些东西。我手边一直留着从皮带上取下的指纹，那张卡片，还有皮带。"

"为什么？"

"你知道为什么，我认为放在档案里或者证物室并不安全。只要康克林是检察官，伊诺跟他通声气，就不安全，所以我把东西留在身边。多年之后我整理东西准备回佛罗里达了，在走之前，我把指纹卡放回了凶杀档案，把皮带放回了证物室。那时伊诺已经退休，回拉斯维加斯了，康克林也倒了，离开政界，大家早就忘了这个案子，所以我把东西放了回去。我猜也许我希望有一天有什么人，像你，有机会看到这些东西。"

"你呢？你把卡片放回去时看了凶杀档案吗？"

"看了，而且知道了我做的是对的。有人看过，撕掉了一些东西，他们把福克斯的审讯记录抽掉了，可能是伊诺干的。"

"既然你是这案子的第二负责人，报告都是你写的，是吗？"

"不错，大部分是我写的。"

"关于福克斯面谈的报告中你写了什么，是伊诺必须拿掉的呢？"

"我不记得我到底怎么写的，大致上是讲我觉得那家伙没说实话，康克林的做法有点过分……这些。"

"还有什么？"

"没了，没什么重要的，就是那些，我想他们是想把康克林的名字拿掉。"

"不错，可是他们漏了一点，你在序时记录上记下了康克林打给你们的第一个电话，我是从那里看到他名字的。"

"真的？我做得不错嘛，所以你找上门来了。"

"对。"

"好，我们要回去了，可惜今天它们不上钩。"

"我很满意，我钓到了。"

麦基特里克走到驾驶座方向盘后面，突然想起什么。

"哦，忘了这个。"他打开保冷箱，"我可不希望让玛丽失望。"

他拿出放了三明治的塑料袋。

"你饿不饿？"

"不饿。"

"我也不饿。"

他打开袋子，把三明治倒进海里，博斯看着他。

"杰克，刚刚你举枪的时候，以为我是谁？"

麦基特里克没有立刻回答。他把塑料袋折好，弯身放进保冷箱。他直起身子时，看着博斯。

"我不知道，我当时只知道我可能得把你带到这里来，像那些三明治一样倒进海中。我好像一辈子都躲在这儿，等他们派人来找我。"

　　"过了这么久，你又离得这么远，你认为他们还会这么做？"

　　"我不知道，时间越久，我觉得越不可能。可习惯就是习惯，我始终把枪带在身边，多半时候我自己都不记得为什么带枪。"

　　他们开动引擎将船驶回去，海风轻拂，两人都不说话，他们该说的都说完了。博斯偶尔看一眼麦基特里克，他苍老的面孔在帽檐的阴影下，可是博斯仍可以看到他的眼睛，凝望着很久以前发生过的、不可能改变的事。

26

从船上回来后，博斯开始头痛，可能是晒多了太阳喝多了啤酒。他谢绝了麦基特里克夫妇坚持邀请他加入的晚餐，告诉他们他真的太累了。他回到车里，从旅行袋中掏出几颗止痛药吞下去，希望头痛能尽快平复。他取出笔记本，看了一遍他记下的麦基特里克告诉他的事。

驾船返回后，他变得相当喜欢这个老警官，或许他在他身上看到自己的影子。麦基特里克一直摆脱不了这个案子，因为他当年没有坚持调查下去，他违背了自己的职责。博斯知道自己多年来一直回避这个有待他解决的案子，他也有同样的失职的罪恶感。他现在在弥补他的失职，麦基特里克肯跟他谈也是一种弥补，可是他们两人都知道也许他们能做的可能太少、也太晚了。

博斯还没想好等他回洛杉矶后，下一步该做什么。他觉得他唯一能做的是直接去找康克林。可是他不想这样做，因为他没有确切的证据，这样只会让康克林占上风。

他觉得束手无策，他不希望他的调查是这种结果。康克林避这个案子避了快三十年，他不会理博斯的。哈里知道他还需要一些别的东西，可是他什么都没有。

他启动了车，可是把挡拉在停车那挡。他把冷气开到最高，然后把麦基特里克告诉他的和他原先已经知道的串联在一起，他开始推理一条结论。对博斯而言，这是凶杀案调查最重要的几步之一——把所有的事实归纳形成一种假设。重要的是不要只抓住一条结论不放，结论一直在变，你得跟着变。

麦基特里克的说法很清楚地表明是福克斯有恃无恐地在控制康克林。到底是怎么回事？博斯想。福克斯是跟女人交易的，他有可能是用一个或几个女人控制了康克林。那段时间的新闻上提到康克林单身，当时的社会规范和现在一样，作为一个公仆，尤其是下一任首席检察官，康克林虽然不必禁欲，可是至少不能私下涉足他他自己公然扫除的色情行业。如果他有过这种行为而被揭露，康克林的政治生涯早就结束了，更别提他风化重整队的领导地位。所以博斯的结论是：如果这的确是康克林的污点，而且也是经由福克斯安排的，福克斯可以说抓住了康克林很大一个把柄，这就能解释麦基特里克和伊诺审讯福克斯时的奇怪场面。

这也同样会指向一个更深层次的问题：康克林是否不只是嫖妓，还杀了福克斯帮他找的女人玛乔丽·洛。这个假设一则可以解释康克林为什么那么肯定福克斯没有嫌疑，因为他自己才是凶手；二则可以解释福克斯为何能让康克林替他出面干预警察的审讯，后来又成为他竞选团队的一员。如果康克林真是凶手，福克斯的钓钩可以紧紧扣住康克林，而且可以扣住他一辈子。康克林就像那尾漂亮的刺鲅，无法挣脱钩子。

除非拿钓竿的人消失。他想到福克斯的车祸，跟这个假设契合。康克林等了一段时间才下手，他表现得像一条上了钩的鱼，甚至同意让福克斯改头换面，在竞选团队当差，等到一切平静下来，却突然来了个车祸丧生。他们也许买通了记者，隐瞒了死者的背景，也许记者根本不知道福克斯的过去。几个月之后，康克林安心登上了首席检察官的宝座。

博斯推测米特尔的角色是举足轻重的，他觉得这一切必然有层层关联，米特尔既然是康克林的左右手，他一定知道康克林知道的一切。

博斯喜欢这个推断，却也很懊恼，因为这毕竟只是一个想法。他摇摇头。他又回到原点：只有想法，没有任何证据。

他越想越沮丧，最后决定暂时把这个案子抛在脑后。冷气太冷了，他关小了一点，换了挡，慢慢开出小区。他快开到小区入口的时候，脑海中浮起那个帮父亲出售公寓的女人。她在自画像上签的名字和"爵士乐"同音，这点令他相当欣赏。

他掉转车头，往她的公寓开去。外面的光线仍然很亮，而她那幢房子没有光线透出来，不知是否在家。博斯把车停在附近，等了几分钟，不知道自己该不该行动、该如何行动。

一刻钟后，他还在犹豫，但她从前门出现了。他停在大约二十码外，中间还隔了两辆车。他这时已经不那么紧张，他把身子向下滑了一点，尽量不引起注意。她从后面走进停车场，博斯没有回头，他仔细听着，等着汽车发动的声音。然后呢，他想，跟着她吗？你到底在做什么？

耳边敲窗的声音让他陡然坐直身子。是她。博斯一时不知该怎么办才好，但他还是知道应该转动车匙，打开车窗。

"嘿！"

"博斯先生，你在干吗呀？"

"你是说……"

"你坐在这里有一阵了，我看见的。"

"我……"

他窘得说不下去。

"我不知道我是不是该叫警卫。"

"别，千万别叫。我……嗯……我只是……我本来想进去找你的，跟你道歉。"

"道歉？道什么歉？"

"今天的事，我先前去看房子的事。我……你说得没错，我其实根本没打算看房子。"

"那你来干吗？"

博斯打开车门走出去。他觉得她站着低头看他会使他显得矮半截。

"我是警察，"他说，"我得进来找个人，我利用你进入这里，我觉得很抱歉。真的，我不知道你父亲这些事。"

她笑着摇头。

"你编的那套是我听过最笨的说辞。那么洛杉矶是怎么回事？也是编的吗？"

"不，是真的，我是洛杉矶的警察。"

"如果我是你，我就不会告诉别人我是洛杉矶的警察，你们需要好一点的公关。"

"是啊，我知道，所以……"他的胆子大了起来，告诉自己明早就走了，不会再见到她，也不会再来佛罗里达，"你起先说有柠檬汁，可是我没喝到。也许，我可以好好跟你解释我的事，正式跟你道歉，如果你还有柠檬汁的话。"

他看着公寓的门。

"你们洛杉矶警察真是得寸进尺，"她说，脸上带着笑容，"就一杯，这回你的故事最好精彩一点，然后我们都得走，我今晚要开车到坦帕去。"

"坦帕有什么？"

"我住在那儿，我也想家。自从开始卖房子，我在这儿的时间比在自己家还多。我希望周日能全天在自己家里，在我自己的画室里。"

"对了，你是画家。"

"我希望是。"

她开了门，让他先进去。

"正好，我今晚也得开到坦帕去，明天早上的飞机。"

博斯喝着柠檬汁，告诉她自己如何利用她的广告进到这个小区去找另一个住户。她并没有不高兴，博斯甚至感觉她似乎相当欣赏他的机智。当然博斯没提闯入后的波折，以及麦基特里克掏出枪的那段。他大致描述了这个案子，省略了和他个人有关的地方，她似乎对他调查三十多年前凶杀案的事听得十分入迷。

结果一杯为限的柠檬汁成了四杯，最后两杯还掺了伏特加。博斯的头痛完全消失了，眼前的一切都带了一点朦胧的美。在第三杯和第四杯中间，她问他是否介意她抽烟，他于是点了两支。到暮色渐浓，博斯终于把话题转到了她身上。他可以感觉到她的寂寞，一种略带神秘的寂寞。那张美丽的面孔后面有一道创伤，那种看不见的创伤。

她的名字是洁斯敏·柯瑞安，可是她的朋友都叫她爵士。她说她在佛罗里达的阳光下长大，一直都不愿离开这里。她结过一次婚，那是很久以前的事了。现在她独身，也没有伴，但她早已习惯如此了，她说她把全副精力都放在了艺术上。博斯懂她说的，他不也是把全副精力放在他的艺术上了吗？虽然没人会把他的职业称作艺术。

"你都画什么？"

"多半是人像。"

"画谁呢？"

"我认识的人。也许有一天会画你，博斯。"

他不知该说什么，所以他笨拙地换了话题。

"你为什么不找房产经纪来卖？那样你就可以留在坦帕，专心画画了。"

"因为我需要一点变化，我也不想把百分之五的利润分给房产经纪。这是一栋很不错的公寓。这里的房子很好卖的，根本不需要经纪，很多加拿大人在这儿投资，我想我会卖掉，这一周我才刚开始登广告。"

博斯点点头，希望他没把话题转到房产上来，现在他们的谈话有点触礁了。

"我在想，你有没有兴趣一起吃晚饭？"

她神情严肃地看着他，好像他的问话和她给的答案都有深一层的含意。也许真有，至少他觉得有。

"去哪里吃？"

这是一句搪塞的话，可是他随她的话走。

"我不知道，这不是我的地盘。你选个地方，这里或者去坦帕的途中，我无所谓，我只想和你相处，爵士，如果你愿意的话。"

"你多久没跟女人在一起了？我是说约会。"

"约会？我不知道，几个月吧，我猜。可是，嘿，我并不是那种人，我只是路过这里，自己一个人，我想也许你……"

"不要紧，哈里，我们走吧。"

"去吃饭？"

"是的，去吃饭，我知道去坦帕的路上有个地方，在长船区，你得跟着我。"

他笑了，点点头。

她的车是一辆宝蓝色的甲壳虫，有一条红色的挡泥板。

博斯观察了一下，他们开过两座吊桥来到长船礁，又往北跨过另一座桥驶入安娜·玛丽亚岛，最后在一家叫"沙滩吧"的地方停下。他们穿过酒吧，在后面可以瞭望墨西哥湾的露台上坐下。那儿十分凉爽，他们点了螃蟹和牡蛎，配着墨西哥啤酒。博斯觉得非常舒服。

他们没说什么，也不必说什么。在博斯与他经历过的那些女人的相处中，只有沉默是让他最舒服的方式。他觉得伏特加和啤酒在他体内起了作用，把整个晚上的棱角蚀平了，他对她渐渐觉得亲近，内在升起一股欲动的渴望，麦基特里克和他的案子似乎已经被挤到脑后的角落去了。

"很好，"他吃喝得差不多了，"真舒服。"

"嗯，他们的东西不错。我能告诉你一件事吗，博斯？"

"说啊。"

"先前关于洛杉矶警察的话，我是在开玩笑。不过，我以前认识一些警察……你好像跟他们不一样，我不知道是什么，可能是你好像还保有太多你自己的本性，你懂吗？"

"我猜是吧，"他点点头，"谢谢。"

他们都笑了。她迟疑了一下，突然探过身子在他嘴上亲了一下。他的感觉很好，笑了，他能尝到蒜味。

"很高兴你已经晒黑了，不然我又会看到你脸红。"

"不，我不会。我是说，谢谢你的话。"

"你要跟我回我家吗，博斯？"

现在换作他迟疑了。倒不是很难回答，而是他想让她有机会反悔，如果她刚刚脱口而出太快了一点。她没说话，他微笑着点点头。

"嗯，我想去。"

他们起身上了车，这次他们走的是不沿海的高速公路。博斯跟着她的甲壳虫，心里想不知道她独自开车时是否会改变心意。他终于在阳光高架桥那里得到了答案，当他把手中的钱递上付过桥费的时候，收费员摇摇头，示意他把钱收回。

"不用了，甲壳虫里的那位小姐已经帮你付过了。"

"哦？"

"是啊，你认得她吗？"

"还不算认识。"

"我想你会认识她的，祝你好运。"

"谢了。"

27

现在就算是狂风暴雨博斯也会紧追着她，他越开越觉得自己渐渐有一股青春期少年的浪漫期待。他被这个女子的率直吸引，想着她的作风延续到床上会是怎样一种情形。

她带他进入坦帕北部一个叫作海德公园的区域。那里对着墨西哥湾，几乎都是旧维多利亚式或是手工匠风格的房子，前门有门廊。她的住所在一幢灰色带绿边的维多利亚建筑后面、一个可容三辆车的车库上面的一栋公寓。

他们走上楼梯，她掏出钥匙插进锁孔时，博斯想到一件事，只是不知如何启口。她开了门看着他，看出他的为难。

"怎么了？"

"没什么，我只是想，也许我应该去药房买点东西，马上就回来。"

"别担心，你要的东西我有。可是你能不能在外面稍微站一下？我很快清理一下东西。"

他看着她。

"我不太在乎那些。"

"好不好？"

"好吧，你慢慢来。"

他等了大概三分钟，她开了门，把他拉进去。如果她在收拾，那么她是在黑暗中收拾的，因为博斯能看到的唯一光线来自厨房。她牵着他走进黑暗的过道，来到她的卧室。她开了灯，博斯眼前是一间家具极少的卧室，主要的物件是一张有顶盖的雕花铁床，床边有一张床头桌，是未经加工的木头，还有一张同样质地的柜子和一个老式缝衣机桌子，上面摆了一个蓝色花瓶，瓶子里的花已经枯死了。墙上没挂任何东西，虽然博斯注意到花瓶往上有一个钉子。洁斯敏看到残花，很快地拿了花瓶走出去。

"我得把花丢掉，我一周不在这里，忘了换。"

移动瓶花让房间生出一点酸味。她出去后，博斯又看了一眼钉子，他可以看到一个长方形的框痕。本来那儿是挂了东西的，她进来不是清东西的，否则她就会把花拿走了，她进来是把画取下来的。

她回来后，把空瓶子放回桌上。

"你还要啤酒吗？我也有葡萄酒。"

博斯走近她，因为她的神秘对他有了更多的好奇。

"不用了。"

他们没说一句话，抱在一起。博斯吻她的时候可以尝到啤酒味、蒜味和烟味，但他不在意，他知道她也从他嘴里尝到了同样的味道。他把胸膛压向她，他的鼻子凑在她脖子上抹了香水的地方，是午夜茉莉的味道。

他们移向床，在每个吻之间，各自脱掉衣服。阳光在她身上留下清晰的晒痕。他吻她，轻轻把她推到床上。她叫他等一下，翻身在床头桌的抽屉里取出一只安全套递给他。

"这是我们一厢情愿的想法吗？"

他们同时爆出笑声，气氛变得更自然了。

"我不知道，"她说，"走着瞧吧。"

博斯认为欢爱完全是一个时机的问题，两个人的欲望有各自的韵律，除了生理需要还有感情上的需要。有时候这些需要同时在一个人身上出现，而另一个人也正好有同样的需要。博斯碰上洁斯敏·柯瑞安正是这种情况。欢爱创造了一个没有纷扰的小世界，仿佛汲取生命泉源那样重要，是一小时还是几分钟对他而言没有差别。最后，他在她身体上方凝视她的双眼，她的手紧紧抓住他的胳膊，好像抓着她自己的生命似的。他终于静止在她身上，试着在她肩膀和脖子之间的空处喘一口气。他通体舒畅，几乎有种想放声大笑的冲动，但是他认为她不会明白，所以他忍下来，发出一声干咳。

"你还好吗？"她轻柔地问。

"从来没这么好过。"

最后，他慢慢向后滑离她的身子，同时吻她，然后坐起身。他用自己的身体挡住她的视线，取下安全套。

他下了床，走向一个他希望是浴室的门，结果发现是衣柜。他试的第二个门才是浴室，他把安全套扔进马桶冲走，恍惚地想，不知会不会流到坦帕湾。

他回来时，她坐在床上，被子盖在腰上。他在地上找到他的外套，掏出烟，给她点了一支，然后又弯腰吻她。她的笑声感染了他，他也笑了。

"你知道吗，我喜欢你的无备而来。"

"无备？你说什么呀？"

"你说你要去一下药房，那能说明你是什么样的人。"

"什么意思？"

"如果你从洛杉矶跑来，皮夹里还带了安全套，那样就太……我不知道怎么说……早有预谋。像某些时刻有所准备的家伙，丧失了水到渠成的乐趣。我很高兴你不是那样的，哈里·博斯，我就是喜欢你这样。"

他点点头，试着理解她的话，他不确定他懂她的意思。那么他要怎么想她自己的"有备"呢？他决定不去想它，点了一支烟。

"你的手怎么伤成这样？"

她注意到他手指上的伤，博斯飞来佛罗里达的时候把胶带拿掉了。他的伤口已经开始愈合，现在他手指上是两道红色的伤痕。

"香烟，我睡着了。"

他觉得可以告诉她所有的真实情况。

"上帝，真吓人。"

"是啊，我想不会再有第二次了。"

"你今晚要住在这里吗？"

他靠近她，亲她的脖颈。

"要。"他轻声说。

她伸手抚摸他左肩上像拉链一样的疤。每个跟他上床的女人似乎都会这么做，那是一个很难看的疤，他不知道她们为什么会有兴趣。

"你中弹了？"

"嗯。"

"这就更吓人了。"

他耸耸肩，自己很少再想起那段历史。

"你知道我之前说你跟我认识的警察不一样，因为你保有太多人性。那是怎么发生的？"

他又耸耸肩，好像他不知道。

"你还好吧？"

他按熄了烟。

"很好啊，怎么？"

"我不知道。你知道那首歌吗？马文·盖伊唱的，在他被他自己的父亲杀死之前，他唱的是性的治疗，说性爱对灵魂有益，大概是这个意思。不管是什么，我相信他说的，你呢？"

"我猜是吧。"

"我觉得你需要治疗，博斯，这是我的感觉。"

"你想睡了吗？"

她躺下来，把被子拉上。他光着身子在室内走，关掉各处的灯。

他钻进被子时，她转身把背朝向他，让他从后面搂着她。他靠近她，用手环住她，他喜欢她的味道。

"为什么人家都叫你爵士？"

"我不知道，他们就是那么叫的，因为发音差不多吧。"

过了一会儿，她问他为什么问这个问题。

"因为，你的味道跟你的两个名字都很像，既像花，又像音乐。"

"请问爵士乐是什么味道？"

"暗沉沉，烟雾弥漫。"

两人沉默了许久，之后博斯猜她睡着了，可是他自己仍无法入睡。他躺在那儿，睁眼看着黑暗中的影子。她轻声对他说："博斯，你做过伤害自己最深的事是什么？"

"你是什么意思？"

"你知道我的意思。最坏的是什么？什么使你在夜里无法入睡？"

他想了一阵才开口。

"我不知道。"他挤出一声短促而不自然的笑声，"我想我做过很多很坏的事，很多是对自己做的，至少我常常想到那些……"

"其中的一件是什么呢？你可以告诉我。"

他知道他可以，他想他可以告诉她任何事而不遭到指摘。

"我小的时候——我多半时间是在青少年养育院长大的，像孤儿院的地方。我刚去的时候,有一个大孩子拿了我的鞋子,球鞋。他根本不能穿,可是他拿走了,因为他知道能把鞋子从我手里拿走。他是那儿的一个头头,所以他拿了。我什么也没做,我深受打击。"

"可是你什么也没做,那不是我……"

"我还没说完,我告诉你这些是因为你得先知道事情的背景。等我大一点以后,我成了那里的头头,我也做了同样的事,我拿了一个新来的小孩的鞋。他个子比较小,我根本穿不上他的鞋,我还是拿了,我……我不知道,我把鞋扔了还是怎么了。可是我拿是因为我能拿,我做了一件别人对我做过的事……有时候,甚至到现在,我想到这件事,仍然觉得非常伤心。"

她捏捏他的手,他觉得她是在安慰他,只是没开口。

"你想听的是这样的故事吗?"

她又捏了捏他的手。过了一会儿,他又开口了。

"我想我做过一件最让自己后悔的事,是对一个女人放手。"

"你是说一个罪犯?"

"不是,我们住在一起,像夫妻一样。她说要走,我却没有……什么都没做,我没有跟她吵架。每次想到这件事……我有时想如果我跟她吵一架,也许能让她改变主意……我不知道。"

"她有没有说为什么离开?"

"她大概太了解我了,我一点也不怪她。我有很多问题,我猜我也许很难相处,我一生多数时间都是自己一个人住的。"

他们又沉默下来,可是他等着,他觉得她有话想说,或者等他问她。可是等她开口的时候,他不确定她是在说他还是她自己。

"有人说如果一只猫见人就抓或者嘶嘶叫,是因为它小时候没有人经常抱它。"

"我从来没听过这个说法。"

"我觉得很有道理。"

他静默了一阵，把手往上移，停在她的胸部。

"那是你的故事吗？"他问，"小时候没被人经常抱着？"

"谁知道。"

"你做过伤害自己最深的事是什么，洁斯敏？我觉得你想告诉我。"

他知道她要他问，告解的时刻到了。他开始相信这个晚上的一切都出自她的导演，就是要把他导向这最后一个问题。

"你没有抓住一个你应该抓住的人，"她说，"我抓住一个我不该抓住的人，我抓得太久了。其实，我知道结果会是什么，我心底一直知道。就像你站在铁轨上，眼看火车向你开过来，可是刺眼的灯光照着你，你呆在那里动弹不得，救不了自己。"

他的眼睛仍然在黑暗中睁着，他只能模糊地看到她肩膀和脸庞的轮廓。他向她靠近了些，亲吻她的脖子，低声说："可是你逃开了，这才是重要的。"

"可不是吗？我逃开了，"她黯然地说，"我逃开了。"

她没再说话。过了一会儿，她的手在被子下面移到他的手上。他的手放在她身体上，她的手停在他手上。

"晚安，哈里。"

他等了一阵，直到听到她均匀的呼吸声后，他才慢慢睡去。这次他没有梦，只有温暖和黑夜。

28

早上博斯先醒了，他冲了个澡，用洁斯敏的牙刷刷了牙。然后穿上他昨天的衣服，到车里拿了他的旅行袋回来。换上干净的衣服后，他到厨房去找咖啡，只找到一盒茶包。

放弃咖啡之后，他就在室内四处打量，松木地板在他脚下发出响声。客厅和卧室一样简单，一张铺了乳白色毯子的沙发，一张茶几，一台老式音响设备，只有磁带，没有 CD。客厅里没有电视，墙上也没挂任何东西，可是留下的钉子暗示这儿从前是挂了东西的。他在墙上找到两根钉子，上面没有油漆也没有锈，显然在墙上的时间不会太久。

客厅的玻璃拉门外是一个三面环窗的凉台，里面摆着藤制的家具、几盆盆景，其中有一棵小橘子树，上面还结了几个橘子，凉台里一股浓郁的橘香。博斯走近窗边，顺着屋子后面的小路向南边的尽头望去，他可以看见海湾，早晨的阳光在水面上反射成一片纯白色的光。

他走回客厅，走向玻璃拉门对面的一扇门，他才开了门就闻到一股强烈的颜料气味，是她的画室。他迟疑了一下，走了进去。

他最先注意到的是窗子的视野，后院和另外几幢房子的车库之外就是海湾，很美，他懂得她为什么选这间屋子做她的画室。屋子中间一块滴着油彩的布上是一个画架，可是没有椅子，她是站着作画的。房间里没有灯，也没有其他人为的光源，她只在自然光线下作画。

他在画架边绕了一圈，架上的画布还没有动过。挨着一边的墙有一张很大的工作台，上面散着几条颜料、几个调色盘，还有插满画笔的咖啡罐。

博斯注意到台子下面有几幅画布靠在墙边，正面朝墙，都像是没用过的画布。可是博斯有一点怀疑，想到墙壁上的钉子，他伸手去把画布拉出来。他这样做的时候，觉得自己好像在办案，寻找谜底。

他拉出来的三幅画像都是暗色调的，没有一幅签了名，但很明显全都出自一人，是洁斯敏的手笔。博斯可以看出在她父亲公寓里那幅画的风格，锐利的笔触，暗沉的色调。他看的第一幅是一个裸女，她的脸没有面对画家，而是看向一片黑暗。博斯觉得是那片黑暗把她淹没了，而不是她看向黑暗。她的嘴完全在阴影中——完全的沉寂。博斯知道画中的女人是洁斯敏。

第二幅似乎和第一幅是同一个系列，同一个裸女在阴影中，但这一回她是面对观者。博斯注意到画像中洁斯敏的胸部比实际上要丰满，他不知道这是否是有意的，也许有什么含义，或是画家在潜意识中的自我美化。他也注意到画面上灰色的阴影中，女人身上有一层红色。博斯对画没什么研究，可是他知道这是一幅很阴暗的作品。

博斯再看他取出的第三幅画，发现这幅画虽然仍是洁斯敏的裸体自画像，却和前两幅大不相同。他能看出这幅作品是在重新诠释爱德华·蒙克的《呐喊》——一幅他只在书上看过，对他很有吸引力的画。画中充满惊恐的人是洁斯敏。蒙克笔下梦境般的旋涡变成阳光高架桥，博斯清楚地记得桥墩鲜黄色的立柱。

"你在做什么？"

他跳起来，好像被人从后面刺了一刀。洁斯敏站在画室门口，她穿了一件丝质浴袍，双臂抱在胸前，把浴袍合住。她的眼睛有点浮肿，她刚刚醒来。

"我在观赏你的画，可以吗？"

"门是锁的。"

"没锁。"

她伸手把门把手转了一下，好像这样能证明他说的不是实话。

"门没锁，爵士，对不起，我不知道你不想让我进来。"

"你可不可以把画放回去？"

"当然，可是你为什么把画从墙上拿下来？"

"我没有。"

"是因为裸体，还是因为画里的含义？"

"请你不要问我这些，把画放回去。"

她走开了，他把画放回原处。他离开画室，看见她在厨房里，背对着他，正在倒水。他走过去，把一只手轻轻放在她背上，即使如此，他碰到她时，她还是微微震动了一下。

"爵士，真的，对不起，我是个警察。我很好奇。"

"不要紧。"

"真的？"

"真的。你要茶吗？"

她不再倒水，可是并没有转身把水壶放回炉子上。

"不要，我想我应该带你出去吃早餐。"

"你什么时候走？我记得你说过一早的飞机。"

"这也是我在思考的事，我可以多留一天，明天再走，如果你要我留下的话。我是说如果你允许的话，我想多留一天。"

她转身看着他。

"我也希望你留下来。"

他们抱在一起亲吻，可是她很快地抽回身体。

"不公平，你刷过牙，我的味道可不太好。"

"是呀，可是我用了你的牙刷，所以我们扯平。"

"恶心，我得换一把新牙刷了。"

"没错。"

他们笑起来，她紧紧搂了一下他的脖子，似乎已经忘记他进入画室的事了。

"你打电话给航空公司，我先去洗漱，我知道有个地方可以去。"

她抽身的时候，他按住她，让她面对他。他想要再询问她那些画的事，他没法不问。

"我想问你一些问题。"

"什么？"

"为什么那些画都没签名？"

"还不到签名的时候。"

"在你爸爸家那幅是签了名的。"

"那幅是给他的，所以我签了名，这些是我自己的。"

"那张在桥上的，她会跳下去吗？"

她看了他很久才开口回答：

"我不知道。有时候我看着那幅画，觉得她会。我觉得她是那么想的，可是谁也不知道。"

"她不能跳，爵士。"

"为什么？"

"因为她不能跳。"

"我去换衣服了。"

她挣开他，走出厨房。

他走到冰箱边上的电话旁，拨了航空公司的号码。就在他改签航班之际，他临时问起有没有经由拉斯维加斯飞回洛杉矶的航班。对方说除非他愿意在拉斯维加斯机场等三小时四十分钟。他说他就订那个航班，除了原先付的七百美元，他得加付五十美元改变路线，他用信用卡付了钱。

他挂电话时想着拉斯维加斯，克劳德·伊诺虽然死了，可是他的遗孀还在享用他的退休金，她也许值得这五十美元。

"可以走了吗？"

洁斯敏在客厅叫他。博斯走出厨房，看见她穿了一条破洞牛仔裤，一件背心，外罩着敞开的白衬衫，衬衫在腰上打了个结。她还戴了太阳眼镜。

她带他去吃早餐的地方有浇着蜂蜜的松饼，还有配着粗麦饼和黄油的煎蛋。从在班宁受训之后博斯就没再吃过这种粗麦饼了，一顿极好的早餐。他们的话不多，不再提起她的画和前晚他们临睡前的谈话。那些话似乎更适合黑夜，也许她的画也一样。

他们喝完咖啡，她坚持付账，所以他付了小费。下午他们坐着她放下车篷的甲壳虫四处兜风。她带他看了很多地方，从外伯城到圣彼得斯堡海滩，烧了一箱汽油和两包烟，黄昏时分他们在一个叫印第安岩滩的地方看墨西哥湾的落日。

"我去过很多地方，"洁斯敏告诉他，"最爱的还是这里的光线。"

"去过加州吗？"

"还没有。"

"有时候夕阳好像岩浆泼向城市。"

"一定很美。"

"会使你忘记很多事，忘记很多……那是洛杉矶的特色。一座千疮百孔的城市，可是有一些好东西，是真的好东西。"

"我懂你的意思。"

"有件事我很好奇。"

"又来了。什么呢？"

"如果你的画不让人观赏，那么你靠什么维生呢？"

他一整天都在想这个问题。

"我父亲留了钱给我。他还在的时候，就有钱给我，不多，可是我不需要很多，对我来说够用了。如果我作画的时候没有出售的需求，我的画就没那么多顾虑，那样才能保持纯粹。"

博斯觉得这个说法有点像不愿暴露自己的借口，他没有追究，她却不肯放手。

"你随时随地都是警察吗？永远在问问题？"

"不，只对我关心的人。"

她很快地亲了他一下，走回停车的地方。

他们回到她的住处换了衣服，到坦帕牛排馆吃晚餐，那家的酒单太厚，是单独送上的一本。餐馆的装潢设计像是出自意大利，色调很暗，配上红色的天鹅绒和古典风格的雕塑和绘画。他觉得这家餐馆正是他认为她会建议的地方，她说这家卖肉的餐馆主人是吃素的。

"像是加州来的人。"

她笑了，之后他们有一阵没说话。博斯的脑子转到他的案子上去了，他这一整天都没有想他的案子，现在他觉得有点罪恶感，好像是把他母亲放在一边不管，自己去追逐和洁斯敏一起的享乐时光。洁斯敏仿佛看出他在想什么。

"你能再留一天吗，哈里？"

他微笑着摇摇头。

"不行，我得走了。可是我会回来，我什么时候抽得出身我就会来。"

博斯用信用卡付了账，猜想他的信用卡已经到了最高限额，之后他们回到她的公寓。知道他们就要分开了，两人开始拥吻对方。

博斯觉得她的身体、感觉和气味都是那么恰到好处，他希望这种感觉一直持续下去。他以前也有过一眼就被吸引的情况，甚至也有过立刻的行动，可是从来没有像跟她这样如此专注，如此完整。他猜这是因为他不了解她，这就是吸引力。身体上，他跟她那么接近，然而她始终是个谜。他们的韵律是温和缓慢的，最后彼此深深地吻着对方。

之后，他躺在她身边，一只手放在她平坦的小腹上，她的手顺着他的头发绕圈，真正的告解开始了：

"哈里，其实我没有跟几个男人好过。"

他没有反应，因为他不知道什么反应是恰当的。他对女人过去的性生活并不在意，除非是因为健康理由。

"你呢？"她问。

他忍不住想逗她。

"我也没跟几个男人好过。事实上，至今为止，我还没跟哪个男人好过。"

她在他肩膀上打了一下。

"你知道我的意思。"

"答案是，我也没有跟几个女人好过，至少不够多。"

"我不知道，跟我交往的男人多半好像是他们要的东西我没有，我不知道他们要的什么是我没有的。然后，我不是太早就是太晚离开他们。"

他用一只胳膊撑起自己，看着她。

"有时候我觉得我比较了解陌生人，比了解其他人更多，包括我自己。我的工作让我了解很多人，有时候我觉得根本没有自己的生活，我的生活就是那些人的生活……我不知道我在说什么。"

"我想你知道，我懂，也许每个人都是这样的。"

"我不知道，我不那么想。"

他们有一段很长的时间没有说话。博斯俯身亲吻她，鼻间都是茉莉的香味。

"哈里，你用过你的枪吗？"

他抬起头来，这个问题似乎场合不对。可是他在黑暗中可以看见她的眼睛盯着他，等他回答。

"用过。"

"你杀过人。"

这不是问句。

"杀过。"

她不再说话。

"什么意思，爵士？"

"没什么，我只是在想那是怎样的情形，你怎么继续生活。"

"我可以告诉你，那非常不好受。即使在没有选择余地的情况下，他们倒下了，你还是非常不好受。你只能走下去。"

她没有说话。不论她想从他这里听到什么，博斯希望她听到了。他有一点迷惑，不懂她为什么问这样的问题。她是不是在试探他什么？他躺回自己的枕头，可是迷惑使他无法入睡。过了一会儿，她转身把手臂放在他身上。

"我想你是个好人。"她在他耳边轻声说。

"我是吗？"他轻声问。

"你会再来吧？"

"我会。"

29

博斯在拉斯维加斯麦卡伦国际机场找遍了租车的柜台，却没有一辆车。他暗自责怪自己没有预订，他走到室外叫了一辆出租车，外面的空气非常干爽。司机是个女人，博斯给了她地址，在孤山路，他可以从后视镜中看到她失望的表情。他要去的地方不是旅馆，所以她没法顺路载回另一个客人。

"别担心，"博斯说，懂得她的难处，"如果你能等我，你可以载我回机场。"

"你要待多久？孤山路远得很哪，在沙坑那边。"

"也许五分钟，也许不到五分钟，也许半小时，我想不会超过半小时。"

"你要我跑表等你？"

"跑表还是你开价，随你。"

她想了一下，开车上路了。

"出租车都跑到哪里去了？"

"城里有展览会，电子产品还是什么的。"

那趟车程约有三十分钟，一直开到机场西北边的沙漠地带。一路下来，有霓虹灯和玻璃幕墙的商业建筑渐渐减少，然后是住宅区，最后连住家也越来越少。干燥的褐色土地上间或点缀着一丛灌木。博斯知道这些灌木的根把地下仅有的一点水分都吸走了，周遭显得更荒凉，没有生气。

这里的住家也一样，每一户都隔得很远，间或点缀在这片荒凉的无人之地上。街道是在拉斯维加斯发达之前就划分的，城市的繁荣还没有拓展到此。可是，日子大概不远了，赌城蔓延的速度几乎和杂草一样迅速。

道路上山的时候颜色变成了咖啡色。一辆十八轮的大卡车从旁经过，出租车跟着晃了一下，卡车上堆满司机说的那个大坑挖出来的土。之后，铺好的路消失了，他们进入只有碎石和尘土的路面。就在博斯开始怀疑市政府工作人员给他的地址是假的时，他们来到了地址上的那幢房子前。

克劳德·伊诺的退休金每个月寄到的地址是一幢宽敞的平房，粉色的灰泥墙，白色的瓦屋顶。博斯看到房子后面不远处连碎石路都没有了，真的是远在天边，克劳德·伊诺选的住处真是远离人境。

"我不知道该怎么办，"司机说，"你真的要我在这儿等？简直像在月亮上一样，鬼影子都没有。"

她把车开上房子旁边的私人车道，停在一辆一九七○年式样的老车后面。前面的车棚里还有另一辆车，盖在被烈日晒脱色的蓝色防水罩下面。

博斯掏出皮夹，付了三十五美元的单程车费。然后又拿出两张二十美元的钞票，撕成两半，把一半递给司机。

"你等着，我会付你另外一半。"

"加上回去的车钱。"

"可以。"

博斯下了车，心想如果没人应门，这大概是在赌城最快输掉的四十美元。可是他的手气很好，在他敲门之前，一个看上去六七十岁的女人开了门。没错，住在这幢房子里，你可以看见一英里外的来客。

强烈的冷气朝他袭来。

"伊诺太太？"

"不是。"

博斯掏出笔记本，对了嵌在前门旁边墙上的地址，没错。

"奥利芙·伊诺不住在这里？"

"你没说你要找她呀，我不是伊诺太太。"

"我能和伊诺太太说几句话吗？"这个女人古板的行事方式让博斯有点烦躁，他拿出麦基特里克还给他的警徽，"警方的事。"

"你可以试试看，她有三年没跟什么人说过话了，我是说除了她认得出的人之外。"

她引着博斯进入透凉的屋内。

"我是她妹妹，我在这儿照顾她。她在厨房，我们正在吃午饭，我看见路上的扬尘，听到你的车声。"

博斯跟着她穿过一条铺了瓷砖的过道，进入厨房。屋子里有一股老人的气味，混合着灰尘味、霉菌味和尿味。厨房里坐在轮椅上的是个满头白发、像木偶一样的老太太，她瘦小的身子连轮椅的一半都没占满。轮椅前面安了个托盘，她枯白的双手放在上面。她的一对眼睛里有泛蓝的白内障，呆滞而没有生机。博斯看见旁边的桌子上有一盘苹果酱。几秒钟之内，博斯就完全掌握了眼前的情况。

"到八月她就九十岁了，"那个妹妹说，"如果她能拖得到的话。"

"她这个样子有多久了？"

"很久了，我已经照顾她三年了。"她弯腰大声对木偶般的老人说，"对不对，奥利芙？"

她的声音似乎碰到了开关，奥利芙·伊诺的嘴唇开始嚅动，可是什么能让人听懂的声音也没有，她试了一下，就停了。妹妹抬起身子。

"没关系，别费劲了，奥利芙，我知道你爱我。"

这回她的声音小得多，大概是怕奥利芙会发出反对的声音。

"你叫什么名字？"博斯问。

"伊丽莎白·希旺。这到底是怎么回事？你的警徽是洛杉矶警局的，不是拉斯维加斯，你是不是有点越界？"

"那可没有，这事跟她先生有关，一个老案子。"

"克劳德？他死了差不多五年了。"

"他怎么死的？"

"就那么死了，马达停了。就在这里，你站的地方。"

他们两人同时看了地上一眼，好像他还倒在那里似的。

"我来看看他的东西。"博斯说。

"什么东西？"

"我也不知道，我想他也许还保留着当警察时的档案那些东西。"

"你最好说清楚你来这儿干什么，我觉得有点不对劲。"

"我在调查他以前办过的一个案子，是一九六一年的案子，到现在还没破案，有一部分档案不见了，我想可能是他拿走了。我想这里也许有一些他保存着的重要文件，我不知道是什么，任何东西都可能，至少值得一试。"

他可以看出她的大脑在转动，她的眼睛忽然停住了，可能想到了什么事。

"有一些东西，是不是？"他问。

"没有。我认为你不该在这儿。"

"这房子很大，他该有个办公间吧？"

"克劳德三十年前就离开警察局了，他在这么偏僻的地方盖了这幢房子，就是要躲开那些事。"

"他搬到这里来的时候做什么事？"

"在赌场的安全部门。先在金沙赌场，后来又在弗拉明戈赌场干了二十年。他有两份退休金，把奥利芙照顾得很好。"

"说到这个，请问目前是谁签收那两份退休金？"

博斯有意看了奥利芙一眼，希望得出结论。那个妹妹沉默了好一会儿，开始自卫："我也可以弄一个全权代理的名义，你看看她呀，不会有问题的。是我在照顾她，你别搞错了，先生。"

"是啊，我看见了，你给她吃苹果酱。"

"我没什么可隐瞒的。"

"你是想要什么人把一切全揭出来，还是想要事情在此打住？我根本不在乎你做过什么，女士，我甚至不在乎你到底是不是她妹妹。如果要我赌一把，我猜你根本不是。可是我没兴趣，我忙得很，我只要看伊诺的东西。"

他停住了，给她时间考虑一下，他看着手表。

"没有搜查令？"

"没有，而且出租车还在外面等我。如果你要搜查令也行，那我就不做好人，我们一切公事公办。"

她的眼睛在他身上上下打量，好像在估量他做好人可以做到什么地步，不做好人又会不好到什么地步。

"办公间在这边。"

她的口气硬到那些话好像是从木头中迸出来的，她快速领着他走过刚才的过道，左转进入书房。房里只有一张大的钢制书桌、两个四格抽屉的档案柜和两把椅子。

"他死了以后，奥利芙和我把所有的东西放进这些档案柜里，没再碰过。"

"都是满的？"

"整整八抽屉，你自己看吧。"

博斯掏出皮夹，又抽出一张二十美元的钞票，撕了一半给希旺。

"把这个拿给出租车司机，告诉她我需要的时间长一点。"

她深深吸了一口气，抓过钞票走出去。她走了以后，博斯走到书桌前把抽屉都打开了。头两个是空的，第三个只有一些文具和信纸。第四个抽屉里有一本支票簿，博斯很快翻过，都是一些家用开支。另有一份档案，里面是家用的收据，最后一个抽屉是锁上的。

他从档案柜的最下层逐层往上看，最开始的东西跟他要找的东西毫无关系，都是赌场相关的资料。有一些档案是按不同赌场和博弈机构的名字分类的，另一些则是按人名分类的。博斯查看了几个，发现那是已经爆出来的赌场欺诈的相关资料。伊诺在家里建立了一个赌场情报数据库。这时希旺回来了，坐在书桌对面的椅子上。她看着博斯。博斯顺口问了她几个无关紧要的问题。

"伊诺到底替赌场做什么？"

"猎犬。"

"什么意思？"

"有点像便衣警探，混在赌客里面，监视他们。他抓赌徒欺诈很在行，也知道他们怎么做的手脚。"

"只有行内人才内行啊。"

"你这话是什么意思？他干得好极了。"

"我相信确实如此，他就是这样认识你的？"

"我不必回答你的任何问题。"

"随你。"

他只剩下两个抽屉了。他打开一个，里面什么档案都没有，只有一个可旋转翻看的名片架，上面落满了灰尘。另有几样原先很可能是放在桌面的东西，一个烟灰缸、一个钟和一个刻了伊诺名字的木制钢笔架。

博斯拿出名片架，放在柜子上面，他先吹掉灰尘，翻到标签 C [1]，他找了一遍，没有找到康克林的名片。他又试了米特尔，结果一样。

"你不至于全部都要翻一遍吧？"希旺的声音里有点不放心。

"哦，不，我只是要把这个带走。"

"哦，你不能带走，你怎么可以随便拿……"

"我会带走。如果你要告我，随便你，我也可以告你。"

她不出声。博斯在下一个抽屉里找到大约十二个洛杉矶警察局的旧档案，时间从一九五〇年到一九六〇年初。他没有时间研究，只是很快地看了一眼上面列的名字，没有玛乔丽·洛的。他随便翻了几个，知道这些是伊诺离职的时候给他经手的一些案子做的副本。他翻的几件都是凶杀案，其中两件是妓女的，只有一件破了案。

"去找个盒子，或者纸袋，来装这些档案。"博斯头也没回地对她说。他觉得对方没有动静，又叫了一声，"快去！"

她起身出去了。博斯站起来盯着这些档案，思考着。他不知道这些东西到底重不重要。他只知道他得把它们带走，说不定这里面有重要的信息。可是令他担心的不是抽屉里这些档案意味着什么，而是他觉得少了什么东西。他相信麦基特里克的话。他肯定他的老搭档握有能控制康克林的把柄，至少跟他有过什么协议，可是他在这里找不到一点蛛丝马迹。博斯认为如果伊诺真的握有什么康克林的把柄，它一定还在这里。如果他保留了洛杉矶警察局的档案，那他一定也把跟康克林有关的东西留下来了。事实上，他可能会放在一个更安全的地方。在哪里呢？

那个女人回来了，往地上扔了个纸盒，是装啤酒那种纸箱。博斯把一沓一英尺多高的档案和名片一起放了进去。

---

[1] 康克林的英文为 Conklin，是以字母 C 开头。

"你要张收据吗？"他问。

"免了，我不要你的任何东西。"

"好，不过我还需要你的一点东西。"

"你还没完没了了，是吗？"

"我希望马上就完了。"

"你要什么？"

"伊诺死了以后，你帮他太太——哦，你姐姐——清理了他的保险箱吗？"

"你怎么……"

她停住口，可是太迟了。

"我怎么知道？因为太明显了，我要找的东西他一定放在保险箱里，你把里面的东西放在哪儿了？"

"我们都丢掉了，一点用都没有的东西，只有一些档案和银行的记录。他大概也不知道他在做什么，他自己也很老了。"

博斯看了看手表。如果他想赶上飞机，他没有时间了。

"把书桌抽屉的钥匙给我。"

她没动。

"快点，我没多少时间，你不给我就自己动手开。如果我动手，这张桌子就报废了。"

她伸手从口袋里掏出一串钥匙，弯腰开了那个抽屉，拉出来，自己走到一边。

"我们不知道这些是什么，有什么用。"

"那不要紧。"

博斯走到抽屉旁开始看里面的东西，有两个很薄的纸质文件夹和用橡皮筋绑在一起的两沓信封。第一个文件夹里是伊诺的出生证明、护照、结婚证书和其他个人证明。他把文件夹放回抽屉。第二个文件夹里是洛杉矶警察局的表格，博斯马上认出那是从玛乔丽·洛的凶杀档案中拿走的几页。他知道他没有时间细看，很快把档案放进啤酒箱。

他取下第一沓信封上的橡皮筋时，橡皮筋断了。他想起那个放凶杀档案的蓝色文件夹上的橡皮筋也断了，他想，这个案子的一切都那么老旧，随时可能断掉。

信封全部来自富国银行的谢尔曼·奥克斯分行，每个信封里都有一份存款单，用户的名字是麦凯奇股份有限公司。公司的地址是邮政信箱，也在谢尔曼·奥克斯。博斯随便翻了几个信封，看了三份。虽然三份来自六十年代后期的不同年份，但银行资料的内容却是一样的。每月十号有一千美元存入户头，每月十五号同样的数目转入内华达银行在拉斯维加斯的分行。

博斯不用往下看就猜出这些银行记录是伊诺收的回扣记录。他很快翻了一下信封上的邮戳，找最近的日期。他发现最近的是在八十年代末期。

"这些信怎么回事？什么时候停的？"

"你看到的就是全部，我不知道是怎么回事，保险箱被撬开的时候奥利芙也不知道这些东西是做什么用的。"

"撬开保险箱？"

"是啊，在他死了以后。奥利芙的名字不在保险箱上，只有他。我们找不到钥匙，所以只好让他们撬开了。"

"里面应该有钱吧？"

她停顿了一下，可能在想他是否也想要那些钱。

"有一点。不过你太晚了，钱都花光了。"

"我不在乎那些，有多少？"

她咬紧嘴唇，做出尽力回想的样子。

"别装了，我不是来讨钱的，我也不是国税局的人。"

"差不多一万八千美元。"

博斯听到外面按喇叭的声音，出租车司机等得不耐烦了。博斯看了一眼手表，他得走了，他把信封扔进纸箱里。

"内华达银行里的钱呢？有多少？"

这个问题是一个套。他这么问是基于他的一个猜测：谢尔曼·奥克斯银行的那笔钱是伊诺的。希旺又迟疑了，外面的喇叭也又响了。

"差不多五万，不过大部分都用光了。照顾奥利芙，你看到的。"

"哦，我敢打赌，这些钱加上退休金，日子想必不容易。"博斯用极度嘲讽的语气说，"当然你个人的账户想必不会太单薄。"

"嘿，你听着，我不知道你以为你自己是老几，我可是这个世界上唯一愿意照顾她的人。这点总值些什么吧？"

"可惜她自己不能决定到底值多少。你再回答我一个问题我就走，你可以随便在她身上搜刮任何你要的东西……你到底是谁？"

"你管不着。"

"不错，可是我要管也行。"

脸上的表情好像博斯冒犯了她柔软的内心，但立马又变得好像颇有信心。不管她是谁，她都很为自己骄傲。

"你要知道我是谁吗？我是他拥有过最好的女人，我们在一起的时间很长。她戴着他的结婚戒指，可我拥有他的心。到最后，他们都老了，我们也不再回避了。他带我回来跟他们一起住，照顾他们。所以你最好别说我没有权利享用他的东西。"

博斯只是点点头，不管她说的故事多么见不得人，他倒是有点佩服她敢说真话的勇气，他相信她说的是真话。

"你们什么时候碰见的？"

"你说只有一个问题。"

"什么时候？"

"他在弗拉明戈赌场的时候。我们都在那儿工作，我是荷官，我告诉过你他是猎犬。"

　　"他提过洛杉矶吗？那些他办过的案子，或者以前的同事？"

　　"从来没提过，他老说那完全是过去了。"

　　"听过麦凯奇公司吗？"

　　"没有。"

　　"这些银行记录呢？"

　　"一直到我们撬开他的保险箱我才看到这些东西，我也不知道他在内华达银行还有个户头。克劳德有些秘密，连我都不知道的秘密。"

30

博斯在机场付了出租车钱，拿着他的旅行包和装了文件的啤酒纸箱勉强走进航站楼。在大厅的一个小店里，他买了一个便宜的帆布袋，把纸箱里的东西放入背袋。袋子并不大，所以他可以不必托运。背袋侧面印着"拉斯维加斯——阳光和享乐之乡"，注册商标是一对骰子后的落日。

他到登机口的时候还有半小时才登机，他在圆形的航站楼大厅里选了一把离那些角子机最远的椅子坐下来。

他开始看背袋内的档案，他最关心的一份是从玛乔丽·洛的凶杀报告中拿走的那几页。他看了一遍，没有发现任何异常或意料之外的内容。

那份麦基特里克和伊诺与约翰尼·福克斯、康克林以及米特尔会面的报告中，博斯可以看出麦基特里克笔下被压制的怒气。到了最后一页，怒气好像已经压制不住了。

　　对嫌疑人的审问没有任何结果，因为康克林和米特尔的介
入。两位检察官拒绝"他们"的证人充分回答问题，或者说，
从记录者的角度来讲，没有说出全部真相。其行踪调查和指纹
确认尚未完成，福克斯此时仍有嫌疑。

　　这份文件中没有任何重要之处，博斯知道伊诺拿走的唯一理由是其
中提到了康克林的名字，伊诺是在替康克林遮掩。博斯自问伊诺为什么
要这么做，他马上想到和这份文件一起放在保险箱的银行记录，那是他
们交易的记录。

　　博斯拿出那些信封，按照邮戳排出先后日期。他找到最早寄给麦凯
奇公司的信，是一九六二年十一月。那是玛乔丽·洛死后一年，约翰尼·福
克斯死后两个月。伊诺是调查玛乔丽案的人，麦基特里克还说，福克斯
死亡的案子也是他调查的。

　　博斯觉得他的判断是对的：伊诺敲诈康克林，也许还敲了米特尔。
他知道一些麦基特里克不知道的事——康克林和玛乔丽的牵扯，也许他
还知道是康克林杀了玛乔丽，这就足以使他每个月敲康克林一千美元，
直到他死。一千美元不多，伊诺不算贪心，虽然六十年代初每月一千美
元可能远超他的薪水。博斯在意的不是钱的多少，而是这件事本身，这
是承认有罪的表现。如果他能从这笔钱追踪到康克林，这会是一个铁证。
博斯觉得自己兴奋起来，从这个死了五年的腐败警察那里得到的记录可
能就是他所需要的指向康克林的唯一证据。

　　他脑中闪过一个念头，看了一下周围的付费电话。他看了一下表，
又看了一眼登机口。大家开始移动，准备上飞机。博斯把东西放进袋子，
拿着两个袋子走到电话那里。他用电话卡打到萨克拉门托，问到州政府
注册公司的部门。三分钟后，他得知麦凯奇不是加州的公司，记录一直
查到一九七一年，都没有这家公司。他挂了电话，用同样的方法，这次

他打到内华达州的首府卡森城。

接电话的职员告诉他麦凯奇公司已经关门了，问他是否还要其他信息。他兴奋地回答"要"，工作人员告诉他得查一下，可能要等几分钟。他在等候的时候取出笔记本，准备记录他听到的消息。他看到登机口开了，大家慢慢进入。他不想理会，心想赶不上就算了。他太兴奋了，除了在电话上等待答案，什么都不重要。

博斯盯着航站楼中央那一排角子机，机器前挤满了来自全国各地，甚至世界各地的人，有在登机前最后一次碰运气的人，也有才下了飞机就迫不及待来试手气的人。博斯从来对跟机器赌钱一点兴趣也没有，他难以体会那种经验。

他看着那些人，很容易可以看出谁赢了、谁输了，根本用不着侦探的眼睛来研究面部表情。他看见一个女人，腋下挟着玩具熊，同时赌两台机器，博斯看得出她只是在加倍输钱而已。她左边有个戴黑色牛仔帽的男人，忙着把零钱塞进机器，然后很快地往后一拉。博斯看出他玩的是一台直接赌美元的机器，他每次玩的都是最高限额五美元。博斯算出就在他看着的几分钟内，这人大概用掉了有去无回六十美元。至少他连个毛绒动物玩具都没捞到。

博斯转身去看登机口，登机的人渐渐稀疏了。博斯知道他会错过飞机，可是那不要紧，他继续耐心地等着电话。

突然一阵大叫，博斯看过去，那个戴牛仔帽的男人摇着机器，他中了大奖。那个抱玩具熊的女人退了一步，严肃地看着他的胜利。每一声"叮"都跟着滚滚而下的硬币，那一定像一把榔头一样敲着她的脑袋，提醒她输掉的钱。

"大家看哪！宝贝！"牛仔高声喊道。

他的叫声似乎并不针对什么人，他弯下腰把硬币扫进帽子，抱熊的女人回到她的岗位继续攻克她的机器。

就在登机口将要关闭的时候，电话那头的工作人员回来了。她告诉博斯她找到的信息如下：麦凯奇公司成立于一九六二年十一月，二十八年后结束经营，在一年没有续缴执照费也没有交税之后。博斯知道那是因为伊诺死了。

"你要公司负责人的名单吗？"

"要。"

"好，董事长和总经理是克劳德·伊诺，拼法是 E-N-O。副董事长是戈登·米特尔，'米特尔'有两个't'。财务主管是阿尔诺·康克林，他名字的拼法是……"

"我知道了，谢谢。"

博斯挂上电话，抓了旅行袋和帆布袋一直跑到登机口。

"刚刚赶上，"服务人员很明显有点不高兴，"离不开那些电话啊？"

"对。"博斯说，他根本不在意。

她打开闸门，他穿过走道，上了飞机。飞机只坐了一半旅客，他不管自己的座位，找了个全排都空着的位子坐下。他把旅行袋丢进头上的行李舱时，脑子里闪过一个念头。他坐下后拿出他刚刚记下的在电话中获取的资料，他看着自己的笔记本，写下了每个人姓名的头一个字母。

董/经——C.E.

副董——G.M.

财——A.C.

然后他把这些字母排成一行：CEGMAC。

他看了一下，笑了起来。他看出了其中的机关，在下面一行写道：

MCCAGE

麦凯奇[1]是这么来的。

博斯觉得体内的血液在沸腾，他觉得他快要找到答案了。他现在的感觉，是那些在角子机前和整个赌城的人都无法理解的，不管他们中了多大的奖。博斯就要抓住那个杀人犯了，他兴奋得跟中了彩票的大赢家一样。

---

[1] 麦凯奇公司的英文为 McCage Inc.。

31

一小时之后，博斯开着他的福特野马离开了洛杉矶国际机场。落下车窗，他的脸立刻感觉到干爽的空气。机场出口的尤加利树在微风中发出轻微的声响，好像欢迎他回来。每次他旅行回来，听到这声音总有种亲切的感觉。这是他爱这个城市的原因之一，他很高兴每次回来都有微风中的树的声音欢迎他。

他在塞佛达路碰上红灯，顺便利用空当把手表上的时间调整回来。两点五分。他算了算，他只有时间赶到家、换套干净的衣服、随便吃点东西，就得赶往帕克中心，接着是他跟伊诺霍斯的会面。

他很快地经过 405 立交桥，开上拥挤的高速公路。他打方向盘的时候觉得他上臂有点痛，不知道是因为钓鱼时用力过度，还是洁斯敏在床上时抓他的胳膊抓得太用力。他想她想了几分钟，决定出门前先打个电话给她，他们早上的分手似乎已经是很久以前的事了。他们说好一有可能就尽快见面，博斯希望他们的承诺是真的，她对他是个谜，他知道他连她的面纱都还没揭开。

10 号公路要明天才通，所以博斯一直在 405 号公路上，直到经过圣莫尼卡山开进圣费尔南多谷。他选了长路因为他相信这样比较快，也因为他得到影城的信箱去取信，邮局拒绝把信送到贴了红条的危险住宅去。

他上了 101 号公路，六条车道挤满了蚁行的车辆，他夹在其中开了一阵，终于不耐烦地从冷泉谷大道出口出去。他在穆尔帕克路经过一些公寓，那些公寓既没有拆掉也没有修复，红条和黄色的胶带在几个月的阳光照射下几乎已经变成了白色。许多已经毁坏的房子上还有原来的广告招牌，像"五百美元可立即搬入""新近装修"等等。在一座贴了交叉红条、表示整座房子都有震裂现象的建筑上，有人用喷漆写了一条自地震以来大家认为是本市墓志铭的标语：

胖女人的歌声已经降临

有时候不相信发生过的事很难，可是博斯尽量保持他的信心。总有人要保持。报上说搬走的人超过搬进来的人，可是不要紧，博斯想，我会留下来。

他抄近路上了文图拉路，在个人邮箱办公室前停下来，他的信箱里除了账单就是宣传邮件。然后他到隔壁的快餐店点了当天的特价午餐，全麦面包的火鸡、油梨、豆芽三明治，打包带走。之后他一路开过文图拉，到了卡温格时转上伍德罗·威尔逊路上山。在第一个转角，迎面开来一辆洛杉矶警局的巡逻车，在狭窄的路上他必须放慢车速才过得去。他朝他们挥挥手，但他们应该不认识他，他们应该属于北好莱坞分局的，他们没有向他挥手。

他按照习惯把车停在半条街外，走回家去。他决定把装了档案的小袋子放在后备厢里，因为他想到进城后可能用得着。他一手提着旅行袋，一手拿着三明治袋子往家走去。

他走到停车棚的时候，注意到路上来了一辆巡逻警车。他看了一眼，看出是他刚刚碰到过的那两个警员，他们有什么事又转回来了。他在路边等，看他们是否停下来向他问路，或者问他刚刚为什么招手，他也不愿意让他们看见他走进贴了红条的房子。可是车开过去，两人都没看他一眼。开车的警员眼睛看路，旁边的警员正对着无线电的麦克风说话。一定是接到了指令，博斯想，他等到他们的车开过下一处转弯才走进停车棚。

打开厨房的门，博斯一进去就觉得有点异样。他走了两步，停下来。房子里有一种不属于这里的气味，至少厨房里有。他闻出是一丝香水味，不对，是古龙水，他纠正他的猜测。用古龙水的男人不久前来过厨房，说不定还在。

博斯静静地把旅行袋和三明治放在地上，伸手探入腰间，老习惯很难改掉。他身上没枪，而备用枪在邻近前门的柜子里。他想很快地跑出去，希望追上巡逻警车。可是他知道太迟了，警车早已走远。

他打开抽屉，小心地拿出一把小刀。抽屉里有长刀，可是他觉得小刀比较容易操控。他向前走到从厨房通往前门的过道，在入口处，仍然看不见屋内的人，他侧耳仔细听着动静。他可以听见房子后面、远处高速公路上隐隐的车声，可是室内没有一点声响。他刚要走出厨房时，听到一点声音，很轻的衣服的声音，也许是动了动腿。他确定客厅有人，他知道现在他们也知道门口的他知道。

"博斯警探，"一个声音从死寂的屋内传来，"你没有危险，可以出来。"

博斯知道他听过这个声音，可是在极度紧张的情况下，他无法立刻分辨出这是谁的声音。他只知道他以前听过这个声音。

"我是助理局长欧文，博斯警探。"那个声音又响起来，"请你站出来，那样你不会受伤，我们也不会受伤。"

对，是他的声音。博斯松了一口气，把刀放在料理台上，三明治放进冰箱，走出厨房。欧文坐在客厅的椅子上，另外两个穿西装、博斯不认得的人坐在长沙发上。博斯看见他放在柜子里的信和卡片在茶几上，他留在厨房料理台上的凶杀报告摊在其中一人的腿上。他们搜查了他的住所，翻了他的文件。

他突然明白刚刚看到的是怎么回事了。

"我看到你们巡逻，哪位能告诉我到底是怎么回事？"

"你到哪里去了，博斯？"一个穿西装的先开了口。

博斯看了他一眼，完全不认识。

"你他妈的是什么人？"

他弯腰拿起那人面前放信和卡片的盒子。

"警探，"欧文说，"这位是安杰尔·布罗克曼警督，这位是厄尔·赛兹莫尔。"

博斯点点头，他听过其中一个名字。

"我听过你，"博斯对布罗克曼说，"你是那个把比尔·康纳斯送进铁柜的人。你一定上了督察室那个月的荣誉榜。相当光荣啊！"

博斯的嘲讽口气十分明显，他有意如此。铁柜是警察下班时放枪的地方，进铁柜是警察圈内说警察自杀的俚语。康纳斯是好莱坞分局的一名老便衣警员，去年督察室开始调查他的个人行为，包括用零钱换取海洛因及与离家出走的女孩进行性交易。他死后，那些出走的女孩承认她们检举是因为他老是要把她们赶出他的辖区，所以编造故事来对付他。他是个好人，可是受不了那么多检举调查，最后只好走进铁柜。

"那是他个人的选择，博斯，现在你也有你的选择。你可以告诉我们过去二十四小时你在哪里吗？"

"你能告诉我这是为什么吗？"

他听到卧室传来声音。

"搞什么鬼呀！"他走进卧室，看到另一个穿西装的人站在他床头柜拉开的抽屉前。"嘿！混账东西，给我滚出去，马上就滚！"

博斯走过去，一脚把打开的抽屉踢上。那个人退了一步，两手像犯人那样举起，走回客厅。

"这位是杰里·托利弗，他是和布罗克曼警督一起从督察室来的，赛兹莫尔警探是从劫案/命案组调来的。"

"好极了！"博斯说，"所以大家都互相认识，到底是怎么回事？"

他说的时候眼睛看着欧文，知道如果想得到直接的答案，那必然来自欧文。欧文和博斯打交道的时候通常非常直接。

"警——哈里，我们得问你几个问题，"欧文说，"我们最好等一下再解释给你听。"

博斯可以感觉出事态的严重。

"你们有搜查令吗？"

"我们等会儿再给你看，"布罗克曼说，"我们可以走了。"

"到哪里去？"

"城里。"

博斯跟督察室打过太多交道，马上知道此时的这件事相当不同。光是欧文——警局的二号人物——和他们一起出现已经显示事态非比寻常。他猜这绝非只为询问他的私人调查，如果只是那件事，欧文不会在这里，一定发生了什么相当严重的事。

"好，"博斯说，"谁死了？"

四个人面无表情地看着他，证明的确有人死了。博斯觉得胃有点紧缩，他这才开始害怕。他脑中闪过他找过的人的名字和面孔：梅雷迪思·罗曼、杰克·麦基特里克、凯莎·罗素，以及那两个在拉斯维加斯的女人。还有谁呢？爵士？他可能把她也卷入什么危险中了吗？然后，他突然想到了，凯莎·罗素，她可能做了一些他叫她别做的事。她跑去问康克林或米特尔她替博斯找到的剪报上的事，她轻率行事，现在为自己所犯的错误而死。

"凯莎·罗素?"他问。

没人回答,欧文站起来,其他人也跟着起身。赛兹莫尔拿着凶杀报告准备带走,布罗克曼到厨房把他的旅行袋拿到门口。

"哈里,为什么不跟我和厄尔一起走?"欧文说。

"我在城里和你们碰头行吗?"

"你坐我这辆车。"

他的口气很严厉,没有讨价还价的余地。博斯举起双手,表示他别无选择,走到门口。

博斯坐在赛兹莫尔的车里,在欧文座位后面。车开下山时,他看着窗外。他一直在想那个年轻记者的脸,她的上进使她遇害,但博斯还是觉得他有责任。他在她脑子里撒下神秘的种子,让她无法按捺自己的好奇。

"你们在哪里找到她的?"他问。

没人回答。他不懂他们为什么一句话也不说,尤其是欧文。欧文过去一直让他觉得他们彼此喜欢对方,起码懂得对方。

"我什么都没告诉她,"他说,"我要她等一段时间,什么都别做。"

欧文转过头,可以瞥见博斯。

"警探,我不知道你在说什么。"

"凯莎·罗素。"

"不知道是谁。"

他掉回头,博斯迷惑了,那些面孔和名字又在他脑中一一闪过。他加上洁斯敏,但是又把她去掉了,她对此事一无所知。

"麦基特里克?"

"警探,"欧文说,再度费力地转过头来看着博斯,"我们在调查警督哈维·庞兹被杀一案,你说的名字和这事无关。如果你认为我们应该和这些人联络,请告诉我。"

　　博斯惊讶得说不出话。哈维·庞兹？完全没理由，他跟这个案子毫不相干，他根本不知道这件事。庞兹从来不离开办公室，他怎么会有危险？所有的事像一盆冰水当头浇下，使他全身发冷。他懂了，完全可以理解。他把整个事情拼凑起来时，也同时看到他自己的责任和困境。

　　"我是……"

　　他无法说完。

　　"是的，"欧文说，"你目前是嫌疑人，现在也许你可以安静了，直到我们正式开始审讯。"

　　博斯把头靠在玻璃窗上，闭上眼睛。

　　"哦，上帝。"

　　此刻他知道自己跟把警员送入铁柜的布罗克曼差不多，博斯在内心最深处知道这是他的责任。他不知道这个案子到底是怎么发生的，什么时候发生的，但是他知道跟他有关。

　　他杀了哈维·庞兹，他身上还带着庞兹的警徽。

32

博斯对周遭的一切都麻木了。他们到了帕克中心后，他被带到六楼欧文的办公室，然后进了一间与之相连的会议室。他单独在那儿等了半个小时之后，布罗克曼和托利弗才进来。布罗克曼坐在他正对面，托利弗在他左边。博斯清楚他们在欧文的办公室而不在督察室进行审讯是因为欧文要严格掌控这个案子。如果这果真是一个警察谋杀警察的案子，他必须尽全力保证案情不要太早外泄，以免遭到像罗德尼·金的案子那样的媒体曝光，损害警界的公共形象。

他脑中一连串庞兹死亡的景象使他终于想到他自己：他的麻烦严重极了。他告诉他不能躲在壳里，必须提高警觉。坐在他对面的那位希望能逮到他的漏洞，而且会想尽办法达到目的。博斯自己知道他并未杀庞兹这个事实——至少没有亲手杀他，是不够的，他必须以攻为守。他决定不在布罗克曼面前露出任何消息或情绪，他要表现得和室内其他人一样强硬。他清了清喉咙，在布罗克曼开口前先发言。

"到底怎么发生的？"

"我是发问的人。"

"我可以给你省一些时间，布罗克曼。告诉我是什么时候发生的，我再告诉你我在哪里，我们就可以尽早完事。我知道我为什么是嫌疑人，我不会把账算在你头上，可是你在浪费时间。"

"博斯，你难道没有感觉吗？他死了，而你跟他一起共事。"

博斯盯了他一阵，语调平稳地回答他的问题。

"我个人怎么想不重要，没人应该被谋杀。但是我并不会想念他，更不会想念和他共事的日子。"

"天哪！"布罗克曼摇摇头，"他有太太，还有一个在读大学的孩子。"

"他们也不见得会想念他，你又怎么知道。在办公室他是个讨人厌的家伙，很难想象他在别处会变个样。你太太对你的观感如何，布罗克曼？"

"你省省吧，博斯！我可不会落入你的……"

"你信上帝吗，板砖克曼？"

博斯用了他在局里的外号，他因为步步为营地设计对付其他警员而得此"封号"，就像他最近一次对付比尔·康纳斯那样。

"这个案子跟我和我的信仰无关，博斯，我们在说你。"

"对哦，我们在说我。所以我告诉你我相信什么。我其实不知道我信仰什么，我的前半生都过去了，我还不知道我到底信仰什么。我比较倾向的理论是这世界上的人都有一种能量，使他们成为他们自己。只不过是一些能量而已，等你死了，你的能量就到别处去了。至于庞兹，他是一种坏能量，现在到别处去了。所以，如果我回答你的问题，对他的死我并不觉得不好，可是我想知道那些坏能量到哪里去了。我希望你没得到他的坏能量，你自己的已经够多了，布罗克曼。"

他朝布罗克曼挤挤眼，布罗克曼脸上露出一点茫然的表情，似乎搞不清楚他到底在说什么，于是他决定不予理会。

"把你那些屁话收起来，周四那天你为什么在庞兹警督的办公室和他起了冲突？你知道在强制休假期间那是犯规的。"

"我得说这件事荒唐得很。我离队时不能去庞兹的办公室，可是庞兹警督，我的顶头上司，打电话给我，要我把车送还给局里。你看，这就是坏能量的运作，我已经在强制休假了，他就是不能放我一马。他要我的车，所以我把钥匙拿去给他，他是我的上司，那是他的命令。所以去呢，是违规，不去也是违规。"

"你为什么威胁他？"

"我没有。"

"两周前，他给他之前的受袭投诉提交了一份附件。"

"我不管他提交了什么报告，我没威胁他。那家伙是个胆小鬼，他可能觉得受到了威胁，可是我没威胁他，这二者可差多了。"

博斯看了托利弗一眼，看来他是打算沉默到底了。那是他的角色。他只是盯着博斯，好像盯着一块屏幕似的。

博斯环视了室内一圈，第一次注意到桌子左边的矮几上有个电话，电话上的绿灯显示多线接听。他们的审讯通到别处，可能是一个录音机，也可能是隔壁欧文的办公室。

"我们有人证。"布罗克曼说。

"什么人证？"

"威胁的人证。"

"好，我告诉你，警督，你干脆告诉我到底是什么威胁，我才知道我们在谈什么。要是你觉得我真说了那些话，告诉我到底我自己说了什么有什么关系？"布罗克曼想了一下才开口。

"很简单，跟别的威胁一样，只有一句，你跟他说，干你娘，你还说你要宰了他。没什么新意。"

"够狠的是吧？好，干你的，布罗克曼，我从没说过这句话，我想那个浑蛋又写了一份投诉，他专干这种事。可是，不管你从哪里听到的，这全是鬼扯。"

"你认识亨利·科尔奇马吗？"

"亨利·科尔奇马？"

博斯不知道他说的是谁。然后他想到这个科尔奇马就是那个点头小组的老亨利。博斯不知道他姓什么，刚开始听到他的全名让他一时摸不着头脑。

"那个老家伙？他根本不在室内，他不是人证。我叫他出去，他出去了。不管他对你说了什么，他可能是害怕庞兹找他麻烦。你爱信不信，随你，布罗克曼。我可以在整个部门找到十二个证人，他们也都透过玻璃窗看见整个过程。他们会告诉你亨利不在室内，庞兹说谎，人人都知道。好，现在说说你的威胁是什么？"

布罗克曼没说话。博斯接着说："看吧！你根本没做功课，我猜你明白那个部门的人知道像你这种人不过是局里的渣滓，他们对被他们送进牢里的人都更有敬意一些。你心里有数，板砖克曼，所以你不敢去问他们。你只能找个老家伙来做做样子，你问他的时候，他大概连庞兹死了都不知道。"

博斯可以从布罗克曼移开的目光看出自己说得一点没错，趁着占上风，他站起来，走到门口。

"你到哪里去？"

"喝水。"

"杰里，跟他去。"

"什么？你以为我会跑？布罗克曼？你要是这么想，你对我就一无所知。如果你这么想，表示你根本没准备这个审讯。你干脆哪天到好莱坞来一趟，我来教你怎么审讯凶杀案嫌疑人，免费。"

博斯走出去，托利弗跟着他。在走廊尽头的饮水器前，他喝了一大口水，用手擦了擦嘴。他觉得紧张而疲惫，不知道布罗克曼什么时候会识破他的伎俩。

他走回会议室，托利弗在他后面三步左右静静地跟着。

"你还年轻，"博斯回头说，"你还有机会，托利弗。"

博斯走进会议室的时候，布罗克曼正从对面的门走出来。博斯知道那扇门直接通往欧文的办公室。他曾经出入这里调查过一个多重凶杀案的罪犯，就是直接受欧文的指示。

两人又面对面坐下。

"现在，"布罗克曼开始了，"我把权利念给你听，博斯警探。"他从皮夹里掏出一张小卡片，开始念米兰达权利。博斯确定电话是接到录音机的，因为他们需要这段录音。

"好，"布罗克曼念完后说，"你同意放弃这些权利，跟我们谈谈当时的情况吗？"

"现在肯正常审讯了？我还以为是凶杀案呢。好啊，我可以放弃。"

"杰里，去拿一张放弃权利表来，我手边没有。"

杰里起身，从通向走廊的门出去。博斯可以听见他快速的脚步声，接着是开门的声音，他是走楼梯到五楼督察室去的。

"嗯，我们可以先从……"

"你难道不要等你的证人回来？还是你在我背后偷偷把这些都录了下来？"

这句话立刻使布罗克曼怒火中烧。

"不错，博斯，我们是偷——是录了音，可不是偷偷的，我们一开始就说我们会录音的。"

"你遮掩得不坏啊！警督。最后一句，不错，我应该记下来。"

"好，我们现在开始……"

门开了，托利弗拿了一张纸进来，他把纸递给布罗克曼。布罗克曼看了一下，确定是正确的表格，然后把表格滑过桌面给博斯。哈里抓起表格，很快地在签名处画了几下，他对这份表格非常熟悉。他把表格再滑过桌面给布罗克曼，对方把表格放在一边没有多看，所以他没看到博斯的签名是"干你"两个大字。

"好，我们可以开始了，博斯，你先告诉我们你过去的七十二小时都在什么地方。"

"你不需要先搜我的身吗？你呢，杰里？"

博斯站起来，拉开上衣外套，好让他们看见他没有携带武器。他想他主动这么做，他们就会往完全相反的方向做，不会搜他的身。如果他们发现他身上有庞兹的警徽，他就更难洗清了。

"坐下，博斯！"布罗克曼吼道，"我们不会搜你的身，我们尽量给你自白的机会，你别不识抬举。"

博斯坐下来，暂时松了口气。

"现在告诉我们你的行踪，我们没那么多时间跟你耗。"

博斯想了一下，他很惊讶他们要的时间范围这么宽。七十二小时，他不知道庞兹的案情到底怎么回事，为什么他们不把时间缩小到离死亡时间更接近一些的时候。

"七十二小时之前，七十二小时之前是周五下午，我在唐人街515大楼。这倒提醒我了，我十分钟之后就要过去，所以，如果你们能……"

他站起来。

"坐下，博斯，我们已经替你解决了，坐下。"

博斯一言不发地坐下，这时他才意识到他对不能去进行卡门·伊诺霍斯的诊疗竟然有点失望。

"快点，博斯，讲啊，你离开那儿之后呢？"

"细节我记不得了。可是那晚我是在红飙吃的晚饭，又到震中酒吧喝了几杯。大约十点我去了机场，坐飞机到佛罗里达坦帕去，过了一个周末，大约一个半小时之前到家，发现有人非法侵入我的住所。"

"并非非法，我们有搜查令。"

"没人给我看哪。"

"废话少说，你说你在佛罗里达是什么意思？"

"我想我的意思是我在佛罗里达，你猜是什么意思呢？"

"你能证明吗？"

博斯从衣袋里掏出机票和收据，从桌面滑过去。

"这里是机票和收据，里面还有一张租车的收据。"

布罗克曼很快打开机票夹，开始细看。

"你去那儿做什么？"他问道，没有抬头。

"伊诺霍斯医生，局里的心理治疗师，说我该出去散散心。我想，何不去佛罗里达？我从没去过，而且我从小爱喝橘子水。所以我想管他呢，就佛罗里达吧。"

布罗克曼又乱了阵脚，他没预料到这样的答案。博斯知道，大部分警察不知道第一次审讯嫌疑人或询问证人的重要性，后来的所有审讯甚至法庭证词都和第一次审讯关系密切。你必须充分准备，就像律师一样，必须在问问题之前就知道大部分答案。督察室通常以恐吓手段审讯，因此警探根本不需做任何准备工作。所以他们碰到这样的障碍时，几乎不知道如何是好。

"好吧，博斯，哦，你在佛罗里达做了些什么事？"

"你听过马文·盖伊那首歌吗？在他死之前？叫作——"

"你到底在说什么？"

"——《性爱疗法》，说那对灵魂有益。"

"我听过。"托利弗说。

布罗克曼和博斯同时看着他。

"对不起。"他说。

"再问一次，博斯，"布罗克曼说，"你到底在说什么？"

"我说我多半的时间是跟我在那儿认识的一个女人在一起，除此之外，我其他的时间都和一个钓鱼向导在墨西哥湾上。我说的是，饭桶，我几乎每一分钟都和别人在一起。我没和人在一起的时间短到不可能飞回来杀了庞兹。我根本不知道他是什么时候被杀的，可是我现在可以告诉你，你在我这里找不到答案。布罗克曼，因为我跟这事没关系，你的方向完全错了。"

博斯措辞非常谨慎，他不确定他们是否知道他私自调查的事，只要可能，他不打算透露。他们拿到了凶杀报告和证物箱，可是他认为他有办法掩饰。他们也有他的笔记本，因为他在机场把笔记本塞进了旅行袋。本子上有洁斯敏和麦基特里克的名字、住址和电话，伊诺在拉斯维加斯的住址和一些有关案情的笔记，可是他们应该不能用这些东西拼凑出什么意义，如果他运气够好的话。

布罗克曼从上衣内层的口袋里掏出一个笔记本和一支笔。

"好吧，博斯，给我那个女人和向导的名字跟电话，全部。"

"我不会给你。"

布罗克曼张大眼睛。

"这不是你能决定的，把名字给我。"

博斯不说话，只盯着眼前的桌面。

"博斯，你已经告诉了我们你在哪儿，现在我们要查证。"

"我知道我在哪里，这样就够了。"

"如果像你说的，跟你无关，让我们查证，你就清白了。我们也好往别处调查，去找别的可能。"

"你已经有机票和租车收据，从那里开始好了。我不想把这些不相干的人拖进来，没有必要。他们是好人，而且和你不同的是，他们喜欢我。我不想让你的大泥脚踩进来，粗暴地践踏我与他们的关系。"

"你没有选择的余地，博斯。"

"哦，我有的，现在我有。如果你要用这个案子对付我，你请便。到了那一步，我会找这些人出来，到时候他们会叫你吃不完兜着走，布罗克曼。你认为你把康纳斯送进铁柜给你带来公关麻烦是吧？你等着瞧，这个案子会使你比尼克松还有名。我不会给你名字，如果你想在你的笔记本上记下来，你就写我说了'干你'就行了。"

布罗克曼的脸红一阵白一阵，他停了一阵才开口：

"知道我怎么想的吗？我还是认为是你干的。你雇人下手，自己躲到佛罗里达去，好证明你不在附近。钓鱼向导，这不是鬼话什么是鬼话呀？女人？是谁啊？你从酒吧钓上的婊子？五十美元证明你的行踪？还是一百美元？"

博斯闪电似的把桌子一推，布罗克曼毫无戒备，桌子从他手臂底下滑过撞上他的前胸，他的椅子往后倒，撞在墙上，博斯用力把布罗克曼顶到墙面，他把自己的椅子也往后顶到靠墙为止，他抬起左腿用脚顶住桌沿继续向前压。他看到布罗克曼的脸色因不能呼吸而变得黯沉，眼珠凸出。可是他没法使力，不能推开桌子。

托利弗还没反应过来，他完全惊呆了。他看了布罗克曼一阵，好像在等他下命令，之后才跳向博斯。博斯用力推开他，把他推向角落一株盆栽的棕榈树。博斯同时用眼角余光看到有人从另外一扇门走进会议室。他的椅子很快地被推翻了，他倒在地上，有人压在他身上，博斯稍稍转头，可以看见是欧文。

"不要动，博斯。"欧文在他耳边吼道，"马上停手！"

博斯的身子放松了，表示他听从欧文的命令，欧文放开他。博斯在地上静了一阵，才用手按住桌沿，把自己拉起来。他站起来的时候看见布罗克曼一阵干咳，两手抱着胸，尽力要缓过气来。欧文伸出一只手挡在博斯胸前，一方面要他镇静下来，一方面防止他再攻击布罗克曼。他的另外一只手指着托利弗，后者忙着扶正被连根拔起的棕榈树，最后把树靠在墙上。

"你，"欧文下令，"出去！"

"可是，长官，这……"

"出去！"

托利弗很快从靠走廊的门走出去，布罗克曼也终于可以开口了。

"鲍……博斯，你这个浑蛋，你……你会坐牢。你……"

"没人会坐牢，"欧文严厉地说，"没人会坐牢。"

欧文停下来，吸了一口气，博斯注意到助理局长也和他们两人一样激动。

"这件事没法起诉，"欧文继续说，"警督，是你先挑衅他才有这个结果。"

欧文的声调不容反驳，布罗克曼的胸部仍上下起伏，他把手臂放在桌上，用手指理他的头发，有意做出镇定的样子，可是他除了失败什么都没有。欧文转向博斯，愤怒使他下颌的肌肉僵硬。

"至于你，博斯，我不知道怎么帮你，你总是惹麻烦。你知道他在做什么，你自己也做过，可你就是不能好好坐着接受审讯。你到底是怎样一个人？"

博斯没说话，他怀疑欧文需要他的回答。布罗克曼开始咳嗽，欧文转向他。

"你没事吧？"

"我想没事。"

"到对面去，让医护人员给你检查一下。"

"不用，我没事。"

"好，你回你办公室去，休息一下，还有另一个人要和博斯谈话。"

"我想继续审……"

"审讯已经完了，警督，你搞砸了。"他看着博斯，又加上一句，"你也是。"

33

　　欧文把博斯单独留在会议室。几分钟后，卡门·伊诺霍斯走进来，她在布罗克曼先前的位子上坐下。她看着博斯，眼中的神情似乎既生气又失望，博斯在她凝视下并未退缩。

　　"哈里，我简直不相信你……"

　　他把手指放在唇上，要她安静。

　　"怎么回事？"

　　"我们的谈话是否仍然受保护？"

　　"当然。"

　　"即使在这里？"

　　"是，到底怎么回事？"

　　博斯站起来走到电话那儿，他按掉会议按钮，回到座位。

　　"我希望那是不小心留下的，我会跟欧文局长谈这件事。"

　　"你可能现在就在跟他说话，电话太明显了，他可能把会议室都监听了。"

"好啦，哈里，这里不是中央情报局。"

"的确不是，有时候比中情局还糟。我要说的是欧文、督察室，他们可能还在听，当心你说的话。"

伊诺霍斯看起来相当生气。

"我并不是妄想症，医生，我以前有过这种经验。"

"好，我们不谈这些，我真的不在乎有没有人监听我们，我只是不能相信你刚刚做的事，我既伤心又失望。我们过去的谈话到底有什么用？什么用都没有。我坐在这里看到你又退回原处，当初就是你的暴力行为才把你送到我这里来的。哈里，这不是笑话，这是真实的人生呀。我做出的决定可能影响你的将来，这使我的工作更加困难。"

他等到确定她说完了才开口。

"你这段时间一直和欧文一起？"

"是啊，他打电话解释了情况，要我过来跟他坐在一起。我得说……"

"等一下，我想先问清楚。你跟他谈了吗？你跟他说了我们疗程的内容了吗？"

"当然没有。"

"好，我要再说一次，我不会放弃我有医患关系保障的权利，这点没问题吧？"

她第一次把头掉开，不再看他，他可以看见她的脸色因愤怒而暗了下来。

"你知道你这样说对我是多大的污辱吗？你认为我会告诉他我们谈话的内容，因为他命令我这样做？"

"那他命令你了吗？"

"你根本不相信我，对吗？"

"他命令你了吗？"

"没有。"

"那就好。"

"不只是我，你不相信任何人。"

博斯知道他自己太过分了，他可以看见她神情中的受伤多于愤怒。

"对不起，你说得对，我不该那样说的。我只是……我不知道，我已经被逼到墙角了，医生。那种情况下，有时候你会忘了谁是朋友，谁是敌人。"

"不错，事实上你对你眼中视为敌人的都以暴力对待。这不是好现象，非常令人失望。"

博斯的眼光从她移到角落那盆棕榈盆栽上。欧文走出会议室之前，把树重新埋回花盆，两手沾满了黑泥。博斯注意到棕榈树仍然有点向左歪。

"你来这里做什么呢？"他问，"欧文要你做什么？"

"他要我坐在他的办公室里，从电话上听你的审讯。他说想听我根据你的回答、判断你是否可能跟庞兹警督的谋杀有关。这下得谢谢你，你攻击了审讯的人，他不需要我的答案了。现在一切非常明显，你对你的警官同行有诉诸暴力解决问题的倾向。"

"你的话根本胡扯，你自己知道。我刚刚对付那个假装警察的王八蛋跟他们认为我干的事根本是两回事。你讲的两回事天差地远，如果你看不出来，你走错行了。"

"我看不尽然。"

"你杀过人吗，医生？"

他的话使他想起他对洁斯敏说的真话。

"当然没有。"

"我杀过，我告诉你杀人和对付一个衣冠楚楚的王八蛋完全是两码事，截然不同。如果你或者他们认为干得了这件就干得了那件，你们根本什么都不懂。"

他们两人都安静了一阵，让彼此的怒气稍稍平息。

"好吧，"他终于开口，"下一步呢？"

"我不知道，欧文局长只要我来这里安抚一下你，我猜他在想下一步该怎么做，我的安抚没什么作用。"

"他最初要你来这里听的时候，说了什么？"

"他只是打电话给我，告诉我发生什么事，要我过来听你的审讯。虽然你反抗权威，但我得告诉你我想他是站在你这边的。我不觉得他真心认为你和你上司的死有关——至少不是直接有关。可是他知道你是有嫌疑的，所以必须接受审讯。我想你如果能稍稍控制脾气，很快就会没事了。他们只要证实你说的在佛罗里达的事，你就没事了。我也告诉他们你告诉我你要去佛罗里达的事。"

"我不要他们去查佛罗里达的事，我不要他们介入我的事。"

"太晚了，他知道你私下在做一些调查。"

"他怎么知道的？"

"他在电话里提到你母亲的档案，凶杀报告，他说他们在你家看到的。他还说他们也看到那个案子的证物箱……"

"所以呢？"

"所以他问我是否知道你在做什么。"

"所以他还是问了我们谈话的内容。"

"不是直接问的。"

"我觉得够直接的了，他有没有提到那是我母亲的案子？"

"他说了。"

"你告诉了他什么呢？"

"我说我对谈话的内容无可奉告，他不太满意我的回答。"

"那是当然。"

他们两人之间又一阵沉默，她的眼光在室内流转，他则注视她。

"你知道庞兹到底怎么死的？"

"知道得很少。"

"欧文一定告诉你了一点，你也一定问了。"

"他说他们是周日晚上找到庞兹的尸体的，在他自己的后备厢里。我猜他已经在那里一段时间了，也许有一天了。欧文局长说他……他的尸体有被虐待的痕迹，手段相当残忍。他说——他没说细节——是在庞兹死前下的手，他们肯定这一点。他说庞兹经历了极度的疼痛，想知道你是否属于会下这种毒手的人。"

博斯一言不发，脑子里想着犯罪的过程。他的罪恶感涌上来，使他几乎想呕吐。

"我说不会。"

"什么？"

"我告诉他，你不是会做那种事的人。"

博斯点点头，但他的思绪已经飘到很远的地方去了。发生在庞兹身上的事变得清晰起来，而他不能免于始作俑者的罪恶感。虽然在法律上他是无辜的，在道德上他实在不够清白。他看不起庞兹，把他看得比他认得的几个杀人犯还不如，然而他的罪恶感仍然令他难以负荷。他的手指从脸上滑进头发中，整个身子好像抖了一下。

"你还好吗？"伊诺霍斯问。

"没事。"

博斯拿出香烟，点上一支。

"哈里，你最好别抽，这不是我的办公室。"

"我管不了那么多，他是在哪里被发现的？"

"什么？"

"庞兹！他们在哪里找到他的？"

"我不知道，你是说他的车在哪里？我不知道，我没问。"

她看着他。他注意到自己拿烟的手在颤抖。

"好了！哈里，够了，到底怎么了？到底是怎么回事？"

博斯看了她一阵，点点头。

"好，你要知道吗？是我做的，我杀了他。"

她脸上的反应好像她亲眼看到了这场凶杀案一样，好像近到连她身上都沾了血。那是一张惊恐的脸，她在椅子上往后挪了一点，好像离他远几寸都是好的。

"你……你说你去佛罗里达是……"

"不是，我不是说我真的杀了他，亲手杀他。我是说我做的事——我现在正在做的事——造成了他的死亡，是我造成的。"

"你怎么知道？"

"我知道，相信我，我知道。"

他的目光移到墙上的一幅画上，那是一幅海景。他的目光转回来，看着伊诺霍斯。

"不可思议……"他没有说完。只是摇头。

"你要说什么？"

他站起来，走到棕榈盆栽前，把烟头在黑土中摁熄。

"什么不可思议，哈里？"

他坐下来，看着她。

"世界上那些有教养的人，那些藏在文化、艺术和政治——甚至法律后面的人……他们才是我们应该心存戒备的人。他们戴的保护面具太好了。你知道吗？他们才是最恶毒的人，更是世界上最危险的人。"

34

博斯觉得他这一天好像过得永无止境，他似乎会永远待在会议室。伊诺霍斯之后，轮到欧文。他静静地走进来，坐在布罗克曼原先的位子上，两手交叠放在桌上，一言不发。他看起来有些怒意，博斯想可能是因为他的烟味。博斯并不在乎，不过这样的沉寂使他很不舒服。

"布罗克曼呢？"

"他走了，你听到我说的话了。他搞砸了，你也搞砸了。"

"怎么讲？"

"你明明可以说清楚的，可以让他核实你的行踪，这事就了了。可是你一定要再制造一个敌人，你必须是哈里·博斯。"

"这是你我不同的地方，局长。你应该走出办公室，再到街道上来看看。我没有制造布罗克曼这个敌人，我没见到他之前他已经是我的敌人了，他们都是。你很清楚，我对周围所有人都在无休止地分析我、管我的闲事已经很不耐烦了，这真的很无聊。"

"总要有人做这些事的，只是你不做。"

"你根本不懂。"

欧文摆摆手，将博斯无力的申辩挥走，就像驱散一缕香烟的烟雾。

"所以现在要怎样？"博斯问，"你在这里做什么？你是来证明我的行踪报告有问题的，是吗？布罗克曼走了，现在该你了？"

"我没必要这么做，我们已经查过了，你的报告没有问题。布罗克曼和他手下的人已经开始调查别的线索了。"

"什么意思？已经查过了？"

"博斯，我们也不是饭桶，名字都在你的笔记本上。"

他从外衣口袋里拿出笔记本，越过桌面扔给博斯。

"跟你过夜的那个女人告诉我的已经够了，我相信你说的那些事。你或许该亲自打个电话给她。她接我的电话时有点莫名其妙，因为我解释得非常含糊。"

"谢谢。所以，我可以走了？"

博斯站起来。

"可以这么说。"

"还有别的吗？"

"再坐几分钟，警探。"

博斯举起手来，事已至此，他决定等到底，看他们还有什么要说。他略有些不情愿地坐回去。

"我的屁股都坐酸了。"

"我认识杰克·麦基特里克，"欧文说，"跟他很熟，我们多年以前一起在好莱坞共事，当然你知道这些。跟老同事叙旧虽然不错，我和老朋友杰克的谈话却使我很不舒服。"

"你也给他打了电话。"

"就在你和医生谈话的时候。"

"你要问我什么呢？他已经告诉你了，还有什么呢？"

"我要问你什么？我要你自己告诉我你在做的、你过去一段时间一直做的事跟庞兹的死没有关系。"

"我没办法这么说，局长，我不知道他到底发生了什么，除了他已经死亡这个事实。"

欧文注视着博斯，思忖着是否不再把他算作嫌疑人，告诉他发生的事。

"我想我希望你马上否认，但你的回答已经告诉我，你认为这之间有关联，我真的非常不安。"

"任何情况都是可能的，局长。我问你，你说布罗克曼和他手下在查其他线索，其中有哪些是比较可靠的吗？我是说，庞兹是否有我们不知道的一面，还是他们自己在瞎兜圈子？"

"没有任何有力的线索，恐怕你是那条最佳线索，布罗克曼现在还这么想。他想根据他的推论往下查，你雇人行凶，飞到佛罗里达去制造了行踪报告。"

"不错的假设呀。"

"我不认为有任何价值，我叫他停下，至少是现在，我也要你停止你正在做的事。佛罗里达的那个女人倒像是个你应该花点时间的对象，我要你马上过去，在她那儿住几周。等你回来，我们再谈让你回命案组的事。"

博斯不确定欧文的话里是否有威胁的意思，如果不是威胁，就是示好。

"如果我不去呢？"

"如果你不去，你就是个大蠢蛋，你活该被人当成凶手。"

"你认为我在做什么，局长？"

"我不是认为，我知道你在做什么。很简单，你调出你母亲的凶杀案报告。我不知道你为什么这个时候做这件事，可是你确实在私自调查她的案子，这对我们来说是个麻烦。你必须停下，哈里，我会制止你，让你再也回不来。"

"你在保护谁？"

博斯看见欧文脸上的愤怒，他的脸色由粉红转成赤红，眼睛似乎因愤怒而变小变暗了。

"你最好别乱说，我把一辈子贡献给警察局……"

"是在保护你自己吗？你认识她，是你发现她的，你怕我查出什么拖累到你。我敢打赌你早知道麦基特里克在电话上告诉你的事。"

"这简直可笑到极点，我……"

"是不是呢？是不是？我想不是。我已经和一个证人谈过，她记得你在大道上当巡警的日子。"

"什么证人？"

"她说她认识你，她知道我母亲也认识你。"

"我要保护的人是你，博斯。你难道看不出来？我命令你停止调查。"

"你没法命令我，我现在不归你管。我在离队期间，记得吗？强制控压休假，所以我只是普通市民。我爱做什么就做什么，只要在法律允许范围内。"

"我可以告你私自据有被窃文件——凶杀报告。"

"那不是偷的。还有，如果你瞎搞这样一个案子，这算什么？告别人一个品行不端？你会被洛杉矶的检察官办公室笑话一辈子。"

"可是你会丢了差事，没路可走了。"

"局长，你现在说这些有点晚了。如果是一周前，这个威胁会有用，我会考虑。可是现在已经不重要了，我不再理那些破烂事了，目前只有这件事对我重要。不管我接下来必须做什么，我都会去做。"

欧文没出声，博斯猜他明白已经无法把自己拉回来了。欧文对博斯的未来和工作的决定权是他唯一能控制博斯的东西，可是现在博斯终于挣脱了。博斯用低沉镇定的声音说：

"如果换作你，局长，你会放手吗？我为局里所做的有什么意义，如果我都不能为她——也是为我，查清这个案子？"

他站起来，把笔记本放进口袋。

"我走了。我的其他东西呢？"

"别走！"

博斯有点迟疑，欧文抬头看着他，博斯看到他眼睛里的怒气已经消散了。

"我没有做错事。"他平静地说。

"你当然有错。"博斯的回答也很平静。他的上身探过桌面，离欧文只有几英尺远，"我们都有错，局长，我们没有追究，就是我们的错。不过不会再错下去了，至少我不会。如果你愿意帮我，你找得到我。"

他走向门口。

"你要什么？"

博斯回头看他。

"告诉我庞兹的事，我得知道发生了什么，那样我才可能知道二者有没有关联。"

"那你坐下来。"

博斯在近门的椅子上坐下来。两人停了一阵，等情绪平复下来，欧文才开了口：

"我们周六晚上开始找他,周日中午在格里菲斯公园路找到他的车。其中一个隧道在地震后关闭了，看来对方好像知道我们会用直升机在空中找，所以把他的车开到了隧道里。"

"为什么你们在知道他死之前就找他？"

"是他太太，她周六早上就打电话过来。她说他周五晚上在家接到电话，她不知道是什么人打的。不管是谁，那人要庞兹出去见面。庞兹没告诉他太太是什么事，只说他一两个小时后回来。他走了就没回来，第二天早上她就打电话到局里来了。"

"庞兹的电话是不公开的，我猜。"

"没错，这使我们推测可能是局里的人打的。"

博斯想了一下。

"不见得，只要是在市政府有关系的人都有可能，能打个电话就查出他号码的人。你应该放出消息，凡是前来自首给出庞兹电话号码的人都有特赦，只要他们说出给了谁电话号码，你们都会从轻处理。那才是你们要找的人，给电话号码的人大概根本不知道后果。"

欧文点点头。

"这倒是一个办法。局里有几百个人可以拿到他的电话号码，可能除此之外也没有别的法子。"

"再多说点庞兹。"

"我们立刻到隧道去了，到了周日媒体已经知道我们在找他，所以隧道倒帮了我们的忙，天上没有直升机骚扰我们办事，我们在隧道里装了灯。"

"他在车里？"

博斯做出完全不知情的样子。他知道如果他期望伊诺霍斯遵守他们互信的承诺，他自己也必须遵守。

"嗯，他在车的后备厢里。哦，天知道，实在惨不忍睹。他……他全身的衣服都给扒光了，还被打过，还有——还有酷刑的迹象……"

博斯等他说下去，可是欧文停住了。

"什么？他到底受了什么罪？"

"他们烫他。他的下体、胸膛、手指……惨。"

欧文的手摸着他的光头，闭上眼睛。博斯看得出他忘不了他看过的惨状，他自己也受不了，他的罪恶感在胸中膨胀。

"好像他们要从他那儿问出什么，"欧文说，"可是他没法回答，他不知道答案，可是……可是他们一直逼他。"

突然，博斯轻颤了一下，像是地震。他伸手扶着桌子，稳住自己。他看向欧文才知道并没有地震，是他自己，他又颤了一下。

"等一下。"

整个房子似乎偏了一下，又回复正常。

"怎么了？"

"等一下。"

博斯没再说话，站起身冲出门，他很快走到走廊尽头饮水器边的男厕。洗手台前有一个人对着镜子在刮胡子，博斯没看清是谁。他推开门，立刻对着马桶大吐起来。

他冲了水，可是恶心一阵一阵上涌，直到把他的整个身子掏空，只留下庞兹受了酷刑的裸尸的景象。

"你没事吧，老兄？"外面的声音问道。

"你别管我好不好？"

"抱歉，只是问一下。"

博斯在里面靠着墙又待了几分钟。最后他用卫生纸擦了擦嘴，冲了马桶。他摇晃着走到洗手台边，那个人还在，现在他在打领带。博斯从镜子里看了他一眼，不认识他。他弯腰用冷水冲洗脸和嘴，再用纸巾擦干。他一直没看镜子里的自己。

"谢谢你的关心。"他走出去的时候丢下一句。

欧文似乎动也没动。

"你没事吧？"

博斯坐下，掏出香烟。

"对不起，可是我必须抽烟。"

"你已经抽了。"

博斯点了烟，深深吸进一口。他站起来，走到角落的垃圾桶边，里面有一个用过的咖啡纸杯，他拿出来当烟灰缸。

"就一支，"他说，"等一下你可以打开窗子让烟味散掉。"

"坏习惯。"

"在本市，呼吸也一样是坏习惯。他怎么死的？什么是致命伤？"

"今天早上验尸，心力衰竭，他受不了了。"

博斯停了一下，他觉得自己的力量渐渐回来了。

"告诉我其他细节。"

"就这些，没有其他了，我们什么都没找到。尸体上没有证据，车上也没有，都清得干干净净，根本无从下手。"

"他的衣服呢？"

"在后备厢里，没用。不过凶手拿走一样东西。"

"什么？"

"牌子，那个禽兽拿了他的警徽。"

博斯点点头，回避了他的目光，他们又陷入一阵沉默。博斯无法摆脱脑中的恐怖画面，他猜欧文也一样。

"所以，"博斯最后说，"看到他受的罪、所有那些酷刑，你们立刻想到我，那真是对我信心十足。"

"嘿，警探，是你两周前才把他的脸撞穿玻璃的。我们又接到他的一个投诉说你威胁他，我们……"

"我根本没威胁他。他……"

"我不管有没有，他报告了，这才是重点。不管是真是假，他报告了，所以他觉得你威胁他。我们该怎么做？不理他？只说'哈里·博斯？不可能，我们自己的哈里·博斯会干这种事？'就结束了？你自己想想可能吗？"

"好，你有理，算我没说。他出门前没跟他太太说过任何事吗？"

"只说有个人打电话来，他得出去一小时左右，去见一个很重要的人，他没提任何名字。电话是周五晚上九点左右打的。"

"他太太说他是这么跟她说的？"

"我想是的，怎么？"

"因为如果他是这么说的，听起来至少跟两个人有关。"

"怎么说？"

"听起来像一个人打电话约他和第二个人见面，那个很重要的人。如果那个人自己打的电话，他应该会告诉他太太某某重要人物打电话来，我要去见他。你懂我的意思吗？"

"懂，可是打电话的人也可能用一个重要的名字来钓庞兹，而那人可能根本没关系。"

"这也可能。可是我认为不管是谁打的电话，那个人自己一定得有让庞兹相信的地方。"

"可能是他认识的人。"

"可能，可是那样的话，他会告诉他太太是谁打的。"

"不错。"

"他带了什么东西出去吗？公文包？文件？任何东西？"

"据我们所知没有。他太太在电视间，她没亲眼看到他出门。我们仔仔细细问过她了，我们也检查过他家了，什么线索都没有。他的公文包在局里，他根本没带回家，我们没有什么可以往下跟的。老实说，你是最大的线索，现在你也洗脱嫌疑了。所以我回到原来的问题，你在做的事可能和他的死有关联吗？"

博斯无法强迫自己向欧文说出自己的想法——他凭直觉判断的庞兹的遭遇。倒不是由于他的罪恶感使他难以启口，而是他希望由他自己来解决这件事。那一刻他才明白，复仇才是那件有意义的事，是他一个人的使命，一个从不会被大声喊出的使命。

"我不知道，"他说，"我从来没跟庞兹说过任何事，可是他要把我整倒，你知道这点。这家伙死了，但他还是个浑球，他要把我整倒，所以他可能关于我的什么屁事都不放过。上周有几个人看到我去过局里，他可能听到什么，插了手。他根本不懂侦查，他很可能出了什么差错，我实在不知道。"

欧文的眼睛没有表情地盯着他，博斯知道他在想自己说的有多少是实话、多少是瞎扯。博斯抢先开口：

"他说他要去见一个重要的人？"

"不错。"

"局长，我不知道麦基特里克告诉你多少他和我的谈话，可是你知道的，有些重要人物……你知道的，跟我母亲有关。你当时在局里。"

"我是在局里，可是我没参与调查，第一天之后我就没再参与那个案子了。"

"麦基特里克告诉你康克林的事吗？"

"今天没说，但那时候他说过。我记得有一次我问起他那个案子的进展，他叫我去问伊诺。他说伊诺在替上头的人跑腿打点。"

"阿尔诺·康克林算是重要的人。"

"可是现在呢？就算他还活着，也已经是个老头了。"

"他还活着，局长。你应该记住重要人物总会让另一些重要人物围着自己，他们是一伙的。康克林可能老了，可是有人没老。"

"你要说什么，博斯？"

"我想说别管我，我必须这么做，我是唯一能解决这个案子的人。我想说让布罗克曼和那些家伙都离我远点。"

欧文瞪了他好一阵，博斯知道他无法决定该怎么做。博斯站起来。

"我会保持联络的。"

"你没把全部情况告诉我。"

"这样比较好。"

他出了门，想起什么，又折回来。

"我怎么回去？你们把我带来的。"

欧文拿起电话。

35

博斯走出五楼的楼梯间，来到督察室。柜台没人，他等了几分钟，以为托利弗会出来，因为欧文才打了电话叫他载博斯回家，可是托利弗始终没露面。博斯想这又是他们跟他较劲的把戏，他不想走进柜台后面去找他，所以他大声叫他的名字。柜台后面有扇没关紧的门，他确信托利弗可以听到他的叫声。

可是走出来的人是布罗克曼。他瞪着博斯，一言不发。

"嘿，布罗克曼，托利弗得载我回去。"博斯说，"我不想跟你打交道。"

"啊，那可太糟了。"

"叫托利弗出来。"

"你最好小心我，博斯。"

"我知道，我会小心的。"

"哼，你根本不知道我从哪里下手。"

博斯点点头，眼睛朝里看，他猜托利弗该出来了。他只想淡化眼前的情况，早点回家。他在想是否出去自己叫出租车走，可是他知道堵车时段可能要五十美元，他身上没这么多现金。他觉得让督察室这些外表体面的家伙给他开车倒很不错。

"嘿，凶手。"

博斯回头看布罗克曼，他对他这套厌烦极了。

"你干另外一个凶手的滋味如何啊？一定够刺激啊，才大老远飞到佛罗里达去干。"

博斯极力保持冷静，可是他觉得他的表情露了底，因为他突然意识到布罗克曼在说什么。

"你到底在说什么？"

布罗克曼看到博斯惊讶的表情，脸上露出得意的神情。

"哦，乖乖！她根本没跟你说吧？"

"说什么？"

博斯想探身过去把布罗克曼拖出来，不过他至少维持住了表面的镇静。

"说什么？我来说给你听。我告诉你，你编的那套都是狗屁，我要把你的事掀开，楼上那位'光洁先生'就保不了你了。"

"他说他叫你们别惹我，我清白了。"

"干，等我搜集好你的行踪报告，他除了叫你好看，没有别的路走。"

托利弗从门里出来，走到柜台后面。他手中拿了一串车钥匙，站在布罗克曼后面，眼睛往下看。

"我首先做的就是在计算机上跑了她的名字，"布罗克曼说，"她有前科，博斯，你不知道吗？跟你一样，她是个杀人犯。物以类聚，我想，天生一对。"

博斯有千百个问题要问，可是他不会问眼前这个人。当他开始摆脱他对洁斯敏的各种感情，他发觉其中是一片真空。他意识到她留下了各种暗示，而他没有去解读。即使如此，他此刻最强烈的是一种被出卖的感觉。

博斯不理会布罗克曼，眼睛看着托利弗。

"喂！你到底要不要载我回去？"

托利弗走出来，没有出声。

"嘿！博斯，我真的逮到你的关系了。"布罗克曼说，"可是我还觉得不够。"

博斯走向通往走廊的门，洛杉矶警局的规定是警员不能和罪犯有关系。布罗克曼到底能不能因此而告他违规，他根本不在乎。他走出门，托利弗跟着他。门在他们身后关上之前，布罗克曼又丢了一句：

"代我亲亲她啊，凶手。"

36

回家路上，博斯沉默地坐在托利弗旁边。他的脑中思绪起伏，他决定不去理会一旁的年轻警探。托利弗没关上警察用的通讯器，里面不时传出的断断续续的人声是车中唯一近似谈话的声音。他们碰到上下班时从市内涌出的车潮，朝卡温格山口方向开去的车车速非常缓慢。

博斯的胆经过一小时之前呕吐的痉挛抽搐仍然觉得痛，他把手抱在胸前好像抱孩子那样，他知道必须把脑中的思绪理清楚。不管布罗克曼关于洁斯敏的暗示使他多么困惑和好奇，他知道他必须暂时把那些放在一边。目前，庞兹的事更重要。

他把许多事拼凑在一起，得到的结论非常明显。他闯入米特尔的晚宴，还留下那份《时报》剪报的复印件，这导致了哈维·庞兹最后被杀的命运，因为他用了庞兹的名字。虽然他在宴会中只给出了庞兹的名字，但他们追踪到了庞兹本人，对他逼供，致他死亡。

博斯猜是机动车辆管理局那几个查询电话最终把庞兹推向终点。从一个自称庞兹的人手中接到那些有威胁意味的剪报，米特尔极可能运用关系去查此人的身份和来意，凭他从洛杉矶到萨克拉门托到华盛顿特区的关系，他很快就能查到哈维·庞兹是一名警官。萨克拉门托州政府里的立法人员有相当一部分是米特尔的竞选财务活动推上去的，他一定有办法从州政府办公室查出是什么人在追踪他的名字。如果他查了，他会发现这位洛杉矶警局的警督哈维·庞兹不但在调查他的名字，还查了一连串和他有牵连的名字：阿尔诺·康克林、约翰尼·福克斯、杰克·麦基特里克和克劳德·伊诺。

不错，所有的名字都跟三十五年前的一件案子和一个阴谋有关，而米特尔是中心人物。博斯相信，以米特尔的地位，光是庞兹这样打听，就足以使他采取行动找出庞兹的动机了。

因为一个他以为是庞兹的人在宴会中的试探，米特尔很可能认为他被一个骗子盯上了，一个勒索者。他知道如何彻底解决问题，正如约翰尼·福克斯就是被彻底解决掉的。

这就是庞兹受到酷刑的原因，博斯知道，因为米特尔必须确定除了庞兹之外没人知道这些事情，所以他们拷问庞兹。问题是庞兹自己什么也不知道，他无法回答他们任何问题，他们把他折磨到心力衰竭死去为止。

博斯脑中没有解答的问题是康克林是否知道这回事。博斯还没有找上他，他是否知道有人找上米特尔呢？是他下令解决庞兹，还是米特尔一人决定做下这些事的？

这时博斯注意到他的假设中有一点瑕疵需要更正：米特尔在募款宴会中曾经跟他面对面接触过，庞兹死前遭受的拷问表示米特尔并不在现场，否则他会看到他们施刑的对象弄错了。博斯现在不确定他们是否知道整死的不是他们要的人，因而开始找那个正确的人。

他想到米特尔可能不在现场，这个可能性是最大的。米特尔不像那种会把自己双手弄脏的人。他只是做出决定，却不会亲自参与行动。博斯想到那个穿西装、帮他停车的人也见过他，所以他也不可能参与谋杀庞兹的行动。只有那个他从玻璃门外看到米特尔把剪报给他看的人，那个身躯庞大、脖子粗厚、在车道上追博斯的时候滑了一跤的壮汉。

博斯意识到他并不知道自己曾经和庞兹现在的命运离得多么近。他伸手从上衣口袋里掏出香烟，开始点火。

"你介意不抽烟吗？"托利弗冒出三十分钟车程以来的第一句话。

"我非常介意。"

博斯点好烟，把打火机收起来，按下了车窗。

"这样你高兴了吧？公路上的废气比烟更糟。"

"这辆车是禁烟的。"

托利弗的手指敲敲车上烟灰缸盖上一个磁铁塑料牌子。那是市政府通过禁烟法禁止市政府所有办公室及半数公家汽车吸烟后发出的宣传牌。牌子上红色圆圈的中央有一支烟，一道红杠斜切而过，圆圈下面印了一行字：谢谢您不抽烟。博斯伸手扯下磁铁牌，从敞开的车窗扔了出去。他看见牌子在地上弹起来，吸附在旁边车道一辆车的门上。

"现在不是了，现在可以抽烟了。"

"博斯，你这个人真的有毛病，你知道吗？"

"你可以打个报告呀，在你上司的报告上多加一笔，我不在乎。"

他们沉默了几分钟，车慢慢离开好莱坞。

"他只不过在唬你，博斯，我以为你知道。"

"怎么讲？"

他有点诧异托利弗掉转了方向。

"他只是虚张声势，就是那样，他对你推桌子的事还一肚子火。他也知道这招没用。那只是个老案子：过失杀人，家庭暴力案件，她有五年保释。你只要说你不知道这回事，就没人会追究了。"

博斯几乎可以猜出那个案子是怎么回事，洁斯敏在对他交心时其实已经告诉他了。她说她跟一个人拖了太久，那是她说的。他想起在她画室看到的画，那幅灰色画像上抢眼的鲜血般的红色。他尽量把注意力转开。

"你为什么跟我说这些，托利弗？你为什么和自己那一边唱反调？"

"因为那不是我自己的想法，因为我想知道你在走廊上对我说的话是什么意思。"

博斯不记得他说了什么。

"你跟我说还不太迟，是什么还不太迟？"

"是指离开这里还不太迟，"博斯记起他情急之下随口说的话，"你还年轻。你最好早点离开督察室，如果你待得太久，你永远也离不开了。难道你真的希望你的事业就是找那些占点妓女便宜、搞点毒品的警员麻烦？"

"我要的是帕克中心，我可不要像别人那样慢慢等个十年，去那里对一个白人而言是最容易最快捷的路。"

"我要告诉你的就是不值得，任何在督察室待了两三年的人都会一辈子待在那里，因为别的部门不会要他们、没人相信他们，他们就像麻风病人一样人人避之唯恐不及。你最好想一想，帕克中心不是唯一可以做事的地方。"

几分钟过去了，托利弗想找出一个有力的理由。

"总有人要监督警察啊！很多人好像就是不懂这一点。"

"不错，可是这个局里，没人监督那些监督别人的警察。你想想看吧。"

他们的对话被一阵尖锐的声音打断。是他的手机。车的后座上摆着他们从他住处搜去的东西，欧文命令全部还给他，其中包括他的公文包，他听到电话声从包中传出。他伸手到后座，掀开公文包，抓起电话。

"我是博斯。"

"博斯，是我，罗素。"

"嘿，凯莎，我目前还没有消息给你，我还在进行中。"

"不是的，我有事要跟你说。你现在在哪儿？"

"我在车海中间。101号公路往巴勒姆的路上，那是去我家的出口。"

"博斯，我必须跟你谈谈，我在写一篇明天上报的报道。你会有话想说，我想，即使是为自己辩护。"

"辩护？"

他觉得像被闷棒打了一记，几乎想说，又是什么事？可是他控制住了自己。

"你在说什么呀？"

"你看了我今天的报道吗？"

"没有，我还没时间。到底……"

"关于哈维·庞兹的死，今天我得继续……这跟你有关系，博斯。"

上帝，他想，可是他保持住镇定，他知道只要她察觉出他有一丝不安，就会对她要写的东西充满信心。他必须说服她她得到的消息是错的，他必须削减她的信心。这时他意识到托利弗就坐在他身边，他会听到他说的每一句话。

"我现在不便开口，你什么时候截稿？"

"现在，我们现在就得谈。"

博斯看了手表，差二十五分钟六点。

"你可以等到六点，对吗？"

他和记者打过交道，知道六点是《时报》早版的截稿时间。

"不行，我不能等到六点。如果你有话要说，现在就说。"

"没办法，给我十五分钟，再打过来，现在不行。"

她停了一下，然后说："博斯，到时候我不能再拖了，你到时候最好能谈。"

他们已经到了巴勒姆出口，只要十分钟就能到家。

"别担心，现在，你去告诉你的编辑，可能会把这篇报道撤掉。"

"我不去。"

"听我说，凯莎，我知道你要问我什么，那是个圈套，完全错的，你必须相信我。我十五分钟后会解释给你听。"

"你怎么知道是圈套？"

"我知道，因为你的消息来自布罗克曼小天使。"

他把电话的盖子合上，看着托利弗。

"看吧，托利弗？这难道是你要的事业，你要的生活？"

托利弗没有说话。

"你回去告诉你老板，他最好别打明天的《时报》的算盘，不会有报道的。看到了吗？连记者都不相信督察室的家伙，我只要提布罗克曼的名字就够了。等我告诉她是怎么回事之后，她会撤掉的，没人信得过你们。杰里，趁早离开。"

"哦！好像每个人都信你一样，博斯。"

"不是每个人，可是我每天晚上睡得着觉，我已经干了二十年了。你做得到吗？你干了几年？五年？六年？我给你十年，杰里，只有十年。十年你就会走，可是你看起来会跟那些干了三十年的人一样。"

博斯的预言换来一阵沉默，他不知道自己为什么在意。托利弗跟那些找他麻烦的人是一伙的，可是他那张年轻清新的脸使博斯愿意相信他还有点希望。

他们在伍德罗·威尔逊路上转过最后一个弯，博斯可以看见家了。他也看见门前停了一辆黄色车牌的白车，一个戴着黄色头盔、拿着工具箱的人站在前面，那是城市建筑检查员高迪。

"妈的，"博斯说，"这也是督察室的花样？"

"我可——如果是的话，我一点也不知道。"

"哦，当然。"

他们不再说话。托利弗把车停在门前，博斯拿了他的东西下车。高迪认出他，托利弗的车才开走，高迪就走了过来。

"喂！你不会住在这儿吧？"高迪问，"这房子贴了红条。我们接到电话，说有人切了电线。"

"我也接到电话，看到什么可疑的人吗？我就是来检查的。"

"你少跟我扯，博斯先生，我看到你整修了一点。你得搞清楚，你不能整修这栋房子，你根本不能进去。你收到了拆除的通告，现在都过期了。我只好申请，请市政府找承包商来拆除。你会收到账单，再拖也没用。现在，你可以搬离这里了，因为我要拆了电线，钉上板子。"

他弯下腰把工具箱放在地上，从中取出一套不锈钢的门转轴和钢锁。

"我找了律师，"博斯说，"他会跟你们解决的。"

"没有什么好解决的，抱歉。现在如果你再住进去，你会遭到逮捕。如果我发现你动过锁，我们也将依法处理，我会打电话给北好莱坞警局，我可不是随便说说的。"

博斯这才想到他可能只是做个样子，其实是在要钱，他可能根本不知道自己是警察。警察多半住不起这个地段，即使住得起也不愿意住在这儿。博斯买得起这里的房子是因为几年前的一部电影，那是根据一个他破的案子改编的，他拿到相当一笔钱。

"喂，高迪，"他说，"你直说吧！我对这种事反应很慢。你要多少就开口，我会照付。我要保留这栋房子，我只在乎这个。"

高迪盯了他好长一阵，博斯知道自己看走眼了。他看出高迪眼中的愤怒。

"你要是再说，你就得坐牢，小子。我告诉你我怎么做。我不跟你计较，我……"

"嘿！对不起！……"博斯看着他的房子，"这好像是——我不知道该怎么说，这栋房子是我唯一拥有的东西。"

"你有的比这栋房子多多了，你只是不去想而已。现在，我给你宽限一点时间。我给你五分钟，你到里面去拿你的日常物品，然后我就要上锁了。很抱歉，不过这是法律，如果下次地震这栋房子滑下山去，也许你会感激我。"

博斯点点头。

"好了，进去吧，五分钟。"

博斯进到屋里，从过道的衣柜顶上拉下一个空箱子。他先把备用枪放进箱子，然后从卧室的衣柜里拿出衣服，尽量往箱子里塞。他把塞得过满的箱子提到外面的车棚中，又回到屋里继续装。这回他把五斗柜的抽屉都打开，把衣物倒在床上，用床单兜起来，拿了出去。

他已经超过了五分钟，可是高迪并没有来催他，博斯听见他用锤子敲打前门的声音。

十分钟后，他收拾了一大堆东西放进车棚里，包括那个放信和照片的盒子，一个防火的保险箱——里面是他的个人证件和银行资料，一沓没开的信和没付的账单，音响，两盒他搜集的爵士和布鲁斯唱片及光盘。他看着这一大堆东西，有点发愁。放进车里的话太多了，可是他知道活了四十五年，有这点东西真算不了什么。

"就这些？"

博斯转过身，是高迪。他一手拿着锤子，一手拿着插销。博斯看到他裤襟上挂着一把锁。

"是啊。"博斯说，"动手吧。"

他退开来，让高迪工作。锤声才开始，电话就响了。他已经忘了凯莎·罗素。

现在他的电话就在衣袋里，他拿出来，掀开盖子。

"我是博斯。"

"警探，我是伊诺霍斯医生。"

"哦……嘿！"

"有哪里不对吗？"

"没，嗯，有，我在等一个电话，暂时不能占这条线。一会儿我拨给你，好吗？"

博斯看了看表，差五分钟六点。

"好。"伊诺霍斯说，"我会在办公室待到六点半。我有话要跟你谈，也想知道我走了以后你在六楼发生的事。"

"我没问题。不过，我会打回去给你。"

他才把盖子合上，电话又在他手中响起来。

"博斯。"

"博斯，我的时间就要到了，没工夫废话。"是罗素，她连自报姓名的时间都没有，"报道是说对庞兹死亡一案的调查已经转到警局内部，有几个警探今天花了几个小时审讯你。他们查了你的住所，认为你是主要嫌疑人。"

"主要嫌疑人？我们根本没用到这个字眼，凯莎，我知道你是跟督察室一个坏蛋打的交道。他们根本不懂得审讯，就算凶手在他们眼前他们也对付不了。"

"你不要转移话题，很简单，你对明天的报道有没有话要说？如果有，我只有一点时间动手。"

"公开的，我没有话说。"

"私下呢？"

"私下嘛，我说的话不能用。我可以告诉你，你说的毫无价值，凯莎，完全错了，彻彻底底，大错特错。如果见了报，就像你早先说的，你明天得再写一篇更正，说我根本不是嫌疑人。之后，你得重新再找你的线索了。"

"请问原因何在？"她气势汹汹地问。

"因为这是督察室搞出的把戏，一个陷阱。明天局里其他人看了报，大家心里都会有数，他们知道你上当了，他们不会再信任你，他们会觉得你只能给布罗克曼那种货色打前锋。没有任何对你而言是重要消息来源的人愿意再跟你打交道。我也在内。你只能写写警察的佣金或者重写公关发布的消息。当然，之后布罗克曼想对什么人下手时，他会先打电话给你。"

那边没有声音。博斯抬头看看天色，夕阳渐渐把天染成粉红色了。他看了一眼表，只差一分钟就是她截稿的时间了。

"你还在吗，凯莎？"

"博斯，你在吓我。"

"你应该感到害怕的，你只有一分钟就得做一个重大的决定了。"

"我问你，两周之前，你是不是攻击庞兹，把他从玻璃窗推了出去？"

"你要公开答案还是私下的？"

"无所谓，我只要你回答。快！"

"私下来说，差不多正确。"

"好，那么他的死你似乎可以算是嫌疑人，我不懂……"

"凯莎，过去三天我人根本在其他州，今天才回来。布罗克曼把我带进局里，大概问了不到一个小时。他们查了我的行踪，所以我回来了，我不是嫌疑人。我现在在我家门口跟你说话，你听到锤子的声音了吗？是我家。有个木匠在这儿，哪个主要嫌疑人晚上能回家的？"

"我怎么证实你的话？"

"今天？没法子，你得做个选择，布罗克曼还是我。明天你可以打电话给助理局长欧文，他会告诉你——如果他接你电话的话。"

"狗屁！博斯，我简直不敢相信，如果我现在去跟编辑说，他们从三点开完会就排上的头版要抽掉……我大概得找一个新话题和一家新报馆了。"

"世界上总有别的新闻，凯莎，他们会找到别的东西放在头版，这样做对你的将来会有好处，我会跟别人推荐你的。"

短暂的沉默，她在做决定。

"我不能说了，我得赶紧找到他。再见，博斯，我希望下次跟你说话时我还在这儿。"

他还没来得及说再见，她已经挂了电话。

他走到停车的地方，把车开到他家门口。高迪已经把两个门都锁上了，现在正用他的车盖当桌子，记录着一些东西。博斯猜他是故意放慢动作，要确定自己离开后才走。博斯开始把他的东西放进车里，他还不知道自己要到哪里去。

他把无处可住的想法暂时抛开，去想凯莎·罗素，他不知道她这么晚是否能抽掉那篇报道，只有任情势发展了。那篇报道就像报社电脑中的恶魔，她这位科学家对自己创造的科学怪人可能也没有什么约束力。

他把东西装进车里之后，向高迪摆摆手，坐进了车，往山下开去。到了卡温格山口，他不知道该转向哪个方向，因为他仍然不知道要到哪里去。右转是好莱坞，左转是圣费尔南多谷，这时他想起马克·吐温，在距好莱坞警局几条路远的威尔克斯大道上。马克·吐温是一家老式公寓式旅馆，有单人房，相当整洁，比附近的旅馆干净得多。博斯曾经安排证人住在那家旅馆，所以知道，他也知道那里还有两间带浴室的房间。他决定要那样一间，所以他向右转上好莱坞。电话又响了，是凯莎·罗素。

"你欠我一个大人情，博斯，我抽掉了。"

他松了口气，同时也有点恼火。记者就是这样。

"你到底说什么呀？"他反驳道，"你才欠我一个大人情，是我救你一命。"

"好，我们等着看吧，我明天还是要去查个清楚。如果你说的是实话，我要到欧文那里告布罗克曼一状，要他好看。"

"你已经动手了。"

知道自己等于承认了布罗克曼是她的消息源，她有点不安地笑了起来。

"你的编辑怎么说？"

"他觉得我是个白痴，可是我告诉他世界上总有其他新闻。"

"这句话说得很漂亮啊。"

"对，我要把它保存进电脑。你那边怎么样？我给你的剪报有什么发展？"

"那些剪报还在慢慢起作用，我现在还不能说什么。"

"猜到你会这么说，我不知道我干吗一直帮你。博斯，不过我这儿又有一点东西。记得你问我蒙特·金？我给你第一篇剪报的那个记者？"

"是啊，蒙特·金。"

"我在报社问了他的事，有一个年纪比较大的编辑告诉我他还活着。他离开《时报》后，在地方检察官办公室工作了一段时间。我不知道他现在做什么，可是我有他的电话和地址，他就在圣费尔南多谷。"

"你能给我吗？"

"能啊，电话簿里就查得到。"

"该死，我怎么没想到。"

"你可能是个好警探，博斯，可是当记者，你就不行了。"

她给了他电话和地址，说她会再联络，接着就挂掉了。博斯把电话放在座位上，想着他刚才得到的消息。蒙特·金在地方检察官办公室工作，他知道是哪一位检察官。

37

马克·吐温前台的工作人员似乎没认出博斯，虽然他确定那就是他以前替证人订房间时打交道的人。他个子很高，也很瘦，驼着背，好像负了千斤重担似的。他看来像从艾森豪威尔还当总统时就在那个柜台后面工作了。

"你记得我吗？我就在对面警局。"

"哦，记得，我没打招呼，因为我不知道你是不是便衣调查案子。"

"不，没在调查，我想知道你后面的大房间有没有空的？要带电话的。"

"你要吗？"

"是啊。"

"这回是什么人住？我不想再租给你那些帮派的家伙了。上次他们……"

"不是给那些家伙的，是我，我要一间房。"

"你自己要一间房？"

"是的。我不会在墙上乱画的。多少？"

那人好像一时不能接受博斯自己要一个房间，反应了几秒，才告诉博斯他有几个选择：三十美元一天，两百美元一周，以及五百美元一个月。博斯用信用卡付了一周的房费，紧张地等他刷了卡，幸好他还没超过限额。

"前面装卸货的停车位要多少钱？"

"那是不能出租的。"

"我想停在前面，这样别的房客比较不容易刮到我的车。"

他掏出钱，从桌面推了五十美元到那人面前："如果有交警来查，告诉他们没问题。"

"好。"

"你是经理吗？"

"也是老板。二十七年了。"

"真是失敬了。"

博斯出去把他的东西搬进来。他搬了三趟才把所有东西搬进214号房。那间房在后面，两扇窗子对着巷子对面只有一层的建筑的背面。那栋平房里有两家小酒吧、一家成人电影院和一家廉价饰品店。当然博斯很清楚从他的窗子看出去不是花园景致，这家旅馆不是那种衣柜里备了浴袍、枕边放了薄荷的地方。这里跟那些把钱付给防弹玻璃后面的店员的地方比，只不过稍好一些。

一个房间里有一张床和一个矮柜，床单上只有两个香烟烧的洞，电视机牢牢地固定在墙上的铁条上。没有无线电视，没有遥控，也没有免费的电视周刊。另外一个房间里有一张陈旧的绿色长沙发，一张两人用的桌子，简单的厨房设备，包括一个小冰箱、钉牢的微波炉和一个双炉的炉灶。浴室在走廊的一头，白色的瓷砖黄得像老人嘴里的牙。

尽管环境如此破烂，他也希望只是短暂居住，但他还是尽量把这里弄得像个家。他把衣服放进衣柜，把盥洗用具放进浴室，设置了电话录音，虽然还没人知道他的电话。他决定明天早上打电话给电话公司，把他的电话转到这里来。

他把音响摆在五斗柜上，音箱暂时放在柜子两边的地上。然后开始在盒子里找CD，最后找到一张汤姆·威兹的《蓝色情人节》。他很久没听这首歌了，所以他放了这张。

他坐在床上靠近电话的地方听着，想了几分钟是否打电话到佛罗里达给洁斯敏。他不知道要说什么或者问什么，最后决定还是不打比较好。他点了一支烟，走到窗口，巷子里没什么动静。从那些房子的屋顶望过去，他可以看见不远处好莱坞运动员俱乐部雕琢繁复的屋顶。那是一栋很美的建筑，好莱坞仅剩的几栋之一了。

他拉上了有股味道的窗帘，转过身来打量他的新家。过了一会儿，他一把拉起床罩和被单，开始换上自己的床单和毯子。他知道这么做只不过是表示与过去的一点联结，却可以使他觉得比较不寂寞，也使他觉得自己应该知道下一步该怎么做，使他有几分钟不去想哈维·庞兹的事。

博斯坐在铺好的床上，靠着竖在床头的枕头，又点了一支烟。他看着两根手指上的伤，原先的疤已经长出粉红色的肉，伤口愈合得不错，他希望自己也能愈合，可是他有点怀疑。他知道他得负责，他知道他多多少少得偿还他的债。

他不知不觉把电话从床上拿起来，放在胸前，是那种手拨的老式电话。打给谁呢？说什么呢？他把电话放回去，坐了起来，他决定出去。

38

蒙特·金住在谢尔曼·奥克斯的威立斯大道上，地震后那一带的公寓大楼多半都贴了红条，几乎没什么人住在那儿了。金住的那幢公寓大楼是灰白色的科德角式建筑，夹在两幢空无人烟的建筑物之间，至少看起来是没有人住在里面的。博斯的车开近时，他看到其中一幢有灯光关掉。也许是硬赖在原处不肯走的人，就像他自己一样，永远警觉地注意检查员的出现。

看来金的公寓大楼要不是丝毫未受地震影响，就是已经完全修复。博斯认为修复的可能微乎其微，他相信这栋建筑是大自然盛怒摧残下遗留的精品，也许是建筑商没有偷工减料。周围的建筑不是裂了就是歪了，只有这栋安然无恙地矗立在那儿。

那是一栋普通的矩形建筑，两边都有公寓的入口。可是在进入之前，你得先在六尺高的大门前按铃通报。警察称呼这种门是"感觉安全"的门，因为住在里面的人觉得这扇门带给他们安全感，而实际上这种门根本没用。唯一的作用是让合法的访客多过一道障碍，非法的访客只需要爬进去。事实上全市的非法分子都是爬墙进入的，"感觉安全"的门到处都是。

他听到金的声音时只回答说是警察，对方就按开关让他进去了。他往八号公寓走去时把装警徽的皮夹从口袋里拿出来。金开了门，他把打开的皮夹在他眼前约六英寸处晃了一下，他的手指捏着皮夹，挡住警督那个字眼，然后很快地收回皮夹，放进口袋。

"对不起，我没看清你的名字。"金说，仍然挡在门口。

"希罗尼穆斯·博斯，可是大家叫我哈里。"

"哦，照那个画家取的。"

"有时候我觉得是他照我取的名字，我觉得我比他还老，今晚我就有这种感觉。我能进来吗？要不了多少时间的。"

金带他走到客厅，表情有点困惑。客厅宽敞整洁，摆了一张长沙发和两把椅子，电视机旁边有一个烧燃气的壁炉。金在一张椅子上坐下来，博斯坐在长沙发的一头。他看到一只白色的小狗在金椅子旁的地毯上睡觉。金相当胖，脸很宽，满面红光。他戴眼镜，镜架挤进太阳穴旁的肉里，头上仅剩的一些头发染成了深棕色。他穿了一件白色衬衫，外面罩一件红色的开襟毛衣，下面是一条卡其裤。博斯猜他还不到六十岁，他原先以为会见到一个年纪更大一些的人。

"我要问的是：'你来到底是怎么回事？'"

"这正是我要告诉你的，问题是我不知道从何说起。我正在调查几件凶杀案，你也许帮得上忙，可是我要先知道你能不能让我问你一些过去的事。谈完后我会把询问的原因告诉你。

"这似乎有点不寻常，可是……"

金摆摆双手，表示没有问题。他在椅子上挪动了一下似乎要换个比较舒适的姿势。他看了一下小狗，然后眯起眼睛，仿佛这样有助于他了解和回答问题。博斯看见他头上那片荒芜地带冒出了汗珠。

"你曾经在《时报》当记者，当了大概多长的时间？"

"哦，我想想，是六十年代初期的几年。你怎么知道的？"

"金先生，让我先问你问题，你报道哪一类新闻？"

"那时候他们叫我们新晋记者，我报道犯罪新闻。"

"你现在做什么？"

"目前我在家工作，做公关，我的办公室就在楼上另一间卧房。本来我在瑞西达有间办公室，不过那栋建筑毁了。从裂缝中可以看见天光。"

他和洛杉矶多数人一样，根本不明说他是在讲地震造成的毁坏，仿佛假设人人都应该知道他讲的是什么。

"我有几个小客户，"他继续说，"我本来是通用汽车在凡奈斯工厂的发言人，他们关了这个车厂后，我就自己干了。"

"你在六十年代为什么离开《时报》？"

"我有一个……怎么？我有什么嫌疑吗？"

"一点也没有，金先生，我只是想多了解你一点。请让我继续，我会说到正题的。你刚说你为什么离开《时报》。"

"是啊，我说我有一个更好的机会。我当时接受了地方首席检察官新闻发言人的职位。当时的首席检察官是阿尔诺·康克林。那儿薪水高，工作远比我报道犯罪新闻有意思，前途也好得多。"

"你说前途好得多是什么意思？"

"唉，其实这点我倒是看走眼了。我接受那个职位时，我以为阿尔诺的前景大好。他是个相当好的人。我以为我最后会——我是说如果我一直跟着他——会随他进入州长大厦，也许还会进入特区的参议院。可是这些愿景都没有实现。我落到在瑞西达一间有裂缝的办公室里，我可以感到风从裂缝中穿进。我不知道警察怎么会对这些有兴趣……"

"康克林是怎么回事？为什么他没有发达起来？"

"嗯，这方面我可不内行。我只知道一九六八年时他打算竞选州司法部长，看当时的情况，那个位子非他莫属。接着他就——退出了，他退出政治圈，回头去干律师。而且干得还不是一般搞政治的人退下去之后接的那些大公司，他开了一家私人事务所。我很佩服他，我听说百分之六十的案子都是义务性质的，他多半的案子都不收费。"

"像是在赎罪或是什么的？"

"我不知道，我猜是吧。"

"他为什么退出竞选？"

"我不知道。"

"你不是'自己人'之一吗？"

"不是，他没有这种小圈子，他只有一个助手。"

"戈登·米特尔。"

"对，如果你要知道他为什么退出，去问戈登。"这时，金突然意识到是博斯先提了米特尔的名字，"跟戈登·米特尔有关系？"

"让我先把问题问完。你认为康克林为什么不竞选？你一定有你自己的看法。"

"他事实上并没有正式参选，所以他不需要公开宣布退出竞选，他只是没有参加竞选，虽然有不少他不参选的谣言。"

"比如什么？"

"哦，很多，比如说他是同性恋，还有别的，财务的麻烦。好像有帮派的威胁——如果他参选，他们会把他干掉，那一类的谣言。差不多就是那些政治圈幕后的种种传闻。"

"他一直未婚？"

"就我所知的。不过说他是同性恋，我却从来没看出什么迹象。"

博斯注意到金头顶上一层油亮的汗。室内已经够暖的了，他还穿着毛衣，博斯突然掉转了问话方向。

"好，告诉我约翰尼·福克斯的死。"

博斯看见镜片后面即时意会的眼神，一闪而过，可是这样已经够了。

"约翰尼·福克斯是谁啊？"

"得啦，蒙特，别玩这套老掉牙的把戏了。你干了什么没人在意，我只需要知道报道后面的真相，这是我来找你的原因。"

"你说的是我还是记者时候的事？我写了很多报道，那是三十五年以前的事了，我还是个孩子，不可能全都记得。"

"可是你记得约翰尼·福克斯，他是你进入那个美好前景的门票，我是说你看走眼的那条路。"

"嘿，你到底想怎么样？你根本不是警察。是戈登要你来的吧？这么多年了，你们这些人还以为我……"

"我是警察，蒙特，是你运气好，我比戈登先找到你。那件事没结束，现在冤鬼找上门来了。你看今天报纸上的新闻了吗，格里菲斯公园一辆车的后备厢里找到的那个警察尸体？"

"我在电视新闻里看到的，他是个警督。"

"不错，他是我的上司，他在调查几个老案子，约翰尼·福克斯是其中之一，他的下场是死在车里。所以，如果你觉得我有点紧张、强人所难，麻烦你多包涵一点，可是我必须知道约翰尼·福克斯的事，你报道了他的死。他死后，你写了那篇报道，在你手下他成了个天使，而你之后进到康克林的团队。你做了什么与我并不相干，可是我得知道你做了什么。"

"我有危险吗？"

博斯耸耸肩，做了个谁知道、谁管你的姿态。

"如果你有，我们可以保护你。如果你不帮我们，我们也帮不了你，你懂这个道理。"

"哦，老天，我知道这……其他的几个案子是什么呢？"

"约翰尼手下有一个女人在他死前一年被杀了，她叫玛乔丽·洛。"

金摇摇头，他没听过这个名字，他的手用力在光头地带摸着，似乎要把汗抹进头发里去。博斯知道他已经完全掌控了这个胖子。

"所以福克斯是怎么回事？"博斯问，"我可没有时间整个晚上跟你耗。"

"我什么都不知道，我只是交换了一点好处。"

"告诉我是怎么回事。"

他开口之前等了一阵，让自己镇定下来。

"好，你知道杰克·鲁比吗？"

"达拉斯的那个？"

"对，就是他，杀了奥斯瓦尔德的那个家伙。约翰尼·福克斯可以算是洛杉矶的杰克·鲁比，行了吧？同一个时代，同一类型。福克斯拉皮条、赌钱，知道哪些警察可以收买，必要时他会收买他们，所以他不会坐牢，他是好莱坞最典型的垃圾。他的死我原先以为根本不会有人去报道，可是我的一个警方线人告诉我福克斯在康克林手下做事。"

"这就有点新闻价值了。"

"对，所以我打了个电话给康克林的竞选经理米特尔，问他这回事，我要一个答复。我不知道你对那个年代熟不熟悉，可是康克林的形象是绝对清白正面的。他打击城里大大小小所有的犯罪，自己窝里却有个罪犯，太有新闻价值了。虽然福克斯没有正式的犯罪记录——我想没有，不过内部的记录是有的，我能拿到那些资料。这个报道会对康克林的形象造成严重损害，米特尔很清楚。"

他在这个核心情节的边缘停住了。他知道下面的一切，可是要他开口说，必须有人推他一把。

"米特尔知道，"博斯说，"所以他给了你一点好处。如果你修饰一下你的报道，他让你做康克林的发言人。"

"不全对。"

"那是怎么样呢？其中有什么好处呢？"

"我想这样对很多人……"

"别担心，就我一个人，告诉我。除了你、你的狗和我，没人会知道。"

金深深吸了一口气，继续说：

"这时候已经是竞选中期了，康克林已经有一个发言人，米特尔承诺我的是竞选后的副发言人，而我会在凡奈斯的法院工作，管理圣费尔南多谷的事。"

"如果康克林选上的话。"

"是啊，不过那根本不是问题，只要福克斯的事没造成麻烦，他当选是铁定的。我花了一点功夫把福克斯的事摆平了，我告诉米特尔康克林当选后，我要当他的主要发言人，要不然免谈。他没有立刻答应，后来才打电话来，同意我的条件。"

"跟康克林商量之后。"

"我猜是吧。反正，我写了那篇报道，没提福克斯的过去。"

"我拜读过了。"

"我做的就是这些，我得到了那份工作，那件事再也没人提起过。"

博斯打量了金一下。他不是个有骨气的人，他跟很多警察一样，工作对他们而言只是一个职业，不是使命，背弃自己的誓言对他而言显然不是问题。博斯很难想象凯莎·罗素在同样情况下会那么做。他尽量掩饰自己心中对这人的不齿，继续往下问。

"你再往回想，这一点很重要。你第一次打电话给米特尔、告诉他福克斯的背景时，你是不是觉得他已经知道他的背景？"

"是的，他知道。我不知道是事发后警察告诉他的，还是他一直就知道。可是他知道福克斯死了，也知道他是什么人。我想他有点惊讶我也知道，所以他很急切地来谈条件，避免消息曝光……那是我头一次干那种事，我真希望当初没那么做。"

金低下头看着他的狗,然后看着乳白色的地毯。博斯知道他是在回顾他接受了条件后生活起了多大的转折,从他期待的转变到最后的结果。

"你没有提到警察,"博斯说,"你记得是谁调查的?"

"不太记得,已经很久了,应该是好莱坞警局命案组的几个人。那时候他们也管意外死亡,现在这类意外有自己的部门了。"

"克劳德·伊诺?"

"伊诺?我记得他,可能是。我想我记得是……没错,是他。对了,我想起来了,只有他一个人。他的队友或许调走了,或许退休了,还是怎么的,反正他是一个人,在等他下一任队友上任,所以他们让他管交通案件。交通案件通常很简单,起码在调查方面很单纯。"

"你怎么会记得这么多细节?"

金咬着嘴唇,在想该如何回答。

"我想……就像我说的,我希望我当初没那么做。所以我想,可能是我经常回想那件事,因此记得很清楚。"

博斯点点头,他没有其他问题了,金的说辞和自己的推测不谋而合。伊诺一个人处理他母亲和福克斯两个案子,然后退休,留了一个和康克林、米特尔合组的公司邮箱,每个月收一千美元,连续收了二十五年。相比之下,金得到的好处太微不足道了。他起身准备离开,忽然又想到一个问题。

"你说米特尔后来没提过你们的条件或福克斯。"

"不错。"

"康克林提到过吗?"

"没有,他也从没提过。"

"你们的关系怎么样?他把你当骗子吗?"

"没有,因为我不是骗子。"金抗议道,可是他声音中的愤怒很空洞,"我替他办了一件事,我办得很妥当,他一直对我很好。"

"你报道福克斯那篇提到他。我手边没有，不过报道上写他说他从来没碰过福克斯。"

"对，那点是假的，我编的。"

博斯有点摸不着头脑。

"这是什么意思？你说，你编的谎话？"

"以免他们说话不算话。我写康克林不认识福克斯，因为我手中有康克林认识福克斯的证据，他们知道我有。这样一来，如果选后他们不认账，我可以再写一篇，让康克林看，他说他不认识那个家伙，事实上他明明认识。我同时也可以说他雇用福克斯的时候就知道他的背景，当然用处不是那么大，因为他反正已经当选了，可是至少对他的公众形象有损。这是我的保险，懂吗？"

博斯点点头。

"你有什么证据，证明康克林认识福克斯？"

"照片。"

"什么照片？"

"选举前几年有一次在好莱坞共济会庆祝圣帕特里克节的舞会上，《时报》社会版的摄影记者拍下一些照片，一共有两张。康克林和福克斯在同一桌，都是勾销的，可是我有一天……"

"什么意思？勾销的？"

"没发表过的照片，不用的。可是我以前常到暗房去看那些花絮版的照片，所以我会知道哪些人是市里的当红人物、哪些人不得势了这些东西，很有用的资料。有一天我看到几张康克林和一个我认识、可是想不起来是谁的家伙，我想不起来是因为社会背景，这根本不是福克斯那种人会出现的地方，所以我没认出他来。等到他被车撞了，我听说他替康克林做事，我才想起照片上的人就是福克斯，于是我到勾销档案中把那些照片找了出来。"

"他们在那个舞会里只是坐在一起？"

"照片上？是啊。他们笑眯眯的，你可以看得出他们认识，那不是摆出来打算上报的那种照片，这正是这两张照片被勾销的原因。照片不好，至少放在花絮版不够好。"

"照片上还有别人吗？"

"只有两个女的。"

"去把照片拿来。"

"哦，早就没了，我用不着之后就撕了。"

"金，你少跟我来这套，你随时随地都用得着的，这些照片可能是你活到今天的理由。你现在去拿出来，不然我就以私藏证据的罪名把你送到城里去，我拿了搜查令回来会把这里整个掀开来找。"

"好了好了！老天！你在这儿等着，我有一张。"

他起身上了楼，博斯看着他的狗，那条狗穿了件和金同样的毛衣。他听见柜子的拉门拉开的声音，接着是一声重响。他猜是金从柜中的架子上搬一个盒子，不小心落在地上发出的声音。几分钟后，金踩着笨重的脚步从楼上下来。他走过长沙发，递给博斯一张四边泛黄、十六开纸大小的黑白照片。博斯拿了照片，端详了相当一段时间。

"另外一张在银行保险箱里，"金说，"那张比较清楚，你能看出上面的人是福克斯。"

博斯没有说话，他仍在端详那张照片。那是用镁光灯拍的，每个人的脸都白得像雪。康克林和博斯猜是福克斯的那人对桌而坐。桌面上摆了六个酒杯，康克林醉眼蒙眬地笑着——或许这是照片没用的原因——福克斯的脸没对着相机，五官不太清楚。博斯猜只有认识他的人才知道是他。两人似乎都不知道进了镜头，那儿的镁光灯可能此起彼伏。

可是博斯仔细端详的是照片上的两个女人。站在福克斯身边弯腰凑在他耳边说话的女人穿了一件深色细腰身的洋装，头发盘在头顶，那是梅雷迪思·罗曼。坐在她对面康克林身边的是玛乔丽·洛。博斯猜如果不认识她的话，是看不出照片上的人是她的。康克林在抽烟，他的手在脸部，手臂挡住了博斯的母亲，看起来她像是在窥视照相机的一角。

博斯把照片翻过来，背面盖了一个章，是《时报》的照片，鲍里斯·路加维希摄，日期是一九六一年三月十七日，他母亲死前七个月。

"你把照片给康克林或是米特尔看过吗？"

"给了，我做了主要发言人后，给了戈登一份，他知道这能证明候选人认识福克斯。"

博斯知道米特尔也看到这张照片还能证明候选人另外还认识一个凶杀案受害人。金不知道他有的东西分量如何，难怪他做了主要发言人。你还活着真是命大，博斯想，可是他没说出来。

"米特尔知道他拿到的只是复印的吗？"

"当然，我告诉他了，我没那么笨。"

"康克林说了什么吗？"

"没对我说过，可是我猜米特尔跟他说了这回事。还记得吗，我跟他说过我要的职位，他表示会给我一个答复。他还需要问谁？他是竞选经理，所以他一定告诉康克林了。"

"这张照片我要带走。"

博斯举起照片。

"我还有一张。"

"你跟阿尔诺·康克林多年来有没有联系？"

"没有，我大概有……二十年没跟他说过话了。"

"我要你现在打电话给他，我……"

"我连他在哪里都不知道。"

"我知道，我要你打电话给他，说你今天晚上要去看他，告诉他必须是今天晚上。告诉他这和约翰尼·福克斯以及玛乔丽·洛有关，告诉他不要跟任何人说你要过去。"

　　"我不能。"

　　"你当然能，电话在哪儿？我会帮你。"

　　"不是，我是说我今天晚上不能去看他。你不能叫……"

　　"今晚不是你去，蒙特，是我以你的身份去。电话在哪里呢？"

39

　　博斯把车停在拉普拉亚公园养老中心的访客车位后，走出车门。整栋楼都在黑暗中，只有楼上几间屋子透出灯光。他看了一下表，才九点半，他走向通往前厅的大门。

　　他觉得喉头有一点抽搐。在他内心深处，从他看完凶杀档案的那一刻，他就知道他的对象是康克林，最后他一定会找上门的。他要面对的是他认为可能杀了他母亲，而且利用他的地位和关系摆脱罪名的凶手。对博斯而言，康克林是他这一生失去所有东西的象征：力量、家庭和满足感。不管多少他调查过的人一再说康克林是好人，博斯都知道他这个好人后面深藏的秘密。他每走一步，心中的怨愤就多出一点。

　　门内一个穿制服的警卫坐在桌后，填一张从《时报》周日版上撕下来的填字游戏。他抬头看博斯，仿佛已经在等他出现。

　　"我是蒙特·金，"博斯说，"跟一位这里的住客阿尔诺·康克林约好的。"

　　"知道，他通知我了。"警卫看了夹板上的名字，把夹板倒过来，递给博斯一支笔，"他很久没有访客了，请在这儿签个名，他住907。"

博斯签了名，把笔丢在板上。

"现在有点晚了，"警卫说，"访客通常是九点离开。"

"这是什么意思？你要我走？好！"他把公文包举起来，"那么康克林先生只好明天自己推着轮椅到我办公室来拿这些东西。我是特别跑这一趟的，老兄，专程为他跑一趟的。你让不让我上去，我不在乎，但他可在乎。"

"好了好了！你等我说完，老兄。我只说了现在有点晚了，你就打断我的话。我会让你上去，没问题。康克林先生已经通知我了，这里又不是监狱。我只是说别的访客都走了，知道吧，大家都睡了。请你尽量保持安静，就是这些，你用不着乱开机关枪。"

"907，你说？"

"是的，我会打电话告诉他你就要上去了。"

"谢谢。"

博斯没有向他道歉，走向电梯。他马上丢开这个警卫的事，此刻他心中只有一个人。

这里的电梯速度和在这儿的住客速度一样慢，最后他总算到了九楼。他走过一个护理站，可是里面没人，值夜的护士显然被叫到住客的房里去了。博斯在长廊里走错了方向，他又折回朝另一头走去。走廊上的油漆是新刷的，即使在这样昂贵的地方，紧闭的门后面传来的尿味、消毒水味和一种封闭的气息都无法遮掩。他找到了907号，敲了一下门，他听到一个微弱的声音叫他进去，比耳语还要轻的声音。

博斯打开门，他看到的景象完全出乎他的意料。房间里只亮着床头桌上的一盏台灯，其他都在黑影中。床上坐着一个老人，背后垫了三个枕头，他羸弱的手上拿着一本书，鼻梁上架着一副可变焦眼镜。博斯觉得眼前最诡异的是被子在他腰部堆成一团，可下半身的地方却是平的。床上是平的，没有腿。更诡异的是床右边是他的轮椅，椅子上扔了一张格子图案的毯子，毯子下面竟有一双穿了黑色长裤的腿，穿着皮鞋的脚还在轮椅的脚踏板上。看起来像是他半个人在床上，半个人在轮椅上。博斯的表情显然表露了他的不解和诧异。

"义肢，"床上传来粗糙的声音，"两条腿都截了……糖尿病。我几乎什么都不剩了，只剩下一点老人的虚荣。这双义肢是为出席公共场合做的。"博斯走进光线之中。对方的脸像撕下的壁纸的背面，白中泛黄。他的脸如骷髅一般，眼睛在阴影中，耳边有薄薄几根头发。瘦骨嶙峋的手上长满斑点，爬着蚯蚓般的蓝色血管。他等于是个死人，博斯知道。他身上死亡的气息远远超过生气。

康克林把书放在桌上靠近台灯处。他似乎非常费力，博斯看到书名是《霓虹雨》。

"侦探小说，"康克林说，他絮絮叨叨地接下去，"我看侦探小说打发时间。我学会欣赏这类作品了，以前我对这些从来没什么兴趣的，没有花过时间。过来呀，蒙特，用不着怕我，我现在只是一个没用的老人。"

博斯走近一点，灯光照到他的脸。他看见康克林混浊的眼睛打量着他，看出他不是蒙特。他们已经很久没见过面了，可是康克林仍然看得出来。

"我是代替蒙特·金来的。"

康克林的头稍稍转了一下，博斯看到他的眼光落在床头桌上的紧急铃上。他一定也知道他没有机会也没有力气去按铃，他转过头来对着博斯。

"那你是谁呢？"

"我也在干侦探小说上干的事。"

"你是侦探？"

"不错，我叫哈里·博斯，我要问你关于……"

他停住了，康克林脸上的表情变了。博斯不知道他是惧怕还是认出了他的名字，可是确实有些不同。康克林的眼光对着博斯，博斯发现他竟然在微笑。

"希罗尼穆斯·博斯，"他低声说，"和那位画家一样。"

博斯缓缓点头，他现在恍悟他的惊讶并不亚于这位老人。

"你怎么会知道？"

"因为我知道你。"

"怎么知道的？"

"你母亲说的，她跟我说过你的事和你特别的名字，我曾经爱过你的母亲。"

博斯觉得胸部像是受到了沙袋的重击，体内的空气都被抽空了，他用一只手按着床沿支撑自己。

"坐下，请你坐下来。"

康克林伸出一只颤抖的手指着床，要博斯坐下。看他听从地坐下后，他点点头。

"不是！"博斯刚坐下就立刻站起来，大声吼出来，"你利用了她，然后杀了她，之后你买通别人把整件事跟她一起埋了。这是我今天来的原因，我要知道真相，我要听你告诉我真相。我不要听你那套狗屁什么爱她之类的，你是个骗子。"

"我不知道真相是什么，"他说，他的声音像路边被风吹起的枯叶，"我有责任，所以，你也可以说是我杀了她，我知道的唯一真相是我爱她。你可以叫我骗子，但这可是千真万确的。你可以使一个老人再次变得完整，如果你相信这一点。"

博斯走近他，几乎就在他身子上方。他想抓住他，用力摇他一阵，让他说出真话。可是阿尔诺·康克林太虚弱了，恐怕禁不起他的摇撼。

"你到底在说什么？看着我。你到底在说什么？"

康克林转动他那和牛奶杯差不多细的脖子，对着博斯。他郑重地点点头。

"你看，我们那晚做了决定，玛乔丽和我。我已经爱上她了，无法自拔，不理我自己的理智和别人的劝告，我们决定结婚，我们决定了，我们要把你带出养育院。我们有很多计划，那晚我们做了决定，我们两个都高兴得哭了。第二天是周六，我们要到拉斯维加斯去，连夜开车过去，趁我们还没改变主意，或是别人替我们改变了主意，她同意了，所以她准备回去拿一些东西……但她之后再也没回来。"

"这就是你的故事？你要我……"

"她走了之后，我打了个电话。可是那就够了。我打给我最好的朋友，告诉他这个好消息，请他做我的伴郎，我要他跟我们一起去。你知道他说什么？他拒绝做我的伴郎。他说如果我跟那个……那个女人结婚，我就完了，他说他不会让我那么做，他说他有为我制订的远大计划。"

"戈登·米特尔。"

康克林悲伤地点点头。

"所以你是说，米特尔杀了她，还是你不知道？"

"我不知道。"

他低头看着他瘦弱的双手，把手在毯子上握成两只细小的拳头，两只无力的拳头。博斯只是看着他。

"我也是很久之后才想到这个可能的，当时我不可能怀疑是他做的。当然，我得承认，我当时想到的是我自己。我是个懦夫，只想到自己怎样才能逃脱。"

博斯没有听进他的话。可是康克林也不像是在对博斯说话，他是在对自己说话。他突然抬起头来对着博斯。

"你知道吗？我知道你总有一天会来找我的。"

"你怎么知道？"

"因为我知道你会在乎的，也许没有人在乎，可是我知道你会。你一定会，你是她儿子。"

"告诉我那晚发生的事，所有的。"

"我得要你给我拿一点水来，我的喉咙……桌子那边有个杯子，走廊上有水管。不要放太久，水会太冷，我的牙受不了。"

博斯看了一眼桌上的杯子，又看了一眼康克林。他突然很害怕如果他离开这个房间，康克林会死去，他再也听不到他要讲的话。

"去吧，我没问题，我也跑不了。"

博斯看了紧急铃一眼，康克林又猜到他的想法。

"我做的事使我离地狱比天堂更近，因为我的沉默。我必须对什么人说出来，我想你是比神父更好的告解对象。"

博斯拿着杯子走到走廊时，他看见一个人影在走廊尽头转身消失了。他觉得那人穿的是西装，应该不是警卫。他看见水管，接了水。康克林接过杯子，微弱地笑着，轻声谢了他，然后才喝水。博斯把他喝完的杯子接过来放在床头桌上。

"好，"博斯说，"你说她那晚离开后，就没再回来，你是怎么知道发生的事的呢？"

"到了第二天，我怕出事，终于打电话到办公室，询问前晚有没有发生案子。他们告诉我好莱坞有一桩凶杀案，给了我受害人的名字，是她，那是我一生中最恐怖的一天。"

"接下来呢？"

康克林用手擦了擦额头，继续说道：

"他们说她是那天早上被发现的。她——我惊讶得不得了，我不能相信会发生这样的事。我要米特尔去问，可是我们没有什么有用的线索。然后，介绍我认识玛乔丽的那个人打了个电话来。"

"约翰尼·福克斯。"

"就是他，他打电话来说听说警察在找他，他跟此事毫无关系。他威胁我，说如果我不保护他，他会告诉警方前晚是我跟玛乔丽在一起，我的前途就完了。"

"所以你保护了他。"

"我交给戈登处理，他调查了福克斯的行踪。我现在不记得是怎么查的了，可是调查结果证明福克斯没有嫌疑。他好像是在赌牌，还是在什么公共场合，有不少人能证明他的行踪。因为我肯定福克斯没有嫌疑，我打电话给调查这个案子的警探，安排他们审讯福克斯。为了保护福克斯并且保护我自己，我和戈登编了一个理由告诉警探，说福克斯是一个正在审讯的大案子的主要证人。我们的计划很成功，警探的注意力转到别的地方去了。我跟其中一个谈过，他告诉我玛乔丽可能是那种性凶杀案的受害人。那时候这种案子不多，警探说破案的结果不太乐观。我想我从来没有怀疑过……戈登，会对一个无辜的人做出这样残忍的事。就在我自己眼前，可是我一直没有看见。我是个蠢蛋，一个傀儡。"

"你说不是你干的，也不是福克斯干的。你说米特尔杀了她，除去你政治生涯的威胁。可是他没告诉你，那是他自己的意思，他自己决定下手的。"

"不错，我就是这个意思。我告诉过他，那天晚上我打电话给他时告诉他，她对我远比他为我铺下的伟大计划重要得多。他说那是我政治生涯的终点，但我愿意接受，只要我下面的生活是与她一起开始的，我愿意接受。我相信那几分钟是我一生中最平静的几分钟，我在恋爱，我做出了我的选择。"

他轻轻地用拳头敲了一下床，一个无力的手势。

"我告诉米特尔我不在乎他怎么想我政治生涯下场如何，我告诉他我们会搬离此地。我不知道搬到哪里去，拉霍亚，圣迭戈，我说了几个地方。我不知道我们会到哪里去，可是我很坚定。他不能认同我的决定让我很生气，我的愤怒可能激怒了他，我现在知道了，我加速了你母亲的死。"

博斯看了他一阵。他的痛苦似乎非常真实，康克林的眼睛像沉船的舱口那样，后面是一片黑暗。

"米特尔在你面前承认过吗？"

"没有，可是我知道。我猜是一种潜意识的感觉，几年后他说的一些话使这种感觉浮出水面。我心里确定了这件事，我们的关系就结束了。"

"他说了什么？什么时候的事？"

"好几年之后，我在准备竞选州司法部长的时候。你能相信这样的一出剧目吗？我，一个骗子、懦夫、阴谋者，被推上本州执法机构的最高位置？米特尔有一天跑来对我说大选之前我得找个太太，他的口气很直接。他说有不少关于我的谣言可能造成票源损失。我不肯，我说这简直好笑，要我找个太太，只为了平息帕姆代尔还是沙漠什么地区那些老粗的谣言。他离开我办公室的时候丢下一句话，是脱口而出的一句话。"

他停下来去拿那杯水，博斯帮他拿过来，他慢慢地喝了。博斯闻到他身上的药味，那令难以忍受的味道使他想起死人和殡仪馆。他喝完后，博斯接过杯子放回桌上。

"他说了什么？"

"离开我办公室时，他说，我记得每一个字，他说：'有时候我真希望我没有帮你解决那个妓女的丑闻。如果我没做，我们今天就不会有这些麻烦了，别人会知道你不是同性恋。'这是他的话。"

博斯看了他一阵。

"他很可能只是那样说。他的意思可能是他替你解决了认识她和被曝光的丑闻，这不能证明他杀了她，或是找人杀了她。你自己是检察官，你知道这是不够的，根本不是任何直接证据，你难道没有直接问过他吗？"

"没有，我很怕他，戈登的势力越来越大，比我大得多。所以我什么也没说，我只停止了我的竞选计划，收了摊子。我离开了公职，从此没再跟戈登·米特尔打过交道，有二十五年了。"

"你回到了私人律师业务。"

"是的，我做了很多义务的案子来赎罪。我但愿我能说那样做弥补了我灵魂所受的创伤，可是事实上没有。我是一个无助的人，希罗尼穆斯。所以，告诉我，你是来杀我的吗？别让我的话使你相信我没罪。"

他的问题使博斯吓了一跳，他陷入沉默，最后他摇摇头。

"约翰尼·福克斯呢？那晚之后他也把你给勾住了。"

"不错，他威胁人很有一手。"

"他的结果是怎么回事？"

"我被迫雇用他做竞选团队的一员，每周付他五百美元，他什么也不用做。你看到我的生活是怎样一幕闹剧了吗？他在拿到第一张支票前就被撞死了。"

"米特尔？"

"我猜跟他有点关系，可是我必须承认，许多我做的错事，福克斯成了最方便的替罪羔羊。"

"你难道不认为他的死有一点太巧合了？"

"事后看起来总是比较清楚。"他悲哀地摇摇头，"可当时我记得我还庆幸自己的好运，我这边的刺已经拔掉了。你要记得，那时我还不知道玛乔丽的死跟我有什么关系，我只是想着福克斯的恶势力越来越大，他被车撞死我很庆幸。我们和记者交换条件，把福克斯的背景盖过不提，事情就解决了……可是，当然，事情没那么简单，从来都没那么简单，戈登的聪明才智没有算到我无法完全摆脱玛乔丽的事，我至今也无法摆脱。"

"麦凯奇是怎么回事？"

"谁？"

"麦凯奇公司，你们给警察的贿赂，克劳德·伊诺。"

康克林安静了一下，在想如何回答。

"我当然知道克劳德·伊诺，我不喜欢他，从来没付过他一毛钱。"

"麦凯奇是在内华达注册的公司，是伊诺的公司，你和米特尔都是公司的大主管。那是一个用于贿赂的假公司，伊诺每个月收到一千美元，你和米特尔的。"

"没有！"康克林尽可能大声地吼出来，可是声音只像一声咳嗽，"我不知道什么麦凯奇，可能是戈登设立的，可能是他替我签的名，或是叫我签的。他以州律师的身份替我办事，他叫我签名我就签名。"

他看着博斯说。哈里相信他的话，康克林承认了自己更大的恶行，他没有理由为贿赂伊诺撒谎。

"你告诉米特尔你要收摊子不干的时候，他怎么说？"

"那时候他的势力已经相当大了，在政治上。他的律师事务所代表的都是市里最高层的人物，他的政治网也分布了出去，正在扩张，可是我还是中心。他的计划是从地方检察官办公室进入州长大厦，谁知道他之后的计划是什么。所以戈登……他非常不高兴。我虽然拒绝见他，可我们还是有电话联络。最后实在无法说服我回心转意时，他就威胁我。"

"怎么威胁？"

"他告诉我如果我想破坏他的名誉，他会让我因玛乔丽的死被捕，而那个时刻我一点也不怀疑是他干的。"

"从亲密战友到最大敌人，你到底是怎么上了他的钩的？"

"我想他是乘虚而入，我从来没看到过他的真面目，等我明白的时候一切已经太迟了……我这辈子还没遇到过比戈登更狡猾、更专注于自己目的的人。他是个危险的人，现在也还是，我一直很后悔把你母亲也卷了进来。"

博斯点点头。他没有其他问题了，也不知道该说什么。康克林似乎跌入自己的沉思中，几分钟后，他又开了口。

　　"我想，小子，你一生可能只会碰见一个完全合适的人。当你遇到那个你认为最合适的人时，要记得紧紧抓住！她的过去一点都不重要，别的都不重要，只有紧紧抓住才是最重要的。"

　　博斯又点点头，他想到的他能做的只有这样。

　　"你在哪里遇见她的？"

　　"哦……我是在一个舞会上认识她的。人家把她介绍给我，当然，她比我年轻得多，我不认为她会对我有兴趣。可是我错了……我们跳了舞，后来开始约会，我渐渐爱上了她。"

　　"你不知道她的过去？"

　　"当时不知道，可是她后来告诉我了，那时我已经不在乎那些了。"

　　"福克斯呢？"

　　"他是介绍我们认识的人，我当时也不知道他是谁，他说他是个生意人。你看，对他而言，那的确也是一桩生意。介绍一个女人给检察官，然后坐下来静观其变。我从来都没付过她钱，她也没要过钱。我们彼此相爱，福克斯可能一直在盘算他能得到什么好处。"

　　博斯想他是否应该把蒙特·金的照片拿出来给康克林看，可是他决定不要用真实的照片来破坏老人的记忆。康克林一面说，博斯一面想。

　　"我已经很累了，你还没有回答我的问题。"

　　"什么问题？"

　　"你是来杀我的吗？"

　　博斯看着他的脸和他那双无助的手，意识到自己对他的同情。

　　"我来的时候不知道自己要做什么，我只知道我必须来。"

　　"你想知道她的事吗？"

　　"我母亲？"

　　"是的。"

　　博斯想了一下他的问题，他自己对母亲的记忆不太清楚，也越来越模糊、遥远。他对她的一些回忆是从别人那儿听来的。

"她是怎样的人？"

"我很难形容她，她对我非常有吸引力……她揶揄的笑容……我知道她有自己的秘密，我想我们都有，可是她的埋藏得很深。虽然如此，她却充满了生命力。你知道吗？我们刚刚遇见的时候，我想我不是一个有生命力的人，那是她带给我的。"

他又喝了一口水，把杯子喝干了。博斯要再给他拿一点来，他摇手表示不用。

"我跟别的女人在一起过，她们喜欢把我当作她们的战利品，展示给别人看，"他说，"你母亲完全不同，她宁可待在家里，或者提着篮子到格里菲斯公园去野餐，也不愿到日落大道的俱乐部去。"

"你怎么知道她……做什么的？"

"她告诉我的，在她把你的事告诉我的同一天晚上。她说她必须告诉我实情，因为她需要我的帮助。我得承认……我很吃惊……我先想到我自己。你知道吗？保护我自己。可是我佩服她有勇气告诉我真相，而且我已经爱上她了。我逃不了。"

"米特尔怎么知道的？"

"我告诉他的，我直到今天还在后悔。"

"如果她……如果她像你形容的，她为什么会做那种行业？我从来……不了解这一点。"

"我也不了解。我告诉你了，她有她的秘密，她并没全部告诉我。"

博斯的目光从他身上移开，看向窗外。景色在北面。他可以看到好莱坞群山那头的灯光在雾中闪烁。

"她曾经对我说过你是个个性强硬的小铁蛋，"康克林在他身后说道，"她有一次说如果她有什么事也不要紧，因为你很坚强，一定会撑过去。"

博斯没有说话。他只看着窗外。

"她说得对吗？"老人在后面问他。

博斯的目光沿着群山的轮廓一直往北，在那里的某处，米特尔的宇宙飞船上射下的光闪闪发亮，他会在那里的某个地方等着博斯。他转身看着康克林，他还在等他的答案。

"我想现在还没有结论。"

40

博斯下楼的时候靠着电梯的不锈钢墙壁，他明白他现在的感觉和他刚才上楼时的感觉多么不同。原来他是满腔怨恨，随时可能爆发，像一只被绑进麻袋里的猫，而当时他还不认识这个他原本痛恨的人。现在他眼中的同一个人却只是一个可怜的、只有半个身体的人，他躺在床上，孱弱的双手放在毯子上，等待——或者说是期待——死神把他带走，结束他的悲惨生命。

博斯相信康克林的话，他的故事和他个人的痛苦太真实了，不太可能是装出来的。康克林已经不会再为别人摆样子了，他是在坟墓边缘的人。他称自己懦夫、傀儡，博斯觉得没有比给自己冠上这样的墓志铭更严苛的惩罚了。

既然康克林说的是实话，博斯知道自己已经和真正的敌人面对面接触过了。戈登·米特尔，战略家，麻烦修补者，也是杀手，那个操纵傀儡的人。现在，博斯决定用自己的方式解决问题。

他又按了电梯上的按钮一次，仿佛多按几下会使电梯下降得快一点。

他明知道这是没用的，可是他又按了一次。

等到电梯门开了，他走出来，大厅看起来有如真空状态。警卫仍在他的桌后，专注在他的填字游戏上，连远处传来的电视机的声音都没有，只有老人生活中的死寂。他问警卫是否需要再签名离开，警卫摇摇手。

"嘿，抱歉我刚刚说话那么浑蛋。"博斯说。

"没关系的，老兄，"警卫说，"人都难免那样的嘛。"

博斯想问他说的那样是指什么，不过没有开口。他很严肃地点点头，好像警卫的话多么重要似的。他一一推开几扇玻璃大门，走下通往停车场的楼梯。外面有些凉了，他把外衣的领子竖起，看见清澈的夜空和镰刀般的月亮。他走向车子的时候，看见停在他旁边的那辆车的后备厢是开的，一个人正弯着腰把起重机连上车尾的保险杠。博斯加快脚步，希望那人不会叫他帮忙。外面太冷了，他也没心情和生人说话。

他走过那个人，到了自己车前，因为不熟悉租来的车的钥匙，他试了几次才把正确的钥匙插进车门。这时他听到身后有脚步声向他走来，一个声音响起："对不起，老兄。"

博斯转身，正想很快找个理由解释他为何不能帮忙。可是他只看到那个人的手臂朝他挥来。然后他看见喷起的红色鲜血。

之后他所能看见的，就是一片黑暗了。

41

博斯又在跟着那只美洲狼了，可是这一次美洲狼并没有领着他走山中的小路。美洲狼在一个不属于它的环境里，它带着博斯走上一条陡峭的斜坡。博斯四面环顾，看出自己在一座很高的桥上，下面是一片汪洋，他的眼睛可以一直看到地平线。美洲狼离他的距离渐渐远了，博斯突然觉得不知所措。他紧追着狼，可是它走到桥面高处就突然消失了。桥上除了博斯，空无一物。他拼命爬上高处，往四面看，天空是血红色的，仿佛跟着心跳的声音在跳动。

博斯每个方向都看过了，就是不见美洲狼的踪影。现在他是独自一人了。

可是突然间，有人在他身后。一双手从背后抓住他，把他推向栏杆。博斯挣扎着，他用力挥着手肘，脚跟抵着地，尽力刹住自己不要前移。他试着开口，想喊救命，可是喉咙发不出声音。他看见水面像鱼鳞一样，闪着光。

他身后的手同出现时一样，很快地消失了，他又是独自一人了。他转了一圈，四面空无一人，他听见身后有门大声关上的声音。他又转身，仍然没人，也没有门。

42

　博斯从黑暗中醒过来，浑身疼痛，他听见压低的吼叫声。他躺在很硬的东西上，一开始连移动都很困难。后来，他把手在地面上扫过，知道身下是地毯。他知道他在某个地方的室内，躺在地上。在眼前一大片黑暗的尽头，他看到一线微弱的光。他盯着看了半天，眼睛尽力聚焦在上面，最后才知道那是从门底下的细缝透进的光线。

　他撑着坐起来。移动使他觉得天旋地转，体内就像达利的画那样翻倒错乱。一阵恶心涌上来，他闭上眼，等了几秒钟，让自己重新平衡下来。他把手伸到头上疼痛的地方，头发黏答答的，他从气味上知道是血。他的手指小心地沿着乱发摸到头皮上一条两英寸长的伤痕，他轻轻地碰了一下，判断已经凝固了，伤口已经不再流血。

　他不觉得自己能站起来，所以他向着光爬过去。美洲狼的梦闪入脑中，又在一阵剧痛中消失了。

　他发现门是锁上的，这并不意外，可是移动使他精疲力竭。他背靠着墙，闭上眼睛，想法子逃脱的本能和想躺下来休息的欲望在他心中交战。

外面再度传来的声音转移了他的注意力。博斯听出声音并不是从门后那个房间传来的，而是更远的地方，不过仍然处于他能听清楚的范围。

"笨猪！"

"嘿，我告诉你了，你根本没说公文包。你……"

"一定有的，用点脑子。"

"你说把人带来，我带来了。你要的话，我就回停车场去找公文包，可是你根本没说……"

"你不能回去，饭桶！现在那里挤满了警察，他们可能已经拿走了他的车和公文包。"

"我没看见公文包，也许他没带。"

"也许我找错了帮手。"

博斯听出他们在说他，他也听出那个愤怒的声音是戈登·米特尔的。那是他在募款晚宴中见到的那个人的声音，措辞简洁，语气傲慢。博斯听不出另外那个声音是谁的，可是他猜得出，虽然在自我辩护和接受命令的情况下，他粗嘎的声音仍然不减凶戾之气。博斯猜他是打他的人，他猜也是在募款晚宴那晚他看到和米特尔一起在屋内的人。

博斯花了几分钟想他们争执的内容：公文包，他的公文包。不在车内，他知道，他才恍然大悟他一定是把公文包忘在康克林的房间了。他带了公文包上去，里面有蒙特·金给他的照片和从伊诺的保险箱拿来的银行账单，原打算让康克林面对他的谎言的。可是康克林说的都是实话，他承认了和博斯母亲的关系，因此他带去的东西没派上用场。他的公文包在床脚边，他完全忘了。

他又想了一下他们的最后一段对话：米特尔告诉另外那人他不能回去，因为警察会在那里，他想不通这一点。除非有人看见他受击的一幕，可能是警卫，这给了他一点希望。可是他马上想到另外一个可能，米特尔既然在收拾尾巴，康克林显然难逃此劫。博斯倒回墙上，他知道他是最后一个没清干净的尾巴,他静静地坐在那儿,直到他听到米特尔的声音。

"去把他带来,到外面来。"

博斯还没想出对策,他尽快爬回他认为是他刚才醒来的地方。他碰到一样很重的东西,把手放上去,知道那是一张台球桌。他很快地摸到角落,伸手进袋,摸到一只球。他把球掏出来,迅速思考有什么法子藏在身上。最后他把球塞进外衣,从左袖往下推到手肘弯曲的地方。他有足够的空间,博斯喜欢较宽大的外衣,因为比较容易掏枪。球的重量让他的袖子往下坠。他相信如果他弯着手,他可以把球藏在衣袖弯折的地方。

他听到钥匙插进门孔的声音,立刻向右移动,伸开四肢,平躺在地毯上,闭上眼等着,他希望他接近他们原先丢下他的地方。接着他听到门开的声音,感觉到直射在他眼睑上的亮光,之后就没有一点动静了。没有声音也没有动作,他仍然等着。

"别装了,博斯,"那个声音说,"这一招在电影里太常见了。"

博斯没动。

"你看吧,地毯上到处都是你的血,门把上也有。"

博斯想他一定留下一道爬到门边又爬回的血迹,他原先打算出其不意地打倒对方的计划已经没有可能了。他睁开眼睛,天花板上有一盏灯,就在他头上面。

"好吧!"他说,"你打算干吗呢?"

"起来,我们走。"

博斯缓慢地站起来。他的确得挣扎才站得起来,不过他稍微添油加醋了一番,让一切显得更加困难。他快要完全站起来的时候,看见台球桌边绿色绒布上的血迹。他很快地摇晃了一下,用手抓住那块地方支撑自己,他希望那个人没看见原先已经染在上面的血。

"站开一点,天杀的,那张桌子五千美元!看那上面的血……浑蛋!"

"对不起，我赔好了。"

"没机会啦！走吧！"

博斯认出他了，正是他猜测的人，在晚宴上和米特尔一起的那个人。他的脸和他的声音一样，粗野、强悍，凭那张脸就足以看出他整过一些人。他的肤色很黑，一对棕色的小眼睛似乎从来不眨。

这回他穿的不是西装，至少博斯在黑暗中所见如此。他穿的是一件肥大的蓝色连身服，显然是全新的，那是一种不吸收水分的衣裤。博斯知道职业杀手通常穿这种衣服，干完事后容易清洗，也不会弄脏里面的衣服。只需拉开拉链脱掉，把连身服弄湿，就轻松解决了。

博斯把手拿开，自己站好，但马上又弯下身子，手臂贴在胃部。他想这是隐藏他手中武器的最好方法。

"你打得不轻，老兄，我根本不能保持平衡，我怕会吐。"

"你要是吐呀，我会叫你用自己的舌头舔得干干净净，就像那些混账猫一样。"

"那我想我还是别吐的好。"

"你这家伙倒有意思。走吧！"

那人倒退进了另一个房间，再招手叫博斯出去。博斯这才看见他身上有枪，看起来是伯莱塔点二二口径，吊在身上的位置相当低。

"我知道你在动什么脑筋，"他说，"才二二，你以为你可以躲过两三枪，还是可以占上风。错了，我这里还有一把，一枪就叫你毙命，你背后的洞会比碗口还大。记住了，走到我前面去。"

他干得不错，博斯想，即使身上有枪，也不走进自己五六英尺的范围之内。等博斯出门后，他告诉他方向。他们走过走廊，经过一间看起来像客厅的房间，又经过另一间博斯认为也算客厅的房间，博斯认出这个房间的法式玻璃门窗，就是米特尔在奥林匹亚山的大厦开晚宴的草坪后面那间。

"出门，他在外面等你。"

"你是用什么打我的,老大?"

"装胎棍。希望在你脑袋上留个大缝,可是现在无所谓了。"

"我想已经留了。恭喜!"

博斯在一扇法式门前停下,好像在等人为他开门。外面晚宴的帐篷已经拆了,门外高处的边缘,米特尔背对着门站在那里,下面远处一片辉煌无尽的灯火勾勒出他的轮廓。

"把门打开。"

"对不起,我以为……算了。"

"嗯,谁管你想什么,出去就是了,你没那么多时间。"

在草坪上,米特尔转过身来。博斯看见他一手拿着他的皮夹和驾照,另一手拿着警督的警徽。枪手把手放在博斯肩上要他停步,然后自己退回六英尺之外。

"所以,真实的姓是博斯?"

博斯看着米特尔,这位摸到政治后门的前检察官脸上挂着笑容。

"是的,博斯是真正的姓。"

"哦,那么,幸会了,博斯先生。"

"事实上,应该是警探。"

"哦,事实上,是警探。我正在想,这张证件是这么写的,可是另一张就完全不同了,上面写的是警督。有意思,那不就是我在报上看到的那个警督吗?那个被杀了、可是身上找不到警徽的警督?不错,我想就是他。他的名字不是叫哈维·庞兹吗?上次你在这里打转用的不就是这个名字吗?我想我没记错。不过如果我说得不对,请你更正,博斯警探。"

"说来话长,米特尔,不过,我是个警察,洛杉矶警局的。如果你想在牢里少待几年,最好叫那个拿枪的浑蛋走开,给我叫救护车。我至少有点脑震荡,可能更糟。"

米特尔开口之前把警徽放进一个口袋,皮夹放进另一个口袋。

"不，我想我们不会为你打任何电话，我想从人道的观点来看，那样有点过头了。说到人道，你上次在这里耍的把戏，害了一条无辜的人命。"

"不是我，是你杀了一个无辜的人。"

"可是我倒认为是你杀了他。我的意思嘛，当然，最后的责任在你。"

"真是律师作风，总爱推卸责任。不该搞政治的，老兄，专搞法律，你现在可能有自己的电视广告了。"

"那怎么样？放弃这些吗？"

他伸展双臂，意思是他的大厦和美景。博斯随着他手臂的弧度看着房子，可是他真正在看的是另外那个家伙，那个带枪的家伙。他看见他站在自己背后五英尺远的地方，枪就在身边，但离他的距离还是太远了，博斯不能冒险动手，尤其是在他目前的状况下。他轻轻地动了一下手臂，感觉得出台球在他肘弯。他觉得安心，这个台球是他唯一拥有的东西。

"法律是为蠢货们设的，博斯警探。不过我得更正你，我不认为我是在政界，我认为自己只是一个解决疑难杂症的人，解决任何人的任何困难，政治上的困难刚好也在我的服务范围内。可是现在，你看，我必须解决一个既非政治也非别人的难题，这是我自己的难题。"

他挑起眉毛，仿佛难以置信。

"这是我请你到此的原因，是要乔纳森把你带来的原因。你看，我想到如果我们看住阿尔诺·康克林，那个到晚宴来的神秘人最后一定会现身，果然没令我失望。"

"你是个聪明人，米特尔。"

博斯的头稍稍转了一点，余光可以看见乔纳森。他还是太远，博斯知道他必须想办法引他走近。

"站在原地，乔纳森，"米特尔说，"不用对博斯先生太兴奋，他只是个小麻烦而已。"

博斯回头看米特尔。

"就像玛乔丽·洛，对吗？她不过是你们的一个小麻烦而已，一个无足轻重的人。"

"嘿，这倒是有意思，提起这个名字，这些都跟她有关吗，博斯警探？"博斯气得说不出话。

"好，我唯一可以承认的是我的确用她的死得了一点方便，你可以说我看到一个机会。"

"我都知道，米特尔，你用她来控制康克林，可是最后连他都看穿了你的谎言。现在情况变了，你在这里想把我怎样随你，我们的人马上会来，你看着吧。"

"还是这套'此处已被警方包围'的把戏，我不认为如此。这个警徽……说明你这回越界了。我想这是他们所谓的非官方调查，而且你先用假名，现在又带着个死人的警徽想来把我挖出来……没人会来。他们会吗？"

博斯的脑子里闪过各种念头，可还是没有答案，所以他没有说话。

"我猜你只是一个小骗子，不知怎么碰上这件事，想搞点钱罢手。好，我们会让你罢手，博斯警探。"

"还有别人知道我知道的，米特尔。"博斯脱口而出，"你打算怎么办呢？把他们一个一个都宰了？"

"我愿意听一听你的建议。"

"康克林呢？他知道整个事件，我出了任何事，我敢保证他会捅到警方去。"

"事实上，我们可以说阿尔诺·康克林现在正和警察一起，不过我想他没什么可说了。"

博斯的头重重地垂下，他猜到康克林死了，可他还是希望自己是错的。他觉得台球在袖子里乱动，又弯起手臂。

"的确，很显然，你离开后，前地方首席检察官跳楼了。"

米特尔站开一步，指着山下一片灯光。博斯可以看见很远处有一丛亮着灯光的大楼是拉普拉亚公园。他也能看见其中一幢大楼之下有闪动的红光和蓝光，那是康克林住的大楼。

"一定是可怕的一幕，"米特尔继续说，"他选择死亡，不愿欺骗，到最后还是个有原则的人。"

"他是个老人！"博斯愤怒地吼道，"该死的，为什么？"

"博斯警探，请小声点，不然乔纳森会帮你小声。"

"这回你不会得逞的。"博斯用比较绷紧和控制住的声音低声说。

"康克林嘛，我想最后公布的会是自杀。他病得很重，你知道。"

"对，一个没有腿的人会自己走到窗口，跳下去。"

"要是警方不信，等他们看到房间里你的指纹或许会想出另一种可能。我相信你一定不会辜负我们，留下了一些指纹。"

"和我的公文包。"

这句话像打了米特尔一记耳光。

"不错，我把公文包留在那儿了，里面有足够的东西让他们上山来看你。米特尔，他们会来找你的！"

博斯故意对他吼出最后一句话。

"乔！"米特尔吼道。

米特尔的话还没出口，博斯的背后已经受到一击。力量来自右边的脖子，他跪了下去，小心地弯着手臂，让台球保持不动。他故意非常慢地站起来。因为力量在右边，他想乔纳森是用握枪的手打他的。

"告诉我公文包在哪里，你已经回答了我最重要的问题，"米特尔说，"另一个问题，当然，是公文包里的东西，以及那跟我有什么关系。可是，我的难题是没有公文包，也没办法拿到公文包，我没办法证明你说的话有几分可信。"

"所以这下你没路可走了。"

"不，警探，这句话来形容你自己比较正确。可是，你走之前我还有一个问题。为什么，博斯警探？你为什么在乎这桩年代久远又无关紧要的事？"

博斯看了他一阵，才开口回答：

"因为每个人都一样重要，米特尔，每个人。"

博斯看见米特尔朝乔纳森的方向点点头，谈话结束了，他必须采取行动。

"救命！"

博斯用尽全力大声叫道。他知道枪手会立刻到他身边来。他预料枪会从右边来，他往右转，同时伸直左手，利用动力让台球滑到手中，很快地往上挥出手臂。他转头时看见乔纳森的脸只有几英寸的距离，他的手往下挥，手指扣住枪。他同时看到乔纳森诧异的表情，因为他知道自己一定会失手，而没有机会改正。

乔纳森失手后就处于困境，博斯的手臂往下抢去。乔纳森仍然尽力往左避开，可是博斯手里的台球已经打到他的头部右侧，啪的一声，乔纳森的身子随着他垂下的手臂一起倒在地上。他面向地面摔在草上，身子压住手枪。

他立刻想爬起来，博斯用力在他肋骨上踢了几脚。乔纳森从枪上翻开，博斯跪在他身上，又用力在他头上、脖子上打了两下，才发现打他的手中还握着台球，对方已经被他打得够惨了。

博斯起身时大声吸气，他瞥见草地上的手枪。他很快地拿起枪找米特尔，米特尔已经消失了。

他听到草上轻微的跑步声，往草坪北边最远处看去。他只看了一眼米特尔的身影，他就消失在草坪尽头高高低低的树丛暗处了。

"米特尔！"

博斯跳起来，跟着他的方向跑去。他在最后看到米特尔身影的地方发现一条通往丛林的小路，他知道这原是一条美洲狼走的路，后来因有人走而变宽了。他跑下去，通往城市的下坡路就在他右手边不到两英尺远。

他看不到米特尔的踪迹，他沿着小路一直走到看不见背后的房子为止。他最后停了下来，一路上都看不到任何米特尔经过的迹象。

博斯呼吸急促，他头部受伤的地方像有人敲打一样。最后他走到小路边一个陡峭斜坡旁的一块空地，空地周围围着旧啤酒瓶和其他废弃物碎片。那里是一个知名的观景区，他把枪插在腰上，用手平衡自己，往上爬了十英尺左右到达顶部。他在上面转了一整圈，查看了四周，什么也没看见。他仔细聆听，可是下面的车流声很大，如果米特尔在树丛中有什么动静，他是不可能听到的。他决定放弃，回到房子里去打电话报警，免得米特尔有机会逃脱。如果他们动作够快，他们可以用探照灯找到他。

他小心翼翼地滑下斜坡时，米特尔突然从右边的黑暗中扑向他，他一直躲在一丛茂盛的灌木和一棵西班牙剑形植物后面。他扑中博斯的腰部，把他摁在地上，然后压在他身上。博斯觉得他的手想拿他腰上的枪，可是博斯比较年轻，身体也比较壮，突击是米特尔最后一张牌。博斯双手抱住他，向左边滚。突然，重量消失了，米特尔不见了。

博斯坐起身，四面张望，然后把身子挪到边缘，再向下看，他看到的只是一片漆黑。他可以看见差不多一百五十码下面那些房子的长方形屋顶，他知道那些房子是沿着往好莱坞大道和费尔法克斯大道弯曲的公路而建的。他又转了一圈，也往下又看了一遍，没有米特尔的影子。

博斯仔细地检视他下面的景象，他的眼睛突然注意到下面一栋房子的后院有灯光不停闪动。他看到一个人走出来，手中拿了把来复枪。那人小心地走近院子里一个圆形温泉池，来复枪指向他的前面。那人在池边停下来，伸手到一个应该是室外电源的盒子上。

温泉池的灯亮了，看得出一个人体的轮廓在池中打转。即使在山顶，博斯也可以看见米特尔身上流出的血，然后他听到那个拿来复枪的人的叫喊声。

"琳达，别出来，打电话给警察局，告诉他们我们的温泉池里有一具尸体。"

然后，那个人抬头向山上看，博斯从边缘退开。他立刻觉得奇怪，自己为什么直觉地躲开。

他站起身，慢慢从小路走回米特尔的住处。他一面走，一面看着整座城市夜晚闪烁的灯光，觉得很美。他想到康克林和庞兹，然后尽量把他自己的罪恶感抛在脑后。他想到米特尔，他的死终于补全了很久以前开始的一个循环。他想到蒙特·金那张照片上他的母亲，她在康克林旁边，看起来有点胆怯。他等待复仇完成之后满足和胜利的感觉，可是他并没有那样的感觉，他只觉得空虚和疲倦。

等他回到那座富丽堂皇的大厦后面那片完美的草坪时，那个叫乔纳森的家伙早已经不在原处了。

43

助理局长欧文站在检查室门口，博斯坐在折叠桌边，一手拿着冰袋捂在头上，医生给他缝完伤口之后给他拿了冰袋。他调整手中冰袋时才看见欧文。

"你觉得怎么样？"

"死不了，我猜，至少他们这么说。"

"那比米特尔要好，他可是跌到谷底啦。"

"是啊，另外那个呢？"

"还没消息，我们找出他的名字了。你告诉警察米特尔叫他乔纳森，所以他很可能是乔纳森·沃恩。他替米特尔做事很久了，他们还在找，搜查所有的医院。听起来你伤他也伤得不轻，他必须到医院去。"

"沃恩。"

"我们在找他的背景资料，现在还没多少，他没有记录。"

"他跟米特尔多久了？"

"我们还不清楚，我们问过米特尔律师事务所的人，他不能算是同伙。

可是他们说沃恩跟他很久了，大多数人形容他是米特尔的私人司机。"

博斯点点头。

"另外还有一个司机，我们把他带来了，可是他没说什么。一个潜水朋克，即使他想说也开不了口。"

"什么意思？"

"他的下颌受了伤，在做下颌骨折固定治疗，他也不肯说是怎么回事。"

博斯又点点头，看着他。他的话中似乎没有什么隐瞒。

"医生说你有相当严重的脑震荡，可是头骨没有受损，伤口也不严重。"

"我以为糟得多，我的头像一个轮胎，滚个不停，中间也有个洞。"

"缝了几针？"

"他说十八针。"

"他说你可能会觉得头痛，所以得包着，眼睛也得戴眼罩，看起来比实际上要严重。"

"很高兴知道他还告诉了什么人我的情况到底如何，他什么也没跟我说，只有护士跟我说了一点。"

"他马上就来了，他可能想等你再清醒一点……"

"什么清醒一点？"

"我们刚来的时候，你还有点晕。哈里，你真的想现在就谈吗？我可以等。你受了伤，应该休……"

"我没问题，我想现在谈，你去了拉普拉亚公园？"

"去了，我们接到奥林匹亚山分局的电话我就去了。对了，你的公文包在我车里。你留在那儿的，在康克林的房间。"

他刚点头就停住了，因为眼前开始旋转。

"好。"他说，"有一些东西我要留。"

"照片？"

"你看过了？"

"博斯！你一定昏了头，公文包是在犯罪现场发现的。"

"我知道，对不起。"

他不再表示异议。他没有精神争论。

"所以，调查现场的人已经告诉我发生的事。至少是从表面迹象得出的初步结论，我不懂的是你怎么会到那里去，你知道，有你的指纹。你可以告诉我吗，还是明天再说？"

博斯点了一下头，等了一阵，脑中想了一下，他至今还没有把整个事件从头到尾自己好好想过一遍。他又想了一下，觉得差不多了。

"我可以开始了。"

"好，我先把你的权利念给你听。"

"什么？再说一次？"

"只是一个程序，表示我们对自己人也是同样处理的。你要知道，你今天晚上在两个不同的凶杀现场出现，两处都有人从高处摔下，这不是太好的记录。"

"康克林不是我杀的。"

"我知道，我们有警卫的口供，他说康克林跳楼之前你就走了，所以你没有问题，但我还是得照规矩处理。现在，你还愿意说吗？"

"我放弃我的权利。"

欧文还是念了卡片上的权利，博斯又放弃了一次。

"可是，我手边没有放弃权利表格，你只好以后再签。"

"你可以要我说了吗？"

"好，可以开始了。"

可是当他开口时，忽然不知从何说起。

"哈里？"

"好。就这么开始吧，一九六一年的时候，阿尔诺·康克林认识了玛乔丽·洛，是一个地方上的混混约翰尼·福克斯介绍的。福克斯就是靠这种介绍和安排维生的人，多半是拿介绍费。阿尔诺和玛乔丽第一次见面是在卡温格举行的共济会庆祝圣帕特里克节的舞会上。"

"就是你包里那张照片？"

"对。他们认识的时候——根据阿尔诺的说法，我相信他的话——他不知道玛乔丽是妓女、福克斯是拉皮条的。福克斯介绍他们认识，也许是他看到有机可乘，他在为未来打算。你看，如果康克林知道这是个'餐后付费'的事，他根本不会进套。他是郡风化重整突击队的头头，他一定会远离这种事的。"

"所以他也不知道福克斯是谁？"

"他是这么说的，他说他完全不知情。如果你认为他的话不可信，另外那个可能性就更不可信，我是指这位检察官会公然和这种人打交道。所以，我相信康克林的话，他不知情。"

"好，他不知道他已经和邪道有关系了。那么，福克斯有什么好处呢？还有……你母亲呢？"

"福克斯的部分很简单，一旦康克林跟她相好了，福克斯就钓上一条大鱼，有需要随时可以把他拖近。玛乔丽就是另一回事了，我一直在想，可是仍然想不明白。可是你可以这么看：多半处于那种生活的女人都想找一条脱身的路，她跟着福克斯的计划走也许是因为她也有自己的打算，她在想办法过上另一种生活。"

欧文点点头，提出另一个假设。

"她有个孩子在养育院，她想把他弄出来，和阿尔诺在一起只会有帮助。"

"不错，可是呢，阿尔诺和玛乔丽的发展连他们自己都感到意外，他们真的恋爱了。至少康克林是真的爱上她了，他相信她也爱他。"

欧文在角落一张椅子上坐下来，跷起腿，若有所思地盯着博斯，没有说话。他的表情表示他对博斯的话充满兴趣，也相信他的话。博斯的手按着冰袋已经很累了，他希望能躺下来。可是检查室里只有一张桌子，所以他继续往下讲。

"所以他们谈恋爱了，关系一直发展下去。后来她告诉他真相，或者也许是米特尔查出真相告诉他的。这不重要，重要的是在他们交往期间，康克林知道了真相，而且，他再度给了大家一个意外。"

"怎么？"

"一九六一年十月二十七日，他向玛乔丽求婚……"

"他告诉你的吗？阿尔诺自己告诉你这些？"

"他今天晚上告诉我的，他要娶她，她也同意了。那一晚，他终于决定放弃所有，冒着失去一切的危险去换他最想要的。"

博斯伸手到桌上的外衣口袋，掏出香烟。欧文制止他。

"我想这样……算了。"

博斯点了一支烟。

"那是他一生最勇敢的一个举动，你懂吗？他需要很大的勇气才能冒这样的险……可是他犯了一个错。"

"什么？"

"他打电话给他的朋友戈登·米特尔，请他跟他们一起到拉斯维加斯去当他的伴郎。米特尔拒绝了，他知道那样就是康克林政治前途的坟墓，也许也是他自己前途的坟墓，所以他不肯。你看，他把康克林当作载他到城堡的白马，他对康克林和他自己都有一番远大的计划。他不会坐视一个……一个好莱坞的婊子破坏这一切。他从康克林的电话中得知她回家去收拾行李，所以米特尔到那里用他的办法阻止了她，也许告诉她是康克林叫他去的，我不知道。"

"他杀了她。"

博斯点点头，这回他并不觉得头晕。

"我不知道他在哪里干的，可能是他车里。他做成是性侵案件，把皮带套在她脖子上，撕了她的衣服。体液……她身上已经有了，因为她那晚是跟康克林一起的……她死了之后，米特尔把尸体移到好莱坞大道附近的巷子里，把她丢在垃圾箱里，整个过程多年来一直没人知道。"

"一直到你介入为止。"

博斯没有回答，他开始体会到烟的味道和事情了却的放松感。

"福克斯怎么了？"欧文问。

"我说了，福克斯知道玛乔丽和康克林的事，他也知道玛乔丽死的那晚她跟康克林一起。这些消息使他可以左右一个重要人物，即使对方无罪。福克斯当然没放过康克林，谁知道他从中得了多少好处。一年间，他摇身一变，成了康克林竞选团队的工作人员。他像吸血的蚂蟥一样黏在他身上，所以，米特尔，这个解决难题的人最后介入。福克斯是在发康克林的竞选传单时被一辆后来逃掉的车撞死的。这很容易安排，做得像意外事件，最后肇事人跑掉了。可是，这也没什么好意外的，查玛乔丽案子的警察和调查福克斯案子的是同一人。同样的结果，从来没破案，没抓到任何人。"

"麦基特里克？"

"不是，克劳德·伊诺。他已经死了，这些秘密也跟他一起死了，可是米特尔付了他二十五年的钱。"

"那些银行账单？"

"对，在公文包里的。你可能会找到跟米特尔有关联的转账记录。康克林说他不知道这回事，我信他的话……你知道吗？该有人查查米特尔多年来办过的竞选活动，他们可能会发现他的一窝秘密跟尼克松的白宫不相上下呢。"

博斯把烟在桌子旁边的垃圾桶边缘按熄，丢进桶里。他开始发冷，把外衣穿上，外衣上沾满了泥土和干了的血迹。

"哈里，这件看起来太不像话了，"欧文说，"你为什么不……"

"我觉得很冷。"

"好吧。"

"你知道吗，他连叫都没叫。"

"什么？"

"米特尔，他滚下去的时候连叫都没叫，我不懂。"

"你用不着懂，只是一个……"

"我没有推他，他从树丛里跳到我身上，我们滚在一起，他就掉下去了，他连叫都没叫。"

"我懂，没人说……"

"我只不过是问了一些关于她的问题，人们就一个接一个都死了。"

博斯的眼睛盯着远处墙上一张目力测试表，他不懂为什么在急诊室会有这样一张表。

"上帝……庞兹……我……"

"我知道怎么回事。"欧文说。

博斯看着他。

"你知道？"

"我们问了局里每一个人，埃德加告诉我他替你在计算机上找过福克斯的记录，我的结论是庞兹可能听到这回事还是怎么知道了。我想他可能在暗中观察那些跟你走得近的队友在你休假后的动静。之后，他可能进一步调查，碰上了米特尔和沃恩，他查了所有人在机动车辆管理局的信息。我猜米特尔得到了这个消息，他有足够的关系，有人会警告他这些事。"

博斯沉默不语，他在想欧文是真的这么想还是在告诉自己他知道真相但不予追究。不过这不重要，不论欧文是否怪他、是否追究他的责任，博斯感到自己的良心受谴责才是最难面对的。

"老天，"他又说，"他死了，而我还活着。"

　　他的身体开始发抖，好像大声说出那句话触动了一根神经。他把冰袋扔进垃圾桶，两手环抱自己，可还是抖个不停。他觉得他再也不会暖和起来，他的颤抖不是一时的，而是他身体的一部分。他觉得嘴上有温热的咸水，他发现自己在哭。他把脸转开，想叫欧文离开，可是发不出声音，他的上下颌像紧握的拳头一样。

　　"哈里？"他听见欧文的叫声，"哈里，你没事吧？"

　　博斯勉强点点头，不懂为什么欧文看不见他全身发抖。他把手放进外衣口袋，把衣服往身上裹紧些。他觉得左边口袋里有东西，他无意识地把东西往外掏。

　　"听我说，"欧文说，"医生说你有时候情绪不稳定，受重击部位在头上……他们打得很重。别担心……哈里，你真没问题吗？你的脸色已经发青了。我要……我叫医生来。我要……"

　　博斯把口袋里的东西掏出来时，欧文顿住了。他的手掌张开，手中是一个黑色的八号球，大部分染了血。欧文必须扳开他的手指，把球从他手中拿出来。

　　"我去叫人。"他只说了这句。

　　博斯单独在那间房里，等人来，也等魔鬼离开。

44

由于脑震荡，博斯的瞳孔不均衡地放大，眼下有大块的紫色淤血，他的头剧烈疼痛，发烧三十七摄氏度多。谨慎起见，急诊室的医生要他住院，并且密切观察他的变化，他们到早上四点才让他睡觉。之前，他试着看报纸，也看了电视上的对谈，二者都使他头痛加剧。最后他只好呆坐瞪着墙壁，直到护士来看过他，告诉他可以睡觉了。然后，护士每隔两个小时过来叫醒他，检查他的眼睛，给他量体温，问他觉得如何。他们没给他任何止痛药，只叫他再去睡觉。如果他在短暂的睡眠中梦到过美洲狼还是别的，他也一点都不记得了。

到了中午，他终于起床了。起先他的脚步不稳，可是平衡感很快就回来了。他走到洗手间，去看镜中的自己。他忍不住大笑起来，虽然他看到的并不好笑。他只是觉得他似乎随时都可以笑或是哭起来，或者又哭又笑。

他的脑袋上有一小块头发被剃掉了，那儿有处 L 形的缝合口。他用手摸伤口的时候很痛，可他还是笑起来。他用手把头发梳了，盖过伤口，掩饰得很好。

眼睛就没那么容易遮掩了，他的瞳孔仍然大得不正常，眼睛里布满血丝，看起来像连续两周酗酒的结果。眼睛下面，一个深紫色的三角形尖口指向眼睛，比青肿还要严重。博斯想他以前从没这么惨过。

走回病床的时候，他看见欧文把他的公文包留在床头柜旁边。他弯腰提起，几乎失去平衡，最后抓住桌子才站住。他回到床上，打开公文包，开始检查里面的东西。他其实没有目的，只是想找点事做。

他翻了翻笔记本，发现他根本无法专心看上面的字。他重新读了一遍梅雷迪思·罗曼——现在叫凯瑟琳·雷吉斯特了——五年前寄给他的那张卡片。他想到他必须给她打个电话，在她看到报纸或是听到新闻之前告诉她发生的事情。他在笔记本上找到她的电话，打了过去，只有留言机，他留了话。

"梅雷迪思，哦，凯瑟琳……我是哈里·博斯，等你有时间的时候，我今天有点事要跟你说。发生了一些事，我想听我讲过之后，你会觉得好过一些。请回个电话给我。"

博斯留了几个电话，包括移动电话、马克·吐温旅馆和医院病房电话，然后挂上电话。

他打开公文包翻盖里面的风琴口袋，把蒙特·金给他的那张照片拿出来。他盯着他母亲的脸看了很长一段时间，脑中最后想到的是一个问题。博斯相信康克林说他很爱她，可是他怀疑她是否爱他。博斯记得有一次她到麦克拉伦来看他时，她保证一定会把他带回去。那时法律程序非常缓慢，他知道她对法院没什么信心。对于她的保证，他知道她不是想依法行事，她想的是别的方法。他相信如果她还在，她已经找到她的办法了。

看着照片，他意识到康克林可能只是她承诺的保证、是她的操作方法，他们的婚姻是她把哈里弄出去的办法——从一个有被捕记录的未婚妈妈到一个大人物的太太。康克林有办法把哈里弄出去，帮玛乔丽赢得她儿子的监护权。博斯认为她的婚姻跟爱没有关系，她看到的是机会。她去麦克拉伦看他的时候，从来没提过康克林或其他任何男人，如果她真的爱他，难道她会不告诉博斯吗？

这样想的时候，博斯意识到他母亲是为接他出去才引来了死亡。

"博斯先生，你还好吗？"

护士很快走进病房，把手上的托盘放在桌上，喋喋不休地问他。博斯没理她，根本也没注意到她。她从托盘里拿起纸巾，擦掉他脸颊上的泪水。

"不要紧，"她安慰地说，"不要紧的。"

"不要紧吗？"

"你的伤，没什么难为情的，头部受伤会有情绪反应，你会一下想哭，一下想笑。我来把窗帘拉开，也许你会觉得好一点。"

"我想别管我最好。"

她不理他，拉开窗帘，博斯看到二十码以外的另一幢建筑。他的确觉得好多了，外面的景观太丑了，让他想笑。他也才想起他自己在西达斯医院，他认出另外那栋医院大楼。

护士替他合上公文包，好把餐桌推到床边。盘子里是牛排、胡萝卜和土豆。还有一个面包，看起来跟他原先口袋中的八号球一样硬，另有玻璃纸包着的一块看起来是甜点的东西，托盘的气味让他想吐。

"我不要吃这些，有没有早餐麦片？"

"你应该吃一顿正经饭。"

"我才醒，你们闹得我整夜没睡，我吃不下这些，看了就想吐。"

她很快拿起托盘走了。

"我想想办法，弄一点早餐麦片。"

她出门前回头对他笑了一下。

"开心一点。"

"嗯，那才是药方。"

博斯不知道做什么好，只有干等。他开始想他和米特尔的对阵，想他说的话有什么含义，他觉得什么地方有一点不对劲。

他的思绪被一阵来自床边的哔哔声打断。他低头看，是电话。

"喂？"

"哈里？"

"我是。"

"我是爵士，你还好吗？"

一阵很长的沉默，博斯不知道他是否想跟爵士说话，可是她已经打来了。

"我很好，你怎么找到我的？"

"昨天打电话给我的那个人，欧文什么的，他……"

"助理局长欧文。"

"对，他打来告诉我你受伤了，他给了我这个电话。"

博斯有点恼火，可是他没表露出来。

"我没问题，可是我现在不能谈。"

"发生了什么事？"

"说来话长，我现在不想谈。"

现在轮到她沉默了，两人都在猜对方不语的用意何在。

"你知道了，是吗？"

"你为什么不告诉我，洁斯敏？"

"我……"

又一阵沉默。

"你要我现在告诉你吗？"

"我不知道……"

"他告诉你什么？"

"谁？"

"欧文。"

"不是他说的，他不知道，是另外一个人，那个人想整我。"

"那是很久以前的事了，哈里。我要告诉你到底怎么回事……不过我不想在电话上谈。"

他闭上眼睛，想了一下，听到她的声音又把他们的关系拉近了，可是他必须问问自己是否要进入这段关系。

"我不知道，爵士。我得想一想……"

"那我应该怎么做呢？戴个牌子从一开始就警告你别靠近？你自己说，我什么时候告诉你最好。第一杯柠檬汁之后我就该说：'哦，顺便告诉你一声，六年前，一个跟我同住的男人同一晚第二次强迫我时，我杀了他。'这样比较合适吗？"

"爵士，别……"

"别什么？警察不信我说的话，你呢？"

他知道她在哭，不想要他听见。可是他从她的声音中可以听出来，全然的寂寞和痛苦。

"你对我说那些话，"她说，"我以为……"

"爵士，我们一起度过了一个周末。你把这件……"

"你敢！你敢告诉我，我们不算什么。"

"对不起，你对……好，现在不是谈这些的时候，我碰到太多事了，我再打回去给你……"

她没说话。

"好吗？"

"好，哈里，你打给我。"

"好，再见，爵士。"

他挂上电话，闭上眼睛。他感觉到一种希望破碎的麻木，不知道自己以后是否还会再和她说话。他分析了自己的想法，了解到他们彼此多么相似。他害怕的不是她做了什么，不是知道过去的细节。他怕的是他会打电话给她，会卷入一个比他自己还有更多过往包袱的人的生活。

他睁开眼，尽量不去想这些，可他还是想着她，他发现自己在想他们的相遇是多么偶然。报上的一个广告，那张广告简直可以是"单身白人凶手征求有同样资格的对象"。他大声笑起来，可是并不好笑。

他打开电视，想转移注意力。电视上是一个大家谈的节目，主持人在采访一些女人，她们抢了最要好的朋友的男人，而那些朋友也在场，每一个问题都变成了一段叫骂。博斯把声量调低，看了十分钟哑剧，研究那些愤怒女人的面部表情。

过了一会儿，他关掉电视，按铃到护士站去要他的麦片。回答他的护士完全不知道在午餐时间要早餐是怎么回事。他又打了一个电话给梅雷迪思，听到是留言机就挂上了。

博斯觉得很饿了，他正打算告诉护士站送回他的牛排，一个护士拿了另一个托盘进来了。这个托盘上有一根香蕉、一小杯橙汁、一个塑料碗和一袋麦片，还有一小盒牛奶。他谢了她，直接从袋里倒出麦片吃了，别的东西他没碰。

他拿起电话拨了帕克中心，请他们接助理局长欧文的办公室。秘书最后总算拿起电话，告诉他欧文正在和警察局长开会，不能打扰。博斯留了他的电话。

接着他拨了《时报》凯莎·罗素的电话。

"我是博斯。"

"博斯，你到哪里去了？你的电话关了？"

博斯把手伸进公文包里取出电话，看了一下电池。

"对不起，没电了。"

"真好，对我可没什么用。我给你的剪报上两个最大的名字昨天晚上都死了，你却没打电话来，还说什么交换。"

"嘿，我现在不是在电话上吗？"

"好，你有什么要告诉我的？"

"你知道什么？他们是怎么说的？"

"他们什么都没说，我在等你呢。"

"可是他们到底怎么说呢？"

"我说的是实话，什么都没说。他们说两个案子现在都在调查中，两件案子好像没有明显的关系。他们想暗示同时发生只是巧合。"

"另外那个家伙呢？他们找到沃恩了没有？"

"沃恩是谁？"

博斯不知道这到底是怎么回事，为什么要封锁新闻。他知道他应该等欧文的电话，可是他觉得怒火在他喉头燃烧。

"博斯，你在吗？那个人怎么回事？"

"他们怎么说我？"

"你？他们没说到你。"

"另外那个人叫乔纳森·沃恩，他也在场，昨晚在米特尔那里。"

"你怎么知道？"

"我也在场。"

"博斯，你在场？"

博斯闭上眼睛，可是他脑中还是不清楚为什么局里要掩盖事实。他不懂。

"哈里，我们说好的，告诉我你知道的。"

他注意到这是她头一次叫他的名字。他还是没说话，心里在想到底是怎么回事，以及告诉她会有怎样的后果。

"博斯？"

一切又回到原点了。

"好，你有笔吗？我会给你足够的消息让你写报道，其他的你得去问欧文。"

"我打过电话了，他根本不接。"

"当他知道你已经有消息之后会接的，他不能不接。"

等他说完他要说的，他觉得疲倦万分，头又开始痛。他想睡觉，如果睡得着的话。他希望忘掉这一切，沉沉睡去。

"这实在是个太不寻常的故事，博斯，"他说完后，她说，"我很难过，听到关于你母亲的事。"

"谢谢。"

"庞兹呢？"

"他怎么了？"

"他有没有关系？欧文当时主导那个调查，现在他又主导这个。"

"你自己问他。"

"如果他接我的电话。"

"你打给他的时候，告诉秘书转告欧文是关于玛乔丽·洛的事。他接到这通留言一定会回你电话，我可以保证。"

"好，博斯，最后一件。我们一开始没说定，我能说你是我的消息来源吗？"

"可以，你可以用，我不知道我的名字有没有用，不过你可以用。"

"谢谢，我再跟你联络，你够朋友。"

"不错，我够朋友。"

他挂上电话又闭起眼睛。他睡着了，不知多久，电话声把他叫醒，是欧文愤怒的声音。

"你做了什么？"

"什么意思？"

"我才收到一个记者的话，她说她打给我是因为玛乔丽·洛，你跟记者说了这回事？"

"跟一个记者说了。"

"你告诉她什么？"

"我告诉她的一些够多了，至少够让你盖不住这个案子。"

"博斯……"

他没说完。他们之间有一阵很长的沉寂，博斯先开了口。

"你打算遮盖起来，是吧？跟她的尸体一样，扔到垃圾箱去。你看，经过这些波折，她仍然不算什么。是不是？"

"你根本不知道你在说什么。"

博斯坐起身来，现在他很生气。他立刻觉得一阵晕眩。他闭上眼，直到晕眩过去。

"告诉我一些我不知道的，好吗，局长？是你不知道自己在说什么。我听到你们发布的消息：康克林的死和米特尔的死可能没有关联。这算什么——你想我会坐着不动让你们胡说吗？还有沃恩，提都没提他，穿着杀手衣的王八蛋，他把康克林丢下楼了，也差不多把我埋了。是他干掉庞兹的，你们连提都不提。所以，局长，你告诉我有什么是我不知道的，好吗？"

"博斯，听我说，听我说，米特尔替谁做事？"

"我不知道也管不了。"

"他的主顾都是些权势最大的人，有些是州里最大的，有些是全国最大的，还有……"

"与我无关。"

"一大堆市政府里的。"

"那又怎么样？你想说明什么？市政府里的、州长、参议员，还有别的大人物，现在他们也都卷进来了吗？你也在替他们遮盖吗？"

"博斯，你能不能冷静下来，用用脑子，听听你自己的话，我当然不是那个意思。我跟你解释的是如果你把米特尔的名声弄臭了，你也把跟他有关系的那些大人物的名声都搞坏了。这样做可能对我们局、对你、对我都没有好处。"

这才是原因，博斯懂了，务实的欧文做了选择，可能是和警察局长一起决定的，他们决定把警局和自己的利益置于事实之上。整个交易像腐烂的垃圾一样发臭，他快要被臭味淹没了，他够了。

"如果你替他们遮盖这些，你就给了他们很大的好处，对不对？我想你和局长一早都在打电话给那些重要人物告诉他们这些。他们欠你们、欠我们局里一个大大的人情。太好了，局长，这是大功一件，我猜真相如何根本不重要。"

"博斯，我要你打给她，打给那个记者，告诉她你的头部受伤，所以……"

"不，我不打，太迟了，我已经告诉她了。"

"可是没说全部，全部的实情对你自己也有害处，对吧？"

这就是了，欧文知道。他可能早就知道，或者猜到，博斯因为用了庞兹的名字而使他被杀害，所以对他的死要负最终责任，现在这成了他用来对付博斯的武器。

"如果我不压下去，"欧文说，"我可能必须处置你。"

"我不在乎，"博斯安静地说，"对我怎么处置随你，可是真相就要出来了，局长，真相。"

"可是真的是真相吗？完全的真相吗？我怀疑。我想你心里也多少有点怀疑，我们永远也不会知道真相。"

接着又是一段沉寂，博斯等他再说下去，可是对方没有一点声音。之后，他挂了电话，终于睡了。

45

博斯早上六点醒来的时候，只依稀记得他的睡眠曾被一顿难吃的晚餐和晚上来看他的护士打断过。他觉得头很沉重，轻轻碰了一下伤处，已经不像前一天那么痛了。他站起来在室内走了一下，平衡感似乎也恢复正常了。他从浴室的镜子里看见他的眼睛还是五颜六色的，可是瞳孔已经恢复了，他知道他该走了。他穿好衣服，离开病房，一手提着公文包，那件毁了的外衣搭在手臂上。

他在护士站按了电梯按钮，他注意到柜台后面的一位护士看着他。她显然没有马上认出他，特别是当他穿着自己的衣服。

"对不起，你需要什么吗？"

"不需要。"

"你是病人吗？"

"本来是，现在我要走了，419号房，博斯。"

"等一下，先生，你要做什么？"

"我走了，回家。"

"什么？"

"把账单寄给我。"

电梯门开了，他走进去。

"你不能这样就走，"护士叫道，"我来叫医生。"

博斯举起手和她挥别。

"等一等！"

门关上了。

他在大厅买了一份报纸，在门口叫了出租车。他告诉司机送他到拉普拉亚公园，在车上他看了凯莎·罗素写的报道。头版内容是他前一天告诉她的浓缩版。报道上写了整个案情发展仍在调查中，即使如此，还是相当精彩。

报道中博斯不但是消息来源也是主要参与人，欧文也是消息提供人。博斯猜欧文最后决定既然博斯已经说出去了，他也只有公布真相，至少是大部分真相。这是比较实际的做法，这样至少看起来是他们在掌控这件事。博斯的说法之后往往就是欧文的声明：目前还只是初步调查，并没有最后结论。

博斯最喜欢的一段是几个政客的说法，其中大部分市政府人员表示对康克林和米特尔的死和他们跟凶杀案的牵连及遮盖感到惊讶。报道也提到了警方正在搜捕米特尔的工作人员——乔纳森·沃恩，他是主要的凶杀案嫌疑人。

其中最贫乏的是提到庞兹的这一段，其中没有提博斯被怀疑用了庞兹的警徽导致他死亡的事，只引用了欧文的话说庞兹的死因还在调查中，有迹象显示他可能介入了博斯的调查。

欧文和罗素谈话的时候没有泄露博斯的事，即使他威胁过博斯。哈里只能相信这是局长不愿意家丑外扬的心理，说出来伤了博斯也对警局有伤害。如果欧文要处置他，博斯知道会是内部处置，不会公开。

博斯租的车还在拉普拉亚公园养老中心的停车位上。他运气很好，他被沃恩攻击之前才插进去的钥匙仍然在钥匙孔里。他付了车钱，进了他的车。

博斯决定在奥林匹亚山绕一圈再回马克·吐温去。他把手机插进车上的充电器，驶往月桂谷大道。

到了海格立斯路，他在米特尔那座宇宙飞船宅子前门外停下来。大门关着，门上还有警察局拉上的黄带子。车道上没有车，整座大厦很安静也很平和，他知道不久就会有代售的招牌挂出来。下一个天才会搬进去，认为他是眼前一切的主宰。

博斯往前开去，米特尔的房子并非他真正想看的。

十五分钟后，博斯开到伍德罗·威尔逊路上他熟悉的路口，可是他马上看到了他不熟悉的景象：他的房子没有了。那块地方少了他的房子，就像露齿的微笑里缺了一颗牙一样。

他家前面的路边有两个巨大的工程废物箱，里面装满了拆除的木头、金属和破玻璃，以及他房子残留的其他碎片。一个储藏拖车也在路边，博斯猜想，也暗自希望，那是用来装可以回收利用材料的拖车。

他停了车，走上原先通往前门的石板地。他往下看，那里只剩山边的六根钢架，像墓碑一样矗立着。如果他愿意，他可以在那上面重建。

钢架底部树丛中什么东西的移动引起了他的注意。他看见一点棕色在动，发现那是美洲狼的头，慢慢在树丛中移动。它既没听见博斯，也没抬头往上看，很快就消失在树丛中了。

他在那里又待了十分钟，抽了一支烟，可是他没再看到什么了。他默默地和这个地方道别，他觉得他大概不会再回来了。

46

博斯回到马克·吐温旅馆时已经是清晨了，他在房间内听到外面大垃圾卡车开进巷子，拿走一周的废物。他想起他的房子，成了整整两大箱的废弃物。

幸好，警车的大喇叭声转移了他的注意力。他听得出那是警车的信号灯，不是消防车的。他知道他会常听到警车声，因为警察局就在同一条路上。他在两间房里走来走去，有点不知如何是好，好像觉得时间流逝，自己却卡在这里，动弹不得。他用从家里带来的咖啡壶煮了咖啡，但咖啡只让他更加骚动。

他试着看报，可是除了他已经看过的那篇，其他报道他完全看不下去。不过他还是随便翻了翻本市新闻那一部分，看到一篇市政办事处桌前加上防弹玻璃的报道，防止持枪入内扫射的歹徒造成的伤害。他把那份丢下，又拿起头版。

博斯重新看了一遍与他有关的调查报道，越发觉得有点不对劲，好像缺了一点什么。凯莎·罗素写得没有问题，问题不在她。问题在于博斯看到他的调查过程写成文字之后，似乎不如他向她、向欧文，甚至向他自己复述时那么有说服力。

他把报纸丢在一边，靠在床上闭上眼。他在脑中把事件的过程重新理了一遍，终于明白了使他忐忑不安的不是报上的报道，而是米特尔的一句话。博斯试着回想他和米特尔在他豪宅后面草坪上的对话。他们到底说了什么？米特尔到底承认了什么？

博斯记得草坪上的那一幕，米特尔处于绝对优势。博斯已经被逮住，又受了伤，他的打手沃恩就在背后，枪口对着博斯。在那种情况下，博斯相信以米特尔的个性，他不会隐瞒什么。他得意地说到他操控康克林和其他人，也满不在乎地承认是他造成康克林和庞兹的死亡，虽然是以间接的方式。可是，说到玛乔丽·洛的时候就不同了。

那晚断断续续的景象在博斯脑中——闪过，他试着回忆他到底是怎么说的，可是仍然记不全。他脑中能清楚浮现那时的景象，他和米特尔站在山坡下那片灯光前，可他就是想不起他的话。脑袋里，米特尔的嘴在动，可是他听不见。他反复地想了一阵，终于想起来了。机会。米特尔说她的死给了他一个机会。他是承认他只是共犯，还是他杀了她，或找人把她杀了？

博斯不知道。他觉得心头压了一个重担。他试着不去想，渐渐蒙眬睡去。外面的街市声，甚至警车声都令他安心。他渐渐遁入潜意识的边缘，就在那时，他的眼睛突然睁开。

"指纹！"他大叫。

三十分钟后，他刮了胡子，冲了澡，换上一身干净的衣服到城里去。他戴了太阳眼镜，临走前，在镜子中检查一番，他的眼睛遮住了。他舔了舔手指，把头上的鬈发压倒，盖住为缝合伤口剃掉了的那一小块。

他开车到洛杉矶法医办公室，把车停在最靠近办公室的车位。他从停车场的门中走进去，跟警卫招招手，警卫认识他，也点头回应。调查的警员不应该从后门进去，可是博斯多年来如此，他也不打算改变这个习惯，除非有人起诉他。而拿最低工资的警卫显然没有兴趣挑起这种事。

他上了二楼侦查室，希望有他认识的人在，更要紧的是要有他在过去没得罪的人在。

他推开门，立刻闻到一股咖啡香味。可是室内不太乐观，里面只有一个人，坂井拉里，他的桌上是摊开的报纸。他是个验尸官。博斯从来就不喜欢他，他也不喜欢博斯。"哈里·博斯，"坂井从报上抬起头来看见他，"真是说曹操，曹操就到。我正在看报上你的事，说你在医院。"

"我在你面前，坂井，看清了吗？豪恩切尔和林奇呢？他们哪个在？"

博斯知道豪恩切尔和林奇不需多想就会帮他的忙。他们人很好。

"不在，都出去忙了。早上忙得很，大概案子又多起来了。"

博斯听到过一些流言，说地震后在从一栋倒塌的公寓楼里搬运受害者尸体时，坂井自己带了相机，拍了一些人在睡梦中死去的照片——天花板掉下来砸在他们身上，他把这些照片用假名卖给一些八卦小报。坂井就是这种人。

"还有谁在？"

"没有。就我在，博斯。你要什么？"

博斯转身要走，但是犹豫了一下。他必须对比指纹，他不想等。他回头看坂井。

"嘿，坂井，我需要帮忙。你帮不帮？我欠你一个人情。"

坂井从椅子上向前靠，博斯看到他两唇间露出的牙签尖。

"我不知道。博斯，你欠我一个人情这种话就像有艾滋的老妓女跟我说只付头次、下次免费一样嘛。"

坂井对自己的比方笑起来了。

"好，随你。"

博斯转身就走，推开门，尽量压下他的愤怒。他才走了两步，就听见坂井在后面叫他，正如他希望的。他深深吸了一口气，走回侦查室。

"博斯，干吗这么认真，我没说不帮你呀。我看了报上写的，知道你的滋味，我很同情，好吧？"

哼，见鬼，博斯想，可是没说出口。

"好。"他说。

"你要什么？"

"我要冰柜里一个人的指纹。"

"哪一个？"

"米特尔。"

坂井朝丢在桌上的报纸点点头。

"那个米特尔，啊？"

"我只知道一个。"

坂井在考虑，没出声。

"你知道，我们的指纹是给指派调查的警探的。"

"少废话，坂井。你知道我知道你已经知道我的事，如果你看了报纸。我目前不在命案组，可我还是要指纹。你到底是给我，还是浪费我的时间？"

坂井站起来。博斯知道坂井心里明白，如果他先前示好现在退缩了，之后他们打任何交道博斯都会占上风。如果他现在帮他取了指纹，好处显然是他的。

"你少乱发火，博斯，我去取指纹。你干吗不坐下来喝杯咖啡？记得丢个铜板。"

博斯很不喜欢欠坂井什么，可是他知道值得。只有指纹可以帮他结束这个案子，或者重新开始。

博斯喝了咖啡。十五分钟后，坂井出来了。他还在摇手中的卡片，好让油墨快干。他把卡片给了博斯，自己又去倒了一杯咖啡。

"这是从戈登·米特尔手上取的，是吧？"

"是他，至少在那脚上的条子写的是他。还有，他摔得不轻哦。"

"那是他活该。"

"我觉得，报纸上登的不像你们局里说的那么有把握嘛，如果你现在还溜进来要那个家伙的指纹。"

"很有把握，坂井，你用不着担心。我最好别听见什么记者说我来拿指纹的事，不然我会再来的。"

"你少紧张，博斯，拿了你的指纹走吧。从来没碰过你这种人，想尽办法让帮你的人不舒服。"

博斯把纸杯扔进垃圾桶，走出去。他在门口停下。

"多谢！"

他说得很不甘心，这家伙是个浑蛋。

"只要记住，博斯，你欠我了。"

博斯回头看他，他把牛奶调进咖啡。博斯走回去，伸手在口袋里摸出两毛五的硬币，丢进收咖啡钱的盒子里。

"这给你的。"博斯说，"现在不欠了。"

他走到走廊，听见坂井在后面叫他浑蛋。博斯觉得那表示世界还是对的，至少他自己的世界是。

十五分钟后，博斯来到帕克中心，忽然发现他有个难题。欧文没有把他的身份证件还给他，因为那是从米特尔口袋里拿出的物证之一。所以博斯在大门外打转，直到他看到一群警探和行政官员从市政府办公楼走向帕克中心。他们走进门快到入口时，博斯紧跟在他们后面，值勤的警卫没有特别注意到他。

博斯在指纹部找到坐在计算机前的赫希，问他皮带上取下的指纹是否还在他手上。

"我一直等你来拿回去。"

"我手上有一对，我要你对对看。"

赫希看他一眼，只犹豫了一秒钟。

"拿来吧。"

博斯从公文包里拿出坂井取的指纹，递给赫希。赫希看了一眼，把卡片倾斜过来，灯光照得比较清楚。

"这张指纹很清楚，你不需要用机器吧？你只要把这对和先前的比对一下。"

"对。"

"好，我想我可以用眼睛看，如果你愿意的话可以等。"

"我等。"

赫希把先前的指纹和验尸官的指纹卡一起拿到工作台上，经过放大灯仔细比较两张卡片。博斯看着他的眼睛在两张卡片之间看来看去，好像盯着网球赛中来来去去的球一样。

博斯知道他这样盯着他，最希望的是他会抬起头来告诉他这两张卡片对上了。博斯希望这件事能结束，他想结束了。

五分钟的沉寂之后，网球赛结束了。赫希抬头给了他分数。

47

卡门·伊诺霍斯打开候诊室大门时，很高兴地发现博斯在长沙发上等她。

"哈里！你怎么样？我没想到你今天会来。"

"为什么？不是我的时间吗？"

"没错，可是我看报纸说你在医院。"

"我出来了。"

"你确定你可以出院？你看起来……"

"很糟？"

"我不想说出来，进来吧。"

她领他进去，他们坐在平常坐的位子上。

"我现在看起来可能比我实际上要好。"

"为什么？怎么回事？"

"因为白干了一场。"

他的话使她脸上现出困惑的表情。

"什么意思？我今天才看了报。你破了几个案子，包括你母亲的。我还以为你会跟我眼前看到的大不相同。"

"别信你看到的那些，医生，我自己告诉你怎么回事。我所谓的使命造成两个人被杀，另一个死在我自己手中。我破了，我看看，破了一、二、三，三个命案，不错。可是我并没有解决我起初要解决的命案。换句话说，我兜了好几个圈子，造成几个人的死亡。所以，你能预期我在治疗中会是怎样一副模样呢？"

"你喝酒了吗？"

"吃午饭的时候我喝了几罐啤酒，可是午饭的时间很长，我想我刚刚告诉你的事至少需要两罐啤酒我才受得了。可是我没醉。反正我又没在工作，有什么差别？"

"我以为我们说好了你减少……"

"哦，去他的，我们活在现实世界里。这不是你说的吗，真实世界？在现在与上次我们谈话之间，我杀了一个人，医生。你还要谈减少饮酒？到底有什么意义呢？"

博斯掏出烟点了一根。他把烟盒和打火机放在椅子扶手上。卡门·伊诺霍斯看了他很长一阵才开口。

"你说得没错，对不起，我们来谈一谈，我猜是你的核心问题。你说你没解决你起初要解决的命案，那当然是指你母亲的命案，我说的是我从报上看到的，今天《时报》上报道她是戈登·米特尔杀的。你说你现在肯定那个说法是错的？"

"没错。我现在肯定那是绝对错误的。"

"你怎么知道？"

"很简单，是指纹。我到停尸间拿了米特尔的指纹，跟凶器，也就是那条皮带上的指纹对过了。不匹配。他没做，根本没他的指纹。你不要误会，认为我对米特尔的死良心不安。他自己杀人不眨眼，是那种决定要杀谁就会让别人动手替他杀的人，我至少知道两个案子是这样的。他也差一点杀了我，所以他死了活该，罪有应得。可是庞兹和康克林的死会跟着我，很久，也许永远。不论如何，我会付出代价的。只是，如果有一个理由，我背着十字架会比较容易一点，任何好理由。你懂我的意思吗？可是我没有理由，没有了。"

"我懂。我不——我不知道怎么继续，你想谈谈你对庞兹和康克林的感觉吗？"

"不太想，我已经想了太多了。他们两个都不完全是无辜的，他们都干过一些事。可是他们不必那样死，尤其是庞兹。老天，我没法说，连想都不能想。"

"那么你怎么往下走呢？"

"我不知道。我说了，我必须付出代价。"

"局里怎么说，你知道吗？"

"不知道，也不在乎。我想这不是局里自己可以决定的。我必须自己决定自己的惩罚。"

"哈里，你是什么意思？我不放心。"

"别担心。我不会进铁柜的。我不是那种人。"

"铁柜？"

"我不会对自己开枪。"

"你今天说得已经很明白了，你打算对发生在那两个人身上的事负责。事实上，你否决了否认，这是你可以重新开始的基础。我不放心的是你说的惩罚。你必须继续，哈里。不论你自己怎么惩罚自己，他们都不会回来了，所以你能做的只有往前走。"

他没有说话。他突然很厌倦她的劝告，她介入他的生活，他觉得怨恨，充满挫败感。

"你不介意我们提早结束吧？"他说，"我没有心情。"

"我懂。不要紧。可是我要你答应我一件事，答应在你做任何决定之前我们会再谈一次。"

"你指我的惩罚？"

"对，哈里。"

"好，我们再谈。"

他站起来，想对她笑，但他挤出的笑可能成了皱眉头。然后他想起一件事。

"对了，很抱歉那晚我没打回去给你。我先是在等一个电话，当时不能说，之后我就忘了。我希望你只是探问我怎么样，没有太重要的事。"

"不要紧，我自己也忘了。我只是打电话问你下午跟欧文局长的谈话怎么样，也是要问你要不要谈那些照片的事。现在都不重要了。"

"你看了？"

"嗯。我有几个想法，可是……"

"我想听听。"

博斯坐回他的位子。她看着他，考虑了一下，决定继续。

"在这里。"

她弯腰打开桌子下面的抽屉。博斯几乎看不见她，直到她又坐起来，把信封放在桌上。

"我猜你应该把这些东西还回去了。"

"欧文拿了凶杀报告和证物盒。东西都在他手上了，除了这些。"

"你好像不高兴他拿了这些东西，还是你不信任这些东西在他手上？你的态度变了。"

"不是你说我不信任任何人的吗？"

"你为什么不信任他？"

"我不知道。我现在没有嫌疑人了，戈登·米特尔清白了，我得从零开始。我只是在想统计数字……"

"所以？"

"我不知道准确的数据，不过超过半数的凶杀案都是报案的人干的，你知道吗？丈夫打电话哭，说老婆不见了，多半情况都是他的演技太差。他杀了她，以为打电话报案就可以向人证明不是他干的。你看一下梅嫩德斯兄弟的案子好了，其中一个打电话报案说爸爸妈妈死了，结果是他们兄弟俩干的。几年以前，山谷那边有个案子，一个小女孩不见了，劳雷尔·坎宁，报纸电视上都有。所以很多人组成各式各样的搜索队，几天之后，搜索队一个十几岁的男孩，也是女孩的邻居，在卢考特山一截树桩下找到她的尸体。结果他自己就是凶手。我问了十五分钟他就承认了。整个调查中，我等的就是找到尸体的那个人，统计上也显示如此，在我不知道是谁干的之前他已经是嫌疑人了。"

"你母亲的尸体是欧文发现的。"

"嗯。他之前也认得她，他自己有一次告诉我的。"

"这似乎很牵强。"

"不错。可是大部分人也会那么说米特尔，在他被拖出温泉池之前。"

"有没有别的可能？有没有可能最初的警探的判断是对的，有一个性侵害杀手，只是没有找到这个人？"

"当然有可能。"

"可是你似乎一直在找有权势的人，也许这件事不是这么回事。也许这是你把你母亲的死归诸社会的一种反应，怪社会对她……对你的不公平。"

博斯摇摇头，他不想听这些。

"你知道吗，这些心理学的东西……我不想……你能不能只谈照片？"

"对不起。"

她低头看着桌上的信封，好像可以穿透信封看到里面的照片似的。

"看这些照片对我很困难，从破案的角度来看，并没有什么价值，我从这些照片看出的东西我称之为凶杀宣告，因为凶器，那条皮带，还在她的脖子上，表示凶犯要警察知道他做了什么，他是故意的，受害人是在他的掌控之下。我也觉得选择放置尸体的地点有特殊意义，那个垃圾箱没有盖子，本来就是敞开的。这表示把尸体丢在那里并不是要隐藏尸体，而是……"

"说她是垃圾。"

"对，这又是一个宣告。如果他只是要丢弃尸体，他可以丢在巷子里任何地方，可是他选择了垃圾箱。不论是故意还是在潜意识中，他都是在告诉别人他对她的看法。能对她形成这样的认识，说明这个人多多少少知道一些她的背景。认识她，知道她是妓女，知道她相当一些事，足以去评判她。"

博斯又想到欧文，可是他没说话。

"好，"他说，"会不会也可能只是他对所有女人的看法呢？可能是一个病态的乌龟王八——对不起——精神有问题的人恨女人，认为女人都是垃圾呢？那么他就不一定认识她。也许一个人只想杀一个妓女，任何一个，表示他对她们的看法。"

"当然，是有可能，可是跟你一样，我也参考了统计数据。你说的那种病态王八蛋——用专业术语叫反社会人格——比起那些针对特定对象、特定女人的，要少得多。"

博斯摇摇头，眼睛看向窗外。

"怎么了？"

"只是觉得很受打击。凶杀档案里面根本没有对她的社会关系好好调查的记录，她的邻居这些人，什么都没有。现在根本不可能再做这些了，这让我觉得没什么希望。"

他想到梅雷迪思·罗曼，他可以问她关于母亲的熟人和客户，可是他不知道他有没有权利去唤醒她的那一段生活。

"你必须记住，"伊诺霍斯说，"一九六一年的时候，这种案子几乎不可能破案，他们根本不知道从哪里开始，那时候这种案子不像现在这么常见。"

"这种案子在今天也几乎不可能破案。"

他们坐在那儿，有好几分钟没说话。博斯想凶手可能是一个杀了就跑的精神病，一个杀手，早已经消失在黑暗的时间长河里了。如果真是那样，他的私人调查就结束了、失败了。

"你还看到什么呢？"

"这些差不多就是——等一下，还有一件事，你也许已经注意到了。"

她拿起信封，打开，把照片拿出来。

"我不想看那些照片。"博斯很快地说。

"不是她的照片，是她的衣服，放在桌子上拍的。可以看吗？"

她停住了，手里拿着照片，照片一半在信封外，一半在信封里。博斯挥手示意她拿出来。

"我已经看过她的衣服了。"

"那么你也许也想过这一点了。"

她把照片推到桌边，博斯探身向前看那张照片。他在证物盒中见过的那些衣服摊在一张桌子上，排列成穿上身的样子，像女人穿衣之前把要穿的衣物平摊在床上那样，博斯想起小孩玩的纸娃娃。连那条带贝壳的皮带都在，不过是在上衣和裙子之间，不是在想象的脖子上。

"好，"她说，"我觉得怪的是这条皮带。"

"凶器。"

"对，你看，皮带的扣环是大的银色贝壳，其他地方有银色小贝壳装饰，非常抢眼。"

"对。"

"可是上衣的扣子是金色的。还有，在她尸体的那张照片上，她戴的是金色的耳环、金色项链，还有金色的手镯。"

"对，我知道，那些也都在证物盒里。"

博斯不太懂她到底要说什么。

"哈里，这不是定式，所以提出这一点我有些迟疑。可是一般人——女人——很少一起戴金的和银的东西。我看出来那晚你母亲穿得很讲究，她的饰物是配她上衣的扣子的。她注意这些打扮的细节，也有品位。我要说的是我不认为她会把这条皮带和其他东西搭配在一起，这皮带是银色的，而且非常抢眼。"

博斯没有说话，某些东西刺进他心中，非常尖锐。

"还有，这条裙子的扣子在背后。这种样式现在还有，我自己也有一些这样的裙子。实用的地方在于腰部收腰的地方很宽，可以系皮带也可以不系。这条裙子上没有穿皮带的圈。"

博斯盯着照片。

"没有圈。"

"对。"

"所以你是说……"

"这可能不是她的皮带，可能是……"

"是她的，我记得，贝壳皮带，我送她的生日礼物。我告诉警察这是她的东西，麦基特里克，他来告诉我消息的那天。"

"好……那么其他的我就不必说了。我猜也许她回到公寓时，凶手已经拿了皮带在等她。"

"不对，不是在她公寓里，他们始终没有找到现场。好，不管皮带是不是她的，你本来要说什么？"

"哦，我不知道，只是一个假设。东西也许属于另一个女人，她可能是凶手行凶的动机，叫作侵略动机转移。现在可能已经没有什么意义了，不过我有几个例子可以解释。一个男人用他以前女朋友的丝袜勒死了另一个女人，他认为他是在勒他的前任女友，类似这样。我本来要说她的皮带也可能是这种情形。"

可是博斯已经没在专心听她讲话了，他转过脸，看着窗外，可是什么也没看见。在他脑子里，他看见整个景象渐渐拼凑起来：金色和银色，皮带上两个用过的、不同的孔，两个如姐妹一样的朋友，形就是影，形影不离。

可是一个要离开了，她找到了她的白马王子。

另一个落在后面了。

"哈里，你还好吗？"

他看着伊诺霍斯。

"你解决了，我想。"

"解决什么？"

他伸手拿他的公文包，从里面拿出那张三十年前在圣帕特里克节拍的照片。他知道照片不清楚，可是他必须看一下。这回他没有看他母亲，他看的是梅雷迪思·罗曼，站在坐着的约翰尼·福克斯后面。他第一次注意到她戴了那条银色贝壳的皮带，她借用了。

这时他想到，是她帮哈里挑的皮带。她哄他买那条，不是因为他母亲喜欢，是她自己喜欢，她知道她可以借用。两个分享一切的好朋友。

博斯把照片放回去，合上公文包。

"我得走了。"

48

博斯用先前同样的法子混进帕克中心，从四楼的电梯出来，他就撞见在等电梯的赫希，他一把把赫希拉到走廊。

"你要回家了吗？"

"我是要回家啊。"

"我要你再帮一个忙，我请你吃午饭、晚饭，要什么随你说，只要你帮我这个忙。这事非常重要，也不会很久。"

赫希看着他，博斯看得出他真希望他没卷进来。

"俗话是怎么说的来着，赫希？俗话说一分也好，一镑也好，那句是怎么说的？"

"从没听过。"

"我听过。"

"我今晚和我女朋友吃晚饭，我得……"

"太好了，我不会花你太多时间，你一定赶得上晚饭。"

"好吧，你要什么？"

"赫希，你真是我的大英雄，你知道吗？"

博斯怀疑他是不是真有女朋友。他们回到实验室，那里空无一人，而且已经快五点了，今天也不忙。博斯把公文包放在一张空桌子上打开，他找到了那张圣诞卡片，拿出来，用指甲尖捏着卡片的一角让赫希看。

"这张卡片是五年前收到的，你想你能取下上面的指纹吗？寄件人的指纹。我的指纹也会在上面，我相信。"

赫希皱起眉头，看着那张卡片。他的下唇往外突出，估量这个挑战。

"我只能试试看，纸上留下的指纹一般来说比较稳定。手上的油留得比较久，有时候即使蒸发之后也还会留下痕迹。卡片一直在信封里吗？"

"嗯，五年都在，上周才拿出来。"

"这样可能性更大。"

赫希小心地从博斯手上接过卡片，走到他的工作台边。他打开卡片，夹在板上。

"我用里面的，里面的会比较好。你碰到里面的机会少一点，写的人一定会碰到里面。如果弄坏了一点不要紧吧？"

"随你的需要处理。"

赫希用放大镜看了一下卡片，再轻轻吹了一下表面。他伸手从桌子上方的架子上拿了一瓶喷剂，上面写着茚三酮。他轻轻喷了一层，几分钟以后卡片的角落开始变成紫色。然后淡淡的形状在卡片上出现了：指纹。

"还得让它们显像再清楚一点。"赫希说，更像是说给自己听的。

赫希抬头看着架上，眼睛沿着一排化学药品瓶子一一搜寻，最后找到他要找的——氯化锌。他又用这瓶在卡片上喷了一层。

"这回我们会看到暴风雨。"

卡片上的纹路变成风暴中的乌云那种暗沉的深紫。赫希取下另一瓶，博斯从标签上的缩写认出是物理显影液。卡片上喷好显影液之后，影像变成比较清楚的灰黑色。赫希对着放大灯看了一下。

"我想这样可以了，我们不用激光，你看这个，警探。"

赫希指着梅雷迪思·罗曼签名的左上角，像是一个拇指的影像和上面两个比较小的指印。

"这几个像是写字的同时用另一只手按住卡片留的指纹，你有没有可能这样碰过卡片？"

赫希的手指离卡片约有一英寸距离，手指摆成形成卡片上指纹的样子。博斯摇摇头。

"我只打开卡片看过，我想这是我们要的指纹。"

"好，下面呢？"

博斯从公文包里拿出赫希今天才还给他的那张指纹卡，印有从银色贝壳扣环皮带上取下的指纹的那张。

"这里，"他说，"把你从卡片上取的指纹和这些比对看看。"

"没问题。"

赫希拉下前面的放大灯，又开始另一场网球赛一般的眼睛运动。

博斯试着想象事情是怎么发生的：玛乔丽·洛和阿尔诺·康克林要到拉斯维加斯结婚，这件事对她自己可能都是荒谬无比的幸运，她必须回家收拾东西。也许玛乔丽想带一个伴娘同去，也许她上楼去请梅雷迪思，或者也许她上去想把她儿子送她的皮带拿回来，也许她上去说再见。

可是她去了之后，事情发生了。在她最快乐的一晚，梅雷迪思杀了她。

博斯想起凶杀档案里的审讯记录，梅雷迪思告诉伊诺和麦基特里克，玛乔丽死前那晚的约会是约翰尼·福克斯安排的，可是她自己没去参加那个舞会，因为福克斯前晚打了她，她没办法出门见人。警探们在报告上写她的脸上有淤伤，嘴唇上有裂痕。

为什么他们当时没看出？博斯想，梅雷迪思的伤痕是她杀玛乔丽时弄的，玛乔丽上衣上的血是梅雷迪思的。

可是博斯了解他们为什么当时没看到这一点，他知道调查的警探会排除这种想法——如果他们曾经想过的话——是因为她是女人，也因为福克斯的供词与她的吻合，他承认打过她。

博斯现在可以看到他觉得是真相的事：梅雷迪思杀了玛乔丽，几个小时后，她打电话到赌场告诉福克斯这件事。她要求福克斯帮她搬运尸体，也帮她隐瞒真相。

福克斯立刻同意了，甚至同意说他打了她，因为他马上看到另一个有利的可能性：玛乔丽死了，他少了一棵摇钱树，但他可以靠她的死来控制康克林和米特尔。案子破不了可能更好，他永远会是他们的威胁。他可以随时到警察局去告诉他们他知道的，嫁祸给康克林。

福克斯不知道的是米特尔跟他一样狡猾凶狠，他次年在拉普拉亚大道才终于领教到。

福克斯的动机非常清楚，但博斯仍然不确定梅雷迪思的动机，她的动机真如博斯所猜测吗，被朋友抛弃的愤怒导致了这场凶杀？他相信一定还有别的什么原因，他仍然不知道全部真相，最后的秘密在梅雷迪思·罗曼那里，他必须自己去问出来。

博斯想到一个奇怪的问题：玛乔丽·洛死的时间是午夜，福克斯是在四小时后才接到电话离开牌室的。博斯现在认为谋杀的地点是梅雷迪思的公寓，他很好奇，她和她最好朋友的尸体同在一个房间里整整四个小时，她到底在做什么？

"警探？"

博斯看着赫希，他坐在桌前点着头。

"你有结果了吗？"

"中了！"

博斯只是点点头。

他的点头代表一种确认，不只是确认匹配上的指纹，也是在确认生活中他曾认为是真相却不过和梅雷迪思·罗曼一样虚伪的一切。

49

天空正是茚三酮在白纸上的颜色，无云的天空在逐渐加深的暮色中变成越来越浓的深紫色。博斯想起他告诉爵士的日落景象，意识到连那些也都是谎言，什么都是谎言。

他把车停在凯瑟琳·雷吉斯特家路边。另一个谎言。住在这里的人是曾经的梅雷迪思·罗曼，改名换姓无法改变她做过的事，无法改变她的罪孽。

从路边他看不到房子里有灯光，没有人活动的迹象。他原想在外面等，可是他不想面对一人独坐时侵扰他的思绪。他下了车，走过前面的草坪到前门的门廊，敲了敲门。

等待的时候，他掏出香烟，正在点火的时候，他突然停住了。他突然意识到他抽烟的举动是一种职业性的条件反射，他出现在任何尸体放置了几天的场合都会有这种下意识的反应。他还没有意识到屋子里传出的异味时，他的直觉已经做出了反应。门外的气味不太大，可是的确有。他回头看路上，路上没有人。他再看看门，试着扭动门把。门开了，一股强烈的冷气混合着尸体的味道扑面而来。

房子里很静，唯一的声音是她卧室窗子上的冷气机的声音。他立刻看出梅雷迪思·罗曼已经死了好几天了。她躺在床上，被子盖住全身，头在枕头上，只能看见她的脸。博斯的眼睛没有停留，尸体已经腐坏得相当严重，他猜也许他拜访之后，她就死了。

床边的桌上有两个空玻璃杯、一个剩了一点的伏特加酒瓶和一个空了的药瓶。博斯弯腰看药瓶上的标签，看到是开给凯瑟琳·雷吉斯特的，每天临睡前一片，安眠药。

梅雷迪思用她自己的惩罚方式面对她的过去，她选择了死亡，自杀。博斯知道自己没有权利这样评价，而她的抉择似乎就是如此。他转身看柜子，因为他记得纸巾放在柜子上，他想拿几张免得留下自己的指纹。可是他看见那个装着照片的镀金相框旁有一个写了他名字的信封。

他拿了信封和几张卫生纸走出卧室，在客厅离气味较远的地方把信封反过来，从开口处打开。他注意到封口有撕过的痕迹，有人打开过，他猜也许梅雷迪思又打开信封看了一次，也许她不太确定她做的事。他抛开自己的猜测，把信拿出来。日期是一周之前，周三，是在他来访后一天写的。

亲爱的哈里：

如果你看到这封信，那么我对你会知道真相的恐惧是对的。如果你看到这封信，那么我今晚的决定也是对的，我不后悔我的决定。你看，我宁可面对地狱的最后审判，也不愿意面对知道真相后的你。

我知道我剥夺了你的幸福，我一直都知道，说对不起或者对你解释都没有什么意义，可是我自己仍然难以相信，刹那间无法控制的愤怒可以永远改变一个人的命运。那晚玛乔丽满怀希望和快乐来找我，我却对她充满愤怒，她要离我而去。她去的是一个有你、有他的生活，一个我们曾经在梦中才会过上的生活。

炉忌不正反映出一个人的失败吗？我炉忌、我愤怒、我动手打了她，然后我懦弱地掩盖了我做的一切。我对不起你，哈里，我把她从你身边带走，也带走了你可能有的所有机会。那天之后的每一天我都背负着我的罪孽，现在我也带着我的罪孽走了。我早该偿还我的罪，可是有一个人说服了我，帮我重新活下去，现在已经没有人来说服我了。

我不求你的原谅，哈里，那对你是一种侮辱。我想我要你知道的是我很后悔，也要你知道，有时候逃掉的人其实并没有真正逃掉。我没有，从前没有，现在也没有。

再见。

梅雷迪思

博斯又读了一遍信，站在原处想了很长一段时间。最后，他把信叠好放进信封。他走到壁炉旁边，用打火机点燃信封，丢进壁炉。他在一旁看着纸卷起、燃烧，像一朵黑玫瑰，最后熄灭。

他走到厨房，用纸包着手拿下听筒。他把听筒放在台子上，打了911。他走向前门时，听到电话中传来圣莫尼卡警察局的接线员在问是谁，有什么问题。

他走到门廊上，没把门锁上，他正用纸擦拭门把时，身后传来一个声音。

"她信写得不错啊？"

博斯转身，坐在门廊藤椅上的是沃恩。他手中拿着一把新的点二二口径手枪，看起来还是伯莱塔。他穿得和上次差不多，没有博斯脸上的那种淤伤，也没有缝针。

"沃恩。"

博斯想不出有什么话可说，他不能想象沃恩怎么会跟着他。他竟这么大胆，在帕克中心附近打转，然后跟上他？博斯看看路上，心想不知道警察局的接线员要用多长时间才会给计算机上的地址派辆车来。虽然博斯在电话里什么都没说，但他知道他们最终会来查看的，他希望他们发现梅雷迪思的尸体。如果他们动作太慢，他们可能也会看到他的尸体，他必须尽量和沃恩周旋，拖延时间。

"不错，写得很好，"拿枪的人说，"可是她有一点没说，你不觉得吗？"

"没说什么？"

沃恩好像没听见他的话。

"奇怪，"他说，"我知道你妈妈有个孩子，可是我从没见过你，连看都没看到过，她不让我看到你。我想，我不配。"

博斯一直盯着他，事情渐渐拼合在了一起。

"约翰尼·福克斯。"

"本人。"

"我不懂。米特尔……"

"米特尔杀了我？没有，不是这样。我自己杀我自己，我想你可以这么说。我看到你们放在今天报纸上的故事，可是你搞错了，至少一大半都错了。"

博斯点点头，他现在知道了。

"梅雷迪思杀了你妈妈，小朋友，很抱歉，我只不过帮她收拾善后。"

"你利用她的死去控制康克林。"

博斯不需要福克斯承认，他只是在拖时间。

"对了，那就是我的计划，控制康克林，挺管用的，他把我从粪坑里拖出来了。只不过我很快发现真正的权力在米特尔手里，我看得出来，他们两个之中，米特尔会爬上去。所以我把他也拖进来，你可以这么说，他想好好抓牢我们的金王子。他自己手中需要有一张王牌，所以我帮了个忙。"

"杀了你自己？我听不懂。"

"米特尔告诉我拿住别人最顶级的力量是那种别人不知道你有，而到你需要时才拿出来的力量。你知道吗，博斯，米特尔一直怀疑是康克林杀了你妈妈。"

博斯点点头，他现在明白这中间的纠葛是怎么回事了。

"你从来没告诉过米特尔，康克林不是凶手。"

"对了，我没说梅雷迪思的事。知道这个之后，再看一下米特尔是怎么想的：米特尔认为如果康克林是凶手，而康克林又相信我死了，就会以为自己逃脱了。你看，我是唯一知情的人，我可以揭发他。米特尔要康克林觉得他自己没有问题了，因为他要康克林放心。他不希望他失掉他的冲劲、他的野心。康克林前途光明，米特尔不要他有任何犹豫。可是他需要一张王牌，一张一旦康克林越轨，他就可以拿出来控制他的王牌，那张王牌就是我。所以我们安排了一个肇事逃逸的车祸，我和米特尔。可是，米特尔从来没动用过我这张王牌，康克林给了米特尔多年的好处，等他自己退出州司法部长的竞选时，米特尔的势力已经稳定了。那时候，他的客户里有一个众议员、一个参议员、四分之一的地方官员。你可以说那时他已经从康克林的肩膀上爬得够高了，根本不需要阿尔诺了。"

"那么你们撞死的是什么人？"

"哦，就是随便一个人，没什么要紧的人。只是一个志愿者，你可以这么说，是我从米申街找来的，他以为他是来发康克林的宣传单的。

我把我的证件放在我给他的袋子底下。他不知道撞他的是什么，也不知道为什么。"

"你怎么逃得掉呢？"博斯问，虽然他想他已经知道答案了。

"米特尔安排伊诺调查那个案子，我们安排好了，所以看起来好像是轮到他来调查。他照顾这些事，米特尔照顾他。"

博斯可以看出这样的安排也让福克斯可以控制米特尔。他跟他一路爬上来，一点整容手术、一套高级的衣服，他就成了乔纳森·沃恩，全能政治谋略家的助手。

"那你怎么知道我会到这里来？"

"我多年来一直监视着她的行踪。我知道她在这里，独自一人。那天晚上我们交手后，我就跑到这里来避风头，睡觉。你打得我头痛——你到底用什么打的？"

"八号球。"

"我把你关在那里的时候应该想到这一点的，反正，我来了就看见她那样躺在床上。我看了她的信，才知道你是谁。我猜你会回来，特别是你昨天打电话过来之后。"

"你一直在这里跟……"

"总会习惯的，我把冷气开到最大，门关上，会习惯的。"

博斯试着想象。有时候他也觉得他习惯了那股味道，可是他知道他没有。

"她信上没说什么，福克斯？"

"她没说她自己想得到康克林。你看，我是先把她介绍给康克林的，可是没什么结果。然后我安排了玛乔丽，马上就爆出火花，谁都没想到他竟然想要和她结婚，尤其是梅雷迪思。可惜白马上只有一位王子，也只容得下一个女人，也就是玛乔丽。梅雷迪思完全不能接受，想必是一场恐怖的野猫肉搏。"

博斯没说话，可是事实像晒裂的皮肤那样刺痛他的脸。结局竟是这样，两只野猫的一场肉搏。

"走，我们到你车上去。"

"为什么？"

"我们现在到你住的地方去。"

"去做什么？"

福克斯没有回答。博斯问的时候，一辆圣莫尼卡的警车停在房子前面，两个警察正要下车。

"别乱来，博斯，"福克斯安静地说，"你想多活一会儿就别乱来。"

博斯看见福克斯把枪对准走过来的警官，他们看不见，因为被凉台四周厚厚的一圈九重葛遮住了。其中一个警员开始说话。

"这里有人打 91……"

博斯快步越过栏杆跳到草地上，一面叫道：

"他有枪！他有枪！"

博斯在地上听到福克斯在门廊木板地上跑的声音，他猜他是跑到门口，然后是第一枪。它肯定是从后面来的，来自福克斯。两个警察立刻开火，场面像独立日庆典一样混乱，博斯根本搞不清楚双方一共开了几枪。他躺在地上，两臂张开，手向上，只希望子弹不朝他的方向过来。

不过八九秒的时间一切就停了，声音消失之后，博斯又叫起来。

"我没有武器！我是警察，我没带枪。"

他感到一支发热的枪口顶着他的脖子。

"你的证件呢？"

"外套口袋。"

但是他记起他没有证件，警察的手抓住他的肩膀。

"我要把你翻过来。"

"等一下，我没有。"

"怎么搞的？翻过来。"

博斯翻过了身。

"我的警察证不在身上，我有其他证件，左边口袋。"

警察开始搜他的外套，博斯很担心。

"我不会做什么错事。"

"安静点。"

警察拿出博斯的皮夹，看了看证件窗后面的驾照。

"你找到啥，吉米？"另一个警察叫道，博斯看不见他，"他是真的？"

"说他是警察，可是没证件。有驾照在，这里。"

然后他又把博斯按倒，全身摸了一遍，搜他身上有没有武器。

"我没武器。"

"好，转过来。"

博斯把手放在头后面，转过身。他听见他上方那个人用无线电呼叫后援和救护车。

"好了，起来。"

博斯照他说的站起来，这时他才能看到门廊，另外那个警察用枪对着前门地上的福克斯。他可以看出福克斯还活着，他的胸部起伏，双腿和腹部都受了伤，看起来有一颗子弹打穿了他的面颊。他的下巴掉在下边，张得很大。可是他的双眼似乎睁得更大，看着死亡一点一点迫近。

"我知道你会开枪，你他妈的。"博斯对他说，"你最好死掉。"

"闭嘴！"那个叫吉米的警察吼道，"立刻。"

另一个警察把他从前门拉开，博斯看到邻居成堆地聚在街上围观，也有人从自己家的露台往这边看。他想，在这种郊区，枪声能很快把邻居聚在一起，空气中飘浮的火药气味比烤肉气味有效得多。

那个年轻的警察走到博斯跟前，哈里看到他名牌上的名字是：D. 斯帕克斯。

"好，这里到底怎么回事？如果你是警察，你说怎么回事。"

"你们两个都是英雄，就是这么回事。"

"说清楚，老兄，我没时间听你鬼扯。"

博斯可以听见警车喇叭的声音越来越近。

"我叫博斯，是洛杉矶警察局的。你开枪打的这个人是凶杀案嫌疑人，杀了我们郡的前首席检察官阿尔诺·康克林和洛杉矶警局的警督哈维·庞兹，我想你听过这两个案子。"

"吉米，你听到了？"他转过来再问博斯，"你的警徽呢？"

"被偷了，我可以给你一个电话，打给助理局长欧文，他可以证明我的身份。"

"先不管这些，他在这里干什么？"

他指着福克斯。

"他说他躲在这里。今天我收到电话到这个地址来，他等在这里准备突袭我。你看，我能指认他，他得把我除了。"

警察看着地上的福克斯，似乎在想他是否能相信这样一个不寻常的故事。

"你们来得正是时候，"博斯说，"他是打算杀害我的。"

斯帕克斯点点头，他开始对这个故事有兴趣了。忽然他又想到一点，皱起眉头。

"谁打 911 的？"

"我，我来了之后，看见门是开的，就进去了。在我打 911 的时候他跳了出来，于是我就丢下听筒，因为我知道你们会来。"

"你为什么打 911？他那时还没出现。"

"因为后面的卧室。"

"什么？"

"床上有一个女人，她好像已经死了一周了。"

"她是谁？"

博斯看着年轻警察的脸。

"我不知道。"

50

"你为什么没说出她是杀你母亲的凶手？为什么说谎？"

"我不知道，我还没想清楚。我想她写的那封信，她最后的决定……我不知道，我只是觉得已经够了，我想放手了。"

卡门·伊诺霍斯点点头，好像明白了他的意思，可是博斯并不确定他自己是否明白。

"我想，这是一个很好的决定，哈里。"

"真的？我不认为别人会这么想。"

"我不是从程序正义或司法正义上来讲，我只是从人性上来讲。我觉得你做得对，为你自己。"

"我觉得……"

"你这样做了觉得好过些了吗？"

"其实没有……你知道吗，你说得对。"

"我说的？什么？"

"你说等我找出是谁做的以后那些话……你警告过我，说那对我的伤害可能多过益处。嗯，其实你说得太客气了……还说是我给自己的使命，对吧？"

"如果我说对了，我很抱歉。可是就像我们上次见面的时候我说的，那几个人的死不能算……"

"我说的不是他们，我说的是别的。你看，现在我知道我母亲是在想办法把我从养育院弄出来，就像她答应我的，我告诉过你，那天我们在外面的篱笆那里。我想不管她爱不爱康克林，她想的是我。她必须把我弄出去，而有他我就能出去。所以，你看，其实她是因为我才死的。"

"哦，别，别那么想，哈里。简直太离谱了！"

博斯知道她声音中的怒气是真的。

"如果你用这一套逻辑想问题，"她继续说，"那你可以找出任何她被杀的理由，你可以说你的出生就种下了她的死因，你看这是不是太可笑了？"

"并不是。"

"这就跟你以前说的人不对自己做的事负责一样，反过来就是一个人把什么责任都揽到自己身上。你快要变成那种人了，放开手，哈里，放开！让别人也能对发生的事负一点责任，即使那个人已经死了，死亡并不表示跟所有的事都没关系了。"

她强烈的警示使他无言以对。他只是看着她，看了很长一阵，他知道她突如其来的强烈情绪是这一环节的结束。他们讨论完了他的罪恶感，她做了结束，也给了他指示。

"对不起，我的声音太大了。"

"不要紧。"

"哈里，局里怎么说？"

"没有，我在等欧文。"

"什么意思？"

"他在文书记录上替我把过失遮掩了过去……现在一切都看他了。他要么动用督察室处理我——如果他要追究我冒充庞兹私自行动的事，要么放过我，什么都不做。我猜他会放过我。"

"为什么？"

"洛杉矶警局有个不成文的惯例，就是不自己找麻烦。懂我的意思吗？这个案子已经相当公开了，他们知道如果他们处罚我，就有可能会有消息外泄，警局又多了一个疮疤。欧文认为自己的任务是维护警局的形象，那比处罚我重要。还有，他现在有控制我的东西了，我是说，他认为他可以掌控我。"

"你对欧文和警察局似乎相当了解啊。"

"为什么？"

"欧文局长今天早上打电话给我，要我尽快送一张同意复职的评鉴报告到他办公室去。"

"他那么说的？他要一张正面的复职评鉴报告？"

"不错，他是那么说的，你现在准备好复职了吗？"

他想了一下，没有回答。

"他以前那样做过吗，告诉你怎么出评鉴结果？"

"没有，这是头一次，我有点担心。如果我只依他的意思做，是在损害我作为医生的身份。我很为难，因为我不希望你夹在中间。"

"如果他没告诉你怎么做，你的评鉴结果是什么？建议还是反对？"

她摆弄着桌上的一支铅笔，想着怎么回答他的问题。

"很接近可以复职的状态了，哈里，可是我认为你还需要多一点时间。"

"那就不要这么做，不要听他的。"

"真是大转变，一周前你还只想着回到工作岗位。"

"那是一周之前。"

他的声音中可以听得出伤感。

"不要再拼命折磨你自己了，"她说，"过去就像一根棍子，你只能用它在自己的头上敲几次，再敲下去会敲坏自己的，再也好不了了。我看你已经到了极限。不论如何，我看出了你正直、清白，是个真正的好人，可是不要再折磨自己了，不要用这种想法破坏你拥有的，你的本质。"

他点点头，像是明白了她的话，但其实一句也没听进去。

"这几天我想了很多。"

"想了什么呢？"

"每一件事。"

"那你做了什么决定吗？"

"差不多，我想我会抽身，离开警察局。"

她探身向前，把手臂放在桌上，严肃地皱起眉头。

"哈里，你到底在说什么？这一点也不像你，你的工作就是你的生活。我认为有一点距离很好，可不是完全分开。我……"她停住了，似乎想到什么，"这是你给自己的惩罚吗，补偿发生过的事？"

"我不知道……我只是……我做过的事，应该付出代价，就是这样。欧文不处罚我，我自己来。"

"哈里，这是错的，非常严重的错。你打算放弃你的事业，这件你自己也承认你做得最好的事？你想全部丢掉？"

他点点头。

"你递了文件吗？"

"还没有。"

"不要递。"

"为什么不？我干不下去了，我感觉像戴着手铐走在一群幽灵身边。"

他摇摇头，他们的争论也是他自己过去两天和自己的争论，从他离开梅雷迪思·罗曼家之后。

　　"给自己一点时间，"伊诺霍斯说，"我只是说再考虑考虑。现在你在休假，也有薪水，好好利用，利用这些时间。我会告诉欧文我还不会给你出复职评鉴结果，你可以趁这段时间好好想一下，离开一阵，到海边去坐一坐，可以在你递上辞职信之前好好想一想。"

　　博斯举起手表示投降。

　　"哈里，请你告诉我，我要听你亲口说。"

　　"好，我会好好想一想。"

　　"谢谢。"

　　她沉默了一阵。

　　"记得上周你提到在路上看到那只美洲狼的事？"她安静地说。

　　"我记得。"

　　"我想我理解你的感觉，我也不愿意这是我最后一次见到那只美洲狼。"

51

　　博斯从机场上了高速公路，出了亚美尼亚出口，然后往南驶向斯旺，他发现他根本不必看地图。他从斯旺向东，来到海德公园，然后沿着南大道一直到她的住处。他可以看见街尾海湾的水在太阳下闪闪发光。

　　上了楼梯，门是开的，可是纱门是关着的。博斯敲了敲。

　　"进来，门没关。"

　　是她的声音，博斯推开纱门，进入客厅。她不在那里，但他最先注意到的是墙上原先只有一根钉子的地方现在挂了一幅画，那是一个男人在阴影里的画像。他独自坐在桌边，手臂支在桌上，手撑着脸颊，画家使面部模糊，而让一双深邃的眼睛成为画的焦点。博斯盯着那幅画，这时她的声音又响起来。

　　"喂，我在这里。"

　　他看见她画室的门半开着。他走过去，推开门。她在里面，站在画架前，手中拿着调了暗褐色油彩的调色盘，右颊扫上了一抹赭色。看到他，她立刻笑了。

"哈里。"

"嘿，洁斯敏。"

他走近她，站在画架旁边。画像才刚开始，可是她是从眼睛开始的，和客厅里那幅同样的眼睛，和镜子里一样的眼睛。

她迟疑着靠近他，脸上没有一点尴尬或不自然。

"我想着如果我画你，你就会回来。"

她把画笔丢进钉在画架上的咖啡罐里，更靠近他，双手抱住他静静地吻他。

一开始是温和的，然后他用力把她按在自己胸前，仿佛她是一条能令他止血的绷带。过了一会儿，她推开他，伸手把他的脸捧在手中。

"让我看我的眼睛画得对不对。"

她伸手摘掉他的眼镜。他对她微笑，他知道眼睛下面的紫色淤血几乎没有了，可是眼睛还肿着。

"天哪！你的眼睛全是红的。"

"说来话长，以后再告诉你。"

"上帝，快戴回去。"

她把眼镜给他戴上，笑了起来。

"没那么好笑，很痛呢。"

"不是，我把颜料弄到你脸上了。"

"那好，不是只有我一个人才有颜料。"

他用手滑过她脸上的那道颜料，他们又相拥在一起。博斯知道他们可以等一下再聊，现在他只是抱着她、嗅着她，越过她的肩膀看外面明亮的蓝天。他想起那个躺在床上的老人告诉他的：当你遇到那个你认为最合适的人时，要记得紧紧抓住！博斯不知道她是不是那个人，可是在此刻，他抓住了他仅有的这一切。

THE LAST COYOTE by MICHAEL CONNELLY

Copyright: © 1995 BY MICHAEL CONNELLY

This edition arranged with PHILIP G. SPITZER LITERARY AGENCY

through Big Apple Agency, Inc., Labuan, Malaysia.

Simplified Chinese edition copyright:

2020 China South Booky Culture Media Co.,Ltd

All rights reserved.

本書譯稿由聯經出版事業公司授權出版

著作权合同登记号：图字 18-2019-184

图书在版编目（CIP）数据

　　最后的郊狼 /（美）迈克尔·康奈利
（Michael Connelly）著；冷步梅译 . -- 长沙：湖南文
艺出版社，2020.7
　　书名原文：The Last Coyote
　　ISBN 978-7-5404-6065-5

　　I.①最⋯ Ⅱ.①迈⋯ ②冷⋯ Ⅲ.①侦探小说 - 美国 - 现代
Ⅳ.①I712.45

　　中国版本图书馆 CIP 数据核字（2020）第 028121 号

上架建议：畅销·外国文学

ZUIHOU DE JIAOLANG

最后的郊狼

作　　者：[美]迈克尔·康奈利
译　　者：冷步梅
出 版 人：曾赛丰
责任编辑：刘诗哲
监　　制：吴文娟
策划编辑：黄　琰
特约编辑：李甜甜
版权支持：辛　艳　张雪珂
营销编辑：闵　婕
封面设计：李　洁
版式设计：李　洁
出　　版：湖南文艺出版社
　　　　　（长沙市雨花区东二环一段 508 号　邮编：410014）
网　　址：www.hnwy.net
印　　刷：北京天宇万达印刷有限公司
经　　销：新华书店
开　　本：875mm × 1270mm　1/32
字　　数：323 千字
印　　张：12.5
版　　次：2020 年 7 月第 1 版
印　　次：2020 年 7 月第 1 次印刷
书　　号：ISBN 978-7-5404-6065-5
定　　价：55.00 元

若有质量问题，请致电质量监督电话：010-59096394
团购电话：010-59320018